Weihnachtsspeck

Ein Festmahl zum Verlieben

Lea Weiss

Text: Lea Weiss
Lektorat: Rebecca Andel
Coverdesign: Emily Bähr unter Verwendung von Shutterstock-Material

Erfahre mehr unter https://www.leaweiss.de

KAPITEL 1

Viktoria

Ich knabberte auf meiner Unterlippe herum und suchte angestrengt nach etwas, um das zu benennen, was da draußen außerhalb der gläsernen Front des Stuttgarter Flughafens auf mich wartete.

Wie war das Wort doch gleich gewesen? Es fiel mir beim besten Willen nicht ein … Doch wenn ich ehrlich zu mir selbst war, traute ich mich einfach nur nicht, durch die automatischen Schiebetüren zu gehen, denn dort draußen sah es bitterkalt aus.

Kulturschock! Das war das Wort.

Jetzt hätte ich eigentlich gehen können, tat es aber nicht. Die Menschen strömten an mir vorbei, hinaus in Richtung Straße. Und ich stand hier, wie ein Fels, der das Wasser teilte. Mein Blick glitt hinunter zu meinen Schuhen. Die allein waren das totale Kontrastprogramm zu dem, worin meine Füße die letzten anderthalb Jahre gesteckt hatten. Nämlich in meinen Lieblingssandalen, die jetzt mehr oder minder unfreiwillig in dem abgewetzten, aber lieb gewonnenen

Reiserucksack ruhten, den ich bei mir trug. Zwanzig Aufnäher waren auf der Tasche zu finden. Zwanzig Flaggen für zwanzig Länder, die ich auf meiner Weltreise hatte besuchen dürfen.

Ich wackelte prüfend mit den Zehen und verzog das Gesicht. Der Stoff der Socken kratzte unangenehm über meine Haut, die sich nach Licht, Wärme und Sonne sehnte. Davon hatte es viel gegeben, besonders in den letzten Monaten, als ich durch Amerika gereist war.

Kurz schloss ich die Augen und beschwor die schönsten Erinnerungen des Trips herauf. Ich fühlte den Wind noch förmlich in meinen Haaren, als ich in den Staaten mit einem gemieteten Cabriolet auf der Halbinsel zwischen Monterey und Carmel den 17 Mile-Drive gefahren war. Ich hörte die Stimmen der Badegäste, als ich in Australien einen Tag am Bondi Beach gelegen hatte. Und ich spürte das heiße Brennen der Sonne, als ich in Südafrika dem Kap der Guten Hoffnung einen Besuch abgestattet hatte.

In diesem Moment dröhnte eine kratzige Stimme aus den überdimensional großen Lautsprechern und erfüllte die ganze Flughafenhalle. Stöhnend öffnete ich die Augen und blickte erneut auf das Terminal. Irgendwann war auch die tollste Zeit zu Ende. Dabei hatte ich schon ein halbes Jahr hinten dran gehängt. Jetzt war ich wieder hier. Zu Hause in Deutschland.

Zu Hause …

Wo war das überhaupt? In meinem Ausweis jedenfalls stand Holzenkirch, ein kleines Dorf im Schwarzwald. So der offizielle Teil. Aber mein Herz? Ich hatte nicht die geringste Ahnung. Gedankenverloren blickte ich auf die spärliche Vegetation außerhalb dieses Gebäudes. Es war Spätherbst geworden. Die strahlenden Farben der Blätter wichen allmählich einem ausgetrockneten Braun. Bald würde der Winter Einzug halten und seine eiserne Hand über dieses Land legen. Die Temperaturen sanken stetig und die Tage wurden kürzer. Ganz automatisch. Mit dem Unterschied, dass ich nun nicht mehr würde reisen können. Einfach weg … der Sonne hinterher. Ich schluckte die Enttäuschung hinunter und schulterte meinen großen Rucksack, der heute viel schwerer erschien als sonst. Eilig hatte ich es nicht damit, nach Holzenkirch zurückzukehren. Ehrlich gesagt hatte ich sogar Angst davor, denn in der Vergangenheit hatte ich Mist gebaut. Sehr großen Mist, um genau zu sein. Offiziell hatte man mir verziehen, aber hatte ich mir auch selbst vergeben? Definitiv *nein*. Noch immer quälten mich die schlimmsten Selbstvorwürfe. Ich hatte gehofft, dass ich diesen Punkt irgendwann überwinden würde. Dazu sollte eigentlich die Reise dienen. Ich war gegangen, um zu mir selbst zu finden. Um herauszufinden, was ich wirklich wollte. Denn so wie es vor meiner Abreise gewesen war, hatte es definitiv nicht weitergehen können. Also hatte ich alle Zelte abgebrochen, hatte meinen Job als Souschefin gekündigt und meine Wohnung aufgegeben, mit dem Ziel, endlich abzuschließen. Aber jetzt stand ich hier und war genauso weit wie vorher. Natürlich hatte ich nie mit jemandem darüber geredet. Meiner Schwester, mit der ich die letzten anderthalb Jahre am häufigsten gesprochen hatte, hatte ich immer erzählt, wie gut es mir ging. Ob sie mir die Nummer abgekauft hatte, stand auf einem anderen Blatt. Dabei hatte ich doch ein neuer Mensch sein wollen, wenn ich wiederkam. *Viktoria 2.0* sozusagen. Aber ging das überhaupt …?

Die erneute Durchsage des Flughafensprechers riss mich zurück in die Realität. Ich räusperte mich und verdrängte die düsteren Gedanken so weit weg wie möglich. Wenn ich einen Neuanfang wollte, musste ich endlich damit abschließen. Spätestens *jetzt*. Entschlossen trat ich durch die Glastür und tauchte hinein in Deutschlands Kälte. *Willkommen zurück*.

*

Ian

Es war voll in der *Kleinen Bar*, die mitten in der Stuttgarter Innenstadt lag. Trotz eines sonnenscheinreichen Tages war es erstaunlich kalt geworden und es wirkte so, als strömten immer mehr Menschen herein, auf der Suche nach Licht und Wärme. Außerdem war Bundesliga. An solchen Abenden war der Schuppen tierisch beliebt, bei Jung und Alt gleichermaßen. Ein buntes Potpourri von Leuten, die friedlich miteinander feierten. Zu denen auch ich und mein Bruder Stefan zählten. Im weitesten Sinne jedenfalls. Stefan war Inhaber der *Kleinen Bar*. Ich half gelegentlich aus, so wie heute, wenn er mal einen freien Tag brauchte. *Frei* bedeutete für meinen älteren Bruder, vor der Theke zu stehen und mit seinen Kumpels einen zu trinken. Wir waren fast immer hier, wenn ich ihm einen Besuch abstattete. Der Laden war sein Leben. Gebürtig kam ich ebenfalls aus Stuttgart. Wir waren hier aufgewachsen und zusammen zur Schule gegangen. Anfang zwanzig hatte es mich dann beruflich nach München verschlagen, bis … Bis das in meinem Job passiert war. Ich war zurückgekehrt, vor über einem Jahr schon, hatte jedoch schnell festgestellt, dass ich das Leben in der Stadt nicht länger aushielt. Also hatte ich mir woanders Arbeit gesucht. Fast zwei Stunden Fahrt von hier. Ich war zufrieden, wie es jetzt lief.

»Ian! Was zu trinken?«

Nur widerwillig nahm ich den Blick vom großen Wandbildschirm weg, auf dem gerade das Fußballspiel übertragen wurde. Leider sah es schlecht für meinen Lieblingsverein aus. Ich wandte mich der kratzigen Stimme zu und blickte in das vertraute Gesicht meines Bruders. Die hellgrünen Augen hatten wir gemeinsam, genauso wie das dunkelbraune Haar. Das markante Kinn und die etwas zu große Nase ebenfalls, wobei Stefans Riechorgan auch krumm war, da es schon einmal gebrochen gewesen war. Das Überbleibsel einer Prügelei aus der Jugend. Er trug es wie eine Trophäe und behauptete immer, es mache sein Gesicht interessanter. Genug Frauen hatte er jedenfalls am Start, ich war da eher zurückhaltender. Vom Äußeren hätten wir Zwillinge sein können, waren wir aber nicht. Uns trennten ganze anderthalb Jahre. Und die Tattoos auf meinen Armen. Ich war regelrecht süchtig.

»Du weißt schon, dass ich hinter der Theke stehe und mir jederzeit etwas nehmen kann?«, fragte ich belustigt und blickte wieder auf den Flatscreen. In Wahrheit war Stefan nur hier, um nach dem Rechten zu sehen. Er war nämlich ein Kontrollfreak, der nur ungern das Zepter aus der Hand gab. Wie gesagt: Die *Kleine Bar* war sein Leben.

»Wollte nur sicher gehen, dass es dir gut geht.«

»Danke, großer Bruder.«

Aus dem Augenwinkel sah ich, wie er das Gesicht verzog und mit dem Finger auf mich zeigte. »Du …«

»Du liebst mich, ich weiß«, erwiderte ich, ohne das Spiel aus den Augen zu lassen. Mist! Schon wieder ein Tor. »Schließlich sorge ich dafür, dass du heute mal so richtig auf die Pauke hauen kannst. Also bitte, genieß den Abend und hab Spaß. Ich mache das hier schließlich nicht zum ersten Mal, oder?«

Er schien einen Moment über meine Worte nachzudenken, dann nickte er.

»Danke, Ian. Du hast einen gut bei mir.«

Meinte ich da ein leichtes Lallen zu hören? Es war gerade mal acht Uhr abends. Schmunzelnd beobachtete ich, wie er sich einen Weg zurück zu seinen Kumpels bahnte. Schon hatte er eine zierliche Brünette an seiner Seite. Frauen waren nicht das Problem, eher dass er sich nicht binden wollte. Dabei war Stefan echt ein guter Typ …

Mein Gedankengang stoppte jäh, als sich die Tür zum Gastraum öffnete und die schweren Vorhänge zur Seite geschoben wurden. Ein Schwall Kälte wehte zu mir herüber.

Prompt überzog eine leichte Gänsehaut meine nackten Arme, was aber nicht an der Kälte lag. Eher an der Frau, die nun im Eingang stand. Vergessen war das Spiel.

Bei Gott, sie sieht aus wie ein verdammter Engel.

Ihr langes Haar ergoss sich wie ein Umhang um ihren schlanken Körper. Fasziniert beobachtete ich, wie sich das bunte Licht der Leuchten in ihren großen Augen widerspiegelte. Ihre Haut wirkte gebräunt, das Haar war so hell, dass es fast schon weiß anmutete, als käme sie geradewegs aus einem langen Sommerurlaub. Sie kam definitiv nicht von hier. Da war ich mir absolut sicher. Aber etwas störte mich. Zuerst konnte ich nicht sagen, was es war, aber je länger ich sie betrachtete, desto mehr fiel es mir auf. Sie wirkte traurig …

»Ein Bier, bitte.«

Ich zuckte zusammen und bemerkte erst jetzt den Typen, der vor mir stand. Basti war einer der Stammgäste und so oft hier, dass selbst ich ihn gut kannte.

»Was ist los?«, fragte er stirnrunzelnd. »Siehst aus, als hättest du eine Erscheinung gehabt.«

»So ähnlich«, brummte ich und machte mich daran, ihm ein frisches Bier zu zapfen. Dabei sah ich automatisch zum Eingang, aber die geheimnisvolle Fremde war verschwunden.

Gut so!, sagte ich mir. Denn wenn ich mir eins vorgenommen hatte, dann war es, mein Singleleben zu genießen. Und dazu zählte definitiv keine Schönheit, der man ihre Probleme bereits ansah. So etwas bedeutete meist nur Ärger. Und davon hatte ich wahrlich schon genug.

*

Viktoria

Das Unvermeidliche einen Tag länger hinausschieben. Nur noch für eine Nacht. Das waren meine Gedanken gewesen, als ich mir spontan ein Hotelzimmer in Stuttgart genommen hatte. Nun war ich hier, in dieser kleinen Bar, die witzigerweise auch noch genau so hieß, mitten im Herzen der Innenstadt. Mich zu betrinken, war eigentlich nicht mein Plan gewesen, aber so etwas konnte sich bekanntlich ändern.

»Was darf es sein, Lady?«, fragte der Barkeeper. Ein schnittiger Typ Ende zwanzig, Anfang dreißig, mit Bartstoppeln und tätowierten Armen. Er hätte mir gefallen, wenn ich auf der Suche gewesen wäre. War ich aber nicht. Von diesem Vorhaben würde ich mit Sicherheit nicht abrücken, selbst wenn Brad Pitt durch die Tür spazierte.

Seit der Sache mit Patrick hatte ich meine Finger vom männlichen Geschlecht gelassen. Sicher war sicher. Mein Herz hatte genug gelitten. Das Dilemma daran: meine Familie noch viel mehr. Daher war die Liebe die nächsten Jahre absolut kein Thema für mich. Falls ich mich *je* wieder verlieben sollte …

»Einen Paloma, bitte.« Er musterte mich mit seinen hellgrünen Augen, fast schon ein wenig zu genau. Ein Schauer rieselte mein Rückgrat hinab. Aber schließlich überwog die Unsicherheit. Hatte ich vielleicht etwas Falsches gesagt? »Das heißt, wenn das geht?«, setzte ich zögernd hinterher. Das hier war schließlich Stuttgart und nicht L.A.

Er verschränkte die muskulösen Arme vor der Brust. »Ich verstehe die Frage nicht.«

Ich kicherte, in der Annahme, er hätte einen Scherz gemacht. Daraufhin sah er mich nur noch irritierter an. Als hätte er mit allem gerechnet, nur nicht damit. Sofort wurde ich wieder ernst. Hoffentlich hatte ich ihn nicht beleidigt. »Sorry …«

Er ging nicht weiter darauf ein und fragte stattdessen: »Der war mit Gin, oder?«

»Wie?« Da fiel mir wieder ein, dass es ja um Cocktails ging.

»Der Paloma?«

Ich zog eine Grimasse. Einen Paloma mit Gin? Jetzt war es der Barkeeper, der aus tiefstem Herzen lachte. Es klang … schön. Tief und rau. »Setz dich einfach, bevor du noch ein völlig falsches Bild von mir erhältst. Dein Cocktail kommt sofort.«

Der Barkeeper hielt sein Versprechen. Es dauerte nicht lange, bis er mir ein Getränk wie aus dem Bilderbuch servierte. Ich nickte anerkennend und beobachtete die orangefarbene Flüssigkeit, die sich langsam mit dem Tequila vermischte. »Das sieht zumindest schon einmal aus wie ein Paloma.«

»Probier davon und du willst nie wieder etwas anderes trinken.«

Ich zog eine Augenbraue in die Höhe. »Du scheinst ziemlich von dir überzeugt zu sein, hmm?«

Er lehnte sich vor und stützte sich dabei mit seinen Armen auf der schwarz glänzenden Theke ab. Ich musste mich regelrecht zwingen, nicht auf seine Tattoos zu starren.

»Talent.«

»Wie bescheiden«, grinste ich und legte das Kinn auf der Hand ab. Vergessen war der Cocktail. »Wo hast du das Mixen gelernt?«

Irgendetwas hatte der Typ an sich, das mich verdammt neugierig machte. Viel mehr, als es sollte.

»Ian, machst du mir zwei Jägermeister?«, brüllte jemand vom anderen Ende der Theke. *Ian also.*

Der Blickkontakt brach ab, als er den Kopf zur Seite drehte. »Kommt sofort.«

Als er sich wieder mir zuwandte, war das Glänzen in seinen Augen verschwunden. Ein neutraler Gesichtsausdruck war an dessen Stelle getreten. *Schade.*

Sofort ärgerte ich mich über diesen Gedanken.

»Lass ihn dir schmecken«, sagte er und richtete sich wieder auf.

»Danke«, erwiderte ich, doch er hörte es schon nicht mehr.

*

Ian

Mist!

Wütend schenkte ich zwei Jägermeister ein und donnerte die Gläser härter als nötig auf die Theke. Ein paar Tropfen der dunklen Flüssigkeit schwappten über den Rand, aber Thomas, ein Freund von Stefan, merkte es noch nicht einmal. Er bedankte sich und zog von dannen. Was war bloß los mit mir? Wohin waren meine guten Vorsätze, mich von der unbekannten Schönheit fernzuhalten? Ich wollte es ja, aber als sie vorhin an der Theke gestanden hatte, hatte ich sie nicht länger ignorieren können. Natürlich nicht! Es war mein Job, die Leute zu bedienen. Aber anstatt ihr einen Drink zu servieren und danach wieder der Arbeit nachzugehen, hatte ich wie ein Idiot über der Theke gehangen und mit ihr geflirtet.

Ich war nach wie vor der Meinung, dass gegen einen Flirt nichts einzuwenden. Ich war nicht wie Stefan, aber unverbindlichen Sex gab es hin und wieder schon. Das war das Problem. *Unverbindlich.* Keine tieferen Gespräche. Diese Frau aber hatte etwas an sich … Zu gerne hätte ich ihre Geschichte gehört. Am liebsten wäre ich umgedreht, um das Gespräch von eben wieder aufzunehmen.

Was tat ich stattdessen? Ich schickte Mike vor, der eigentlich für die Tische zuständig war. Gerade war es allerdings so voll, dass wir auf Selbstbedienung umgestellt hatten. Die Leute strömten regelrecht an die Theke, sodass sich schon eine Traube darum gebildet hatte. Diese Masse konnte ich unmöglich allein bewältigen. Also hatte Mike die rechte Seite übernommen und ich die linke. Weit weg von *ihr*. Natürlich war sie nicht lange allein geblieben. Die Männer scharten sich förmlich um sie, wie die Motten um das Licht. Mit ihrem weißblonden Haar erinnerte sie an eine strahlende Lampe, die alles und jeden anzog. Sie schien jedoch nicht sonderlich glücklich oder gar interessiert zu sein. Ganz im Gegenteil: Dass sie sich unwohl fühlte, konnte ich ihr an der Nasenspitze ablesen. Anstatt den Laden zu verlassen, blieb sie aber einfach sitzen, als wüsste sie sonst nicht wohin mit sich.

Ich beobachtete das Ganze aus sicherer Entfernung, bis ich es nicht mehr aushielt und mein Beschützerinstinkt mit mir durchging. Besonders als ich sah, wie der schmierige Typ neben ihr immer weiter auf die Pelle rückte. Es war verrückt. Ich kannte sie ja gar nicht.

»Wir könnten auf die Tanzfläche gehen, wenn du das möchtest. Ich bin ein hervorragender Tänzer«, hörte ich den Typen schnurren, als wäre er ein liebestoller Kater. Was für ein Arsch. In diesem Laden gab es gar keine Tanzfläche. Außerdem war es so voll, dass man gerade mal stehen und sich unterhalten konnte, hatte man nicht einen der begehrten Tische ergattert. Ich konnte mir schon vorstellen, was der Kater unter *Tanzen* verstand.

»Nein danke.« Sie gab sich nach wie vor desinteressiert, zeitgleich strahlte ihre ganze Körperhaltung aus, wie unwohl sie sich fühlte.

Irgendwo in meinem Kopf hörte ich die leise Stimme der Vernunft, die mir sagte, dass mich das hier überhaupt nichts anging, aber mein Beschützerinstinkt war lauter. Also bezog ich Position vor den beiden und überkreuzte die Oberarme vor der Brust. Irgendjemand hatte mir mal gesagt, dass ich so bedeutend furchteinflößender wirkte.

»Kommst du? Deine Schicht hat längst angefangen.«

Ein trauriges Paar Augen richtete sich sofort auf mich, als wäre ich ein rettender Anker. *Fuck!* Diese Augen würden mich noch gewaltig in Schwierigkeiten bringen. Ich wusste es genau. Der schmierige Typ starrte mich ebenfalls ungläubig an. Es war offensichtlich, was er von meiner kleinen Unterbrechung hielt.

»Du arbeitest hier?«, wandte er sich an die hübsche Blondine neben sich, die mich weiterhin anstarrte, als versuchte sie, ein schwieriges Rätsel zu lösen.

»Natürlich arbeitet sie hier. Würde ich sie sonst zur Arbeit rufen?«, knurrte ich gefährlich leise, in der Hoffnung, der Typ würde die Botschaft endlich verstehen. Dabei ließ ich sie keinen Augenblick aus den Augen, genauso wenig wie sie mich. Was ich machen sollte, wenn sie meine kleine Maskerade auffliegen ließ, darüber hatte ich mir keine Gedanken gemacht.

Ganz toll, Ian.

Die Zeit dehnte sich, schien sich unnatürlich in die Länge zu ziehen. Als ich bereits glaubte, sie würde mich auflaufen lassen, senkte sie den Blick und setzte einen entschuldigenden Gesichtsausdruck auf.

»Sorry, muss wohl die Zeit vergessen haben.«

Dann wandte sie sich an den Schmierlappen, der immer noch neben ihr saß.

»Ich muss leider. War nett, dich kennenzulernen.«

War nett, dich kennenzulernen? Ihr Ernst? Die Frau war eindeutig zu gut für diese Welt.

Sie warf mir einen fragenden Blick zu und ich deutete mit einem Kopfnicken auf das Ende des Tresens.

»Vielleicht können wir ja etwas unternehmen, wenn du Feierabend hast?«

»Sie hat heute Doppelschicht«, antwortete ich anstatt ihrer. »Geh dir doch schon mal deine Schürze anziehen«, sagte ich an sie gewandt und verschaffte ihr damit die Gelegenheit, das Weite zu suchen. Der Typ schnaubte abfällig, zog aber endlich ab, natürlich nicht, ohne mir vorher einen finsteren Blick zuzuwerfen. Sollte er doch! Meine Wut rückte jedoch in den Hintergrund, als mir klar wurde, was ich da gerade getan hatte. Vor allem – was sollte ich jetzt sagen? Ich hatte nicht die geringste Ahnung.

*

Viktoria

Ich lugte um die Ecke in Richtung Bar und bemerkte erleichtert, dass der Typ gegangen war. Kopfschüttelnd ging ich wieder zu dem Platz, wo ich zuvor gesessen hatte.

Natürlich arbeitet sie hier. Würde ich sie sonst zur Arbeit rufen?

Was zum Teufel war das gewesen? Und wieso stand ich nun hinter der Bar und wartete auf einen Typen, den ich nicht einmal kannte? Das hier war eine ganz dumme Idee. So wie der ganze Abend. Ich hätte nach Hause fahren sollen. Wieso ging ich nicht einfach? Das Hotel war keine fünf Minuten entfernt. Stattdessen wartete ich hier, wie eine Servicekraft an ihrem ersten Abend, die sich gerade einen Rüffel von ihrem Chef eingefangen hatte … Wo zum Geier war er eigentlich hin verschwunden?

Mein Gedankengang stoppte abrupt, als jener plötzlich vor mir stand. Groß, breit gebaut und mit einem unsicheren Lächeln auf den Lippen. Offenbar überforderte ihn das hier genauso wie mich.

»Danke.« Es war das Erste, was mir einfiel.

»Sorry, ich wollte nicht …«

»Hast du nicht«, sagte ich schnell und erwiderte sein Lächeln. »So zügig bin ich noch nie an einen Job gekommen.«

Sein Mund formte sich zu einem breiten Grinsen, das mein Herz augenblicklich schneller schlagen ließ. Was das zwischen uns auch war, es musste dringend aufhören. Nur tat ich mal wieder das totale Gegenteil.

»Was soll ich tun?«

Ians Augen weiteten sich kaum merklich, als er begriff, worauf ich hinauswollte. »Du musst nicht …«

»Ich würde mich aber gerne revanchieren. Außerdem sieht es so aus, als könntet ihr ein wenig Hilfe gebrauchen.«

Ich warf einen schnellen Blick auf den Tresen, hinter dem Ians Kollege wortwörtlich in den Bestellungen der Gäste unterging. Ich hatte lange genug in einem Restaurant mitgearbeitet und entsprechend Erfahrung in der Gastronomie.

»Nimm es nicht persönlich, aber eure Personaldecke ist eine Katastrophe. Bei dieser Masse könnt ihr es unmöglich zu zweit schaffen.«

Ich biss mir auf die Unterlippe, als mir klar wurde, wie das klingen musste. Ich versuchte, es zu unterdrücken, aber manchmal kam die alte Viktoria hervor, ohne dass ich es verhindern konnte. Mein Gegenüber betrachtete mich aus zu Schlitzen verengten Augen. »Und du denkst, du kannst das ändern?«

»Vielleicht. Hab ein wenig Erfahrung.«

Ich glaubte schon, Ian würde mich davon jagen, als er mit den Schultern zuckte und eine Schürze aus dem Schrank zog.

»Also schön. Dann zeig mal, was du drauf hast.«

Er bedeutete mir, ihm zu folgen. Ich kam kaum hinterher, so groß waren seine Schritte.

»Mike!«, sagte er an seinen Kollegen gewandt, der sich erschrocken zu uns umdrehte. Auf dem Arm trug er etliche leere Gläser. Das hätte auch schiefgehen können.

Ian legte den Arm um mich. »Das ist …«

»Lena«, entschied ich spontan. Der Abend war bereits so verrückt gelaufen, wieso dann nicht einfach einen neuen Namen annehmen? Im Grunde genommen war er ja gar nicht neu. Lena war mein Zweitname. Das hatte ich auf Reisen häufiger getan. Es half mir, zu vergessen, wer ich eigentlich war. Ich würde diese Leute nie wiedersehen. So what?

»Lena wird uns heute unterstützen.«

Mike stellte die Gläser beiseite und reichte mir die Hand. »Dich schickt der Himmel. Oder etwa Stefan?«

Er lachte und erst da begriff ich, dass er einen Scherz gemacht hatte.

»Das Erste, würde ich sagen«, antwortete mein neuer Chef anstatt meiner und dirigierte mich zu den Zapfhähnen, ohne dass Mike noch etwas erwidern konnte.

»Wer ist Stefan?«, raunte ich und spürte die Wärme seiner Hand geradezu überdeutlich in meinem Rücken.

»Mein Bruder. Ihm gehört diese Bar, aber er hat heute frei.«

»Ah«, erwiderte ich wenig eloquent.

»Du könntest die Getränke zapfen, wenn du möchtest. Oder willst du lieber bedienen?«

Sofort musste ich wieder an den aufdringlichen Typen von vorhin denken. »Nein, Getränke zapfen klingt super. Ich kann übrigens auch Cocktails mixen.«

Er hob interessiert die Augenbraue. »Wirklich?«

Ich nickte. Um mir ein bisschen Geld dazuzuverdienen, hatte ich während meiner Reise in der ein oder anderen Cocktailbar ausgeholfen. »Du musst mir nur zeigen, wo alles steht, …?«

»Ian«, stellte er sich vor.

Ian, wiederholte ich erneut in Gedanken und merkte, wie sehr mir der Name gefiel. Kurz reichten wir uns die Hand. Die Berührung hinterließ ein Prickeln auf meiner Haut. Hastig zog ich die Finger zurück, versuchte mir jedoch nichts anmerken zu lassen. Stattdessen schenkte ich ihm ein entwaffnendes Lächeln.

»Dann lass uns mal loslegen.«

*

Mike, Ian und ich: das Dreamteam hinter der Theke. Es erstaunte mich, wie gut wir miteinander harmonierten. In meinen Jobs auf Reisen hatte ich wahrlich andere Sachen erlebt. Während ich die Getränke zubereitete, bedienten und kassierten Ian und Mike im Akkord. Die Flut an durstigen Menschen schien nicht abreißen zu wollen, aber immerhin kam jeder dran. Die Stimmung war ausgelassen, genau wie hinter der Bar. Obwohl wir teilweise wirklich rotierten, ließ Ian es sich nicht nehmen, den ein oder anderen schlechten Witz zu reißen. Ich schmunzelte über jeden einzelnen.

Die Stunden verflogen, ohne dass ich wirklich etwas davon mitbekam. Irgendwann wurde es ruhiger und die Bar leerte sich. Mike nahm wieder die Bedienung an den Tischen auf, sodass Ian und ich allein zurückblieben. Zeit, um durchzuatmen.

»Möchtest du etwas essen?«

»Was gibt es denn?«, fragte ich und wischte mit dem Lappen über das glänzende Metall der Zapfanlage. Zeitgleich gab mein Magen komische Geräusche von sich. Bis jetzt hatte ich gar nicht bemerkt, dass ich Hunger hatte. Dabei hatte ich seit dem Morgen nichts mehr gegessen.

»Fleischküchle.«

Leider gar nicht mein Fall, allerhöchstens, wenn ich sie selbst zubereitet hatte. Ich wollte gerade dankend ablehnen, als Ian mir zuvorkam. »Bevor du etwas sagst: Stefans Fleischküchle sind wirklich legendär und meist nach einer Stunde ausverkauft.«

Ich verschränkte die Arme vor der Brust. »Und wo willst du dann noch eins herbekommen?«

Ein neckischer Ausdruck trat auf sein Gesicht. »Ich habe extra eines aufbewahrt. Hinten im Kühlschrank. Nach getaner Arbeit ist das immer wie eine Belohnung. Weil du es bist, würde ich es mit dir teilen. Also ist heute sozusagen dein Glückstag.«

Ich lachte, angesichts seiner geradezu leidenschaftlichen Rede. »Ich glaube dir auch so, Ian. Aber Gott bewahre, ich möchte dir wirklich nichts wegessen.«

Er neigte den Kopf, sodass ich schlucken musste. Seine Augen … Dieses Grün … Es war so hell und strahlend, dass es fast schon unnatürlich wirkte.

»Ich bestehe darauf.«

Ich gab mich seufzend geschlagen. »Dann habe ich wohl keine Wahl, nicht wahr?«

»Hattest du nie.«

Schon seit ich in diese Bar gekommen war.

Der Satz hing unausgesprochen in der Luft und die Stimmung zwischen uns veränderte sich. Die Temperatur schien anzusteigen und das Atmen fiel mir schwer.

»Dann würde ich dein Angebot gerne annehmen«, sagte ich und wurde das Gefühl nicht los, in viel mehr eingewilligt zu haben als nur in das Angebot, sich die Frikadelle zu teilen.

Ian verschwand, um kurz darauf mit zwei kleinen Tellern zurückzukehren. Derweil übernahm ich die Bar. Erstaunlich, wie gut ich mich schon nach ein paar Stunden zurechtfand. Ich hätte es nie zugegeben, aber ich vermisste die Gastronomie. Die Arbeit mit den Menschen, den Alltag im Restaurant … vor allem aber das Kochen. Ich hatte es nie über die Souschefin hinaus geschafft, dabei hätte es locker bis zur Chefköchin gereicht. Kochen war meine Leidenschaft und ich war gut gewesen. Verdammt gut. Was mir jedoch gefehlt hatte, war die Menschlichkeit. Menschen zu führen, war ein Talent. Ein Talent, das ich definitiv nicht besaß und wahrscheinlich auch nie haben würde. Deshalb hatte mich Patrick, mein ehemaliger Chef, auch nie zur Chefköchin ernannt, obwohl es dafür mehrere Möglichkeiten gegeben hatte. Spätestens dann, als er sein zweites Restaurant, den *Weißen Hirsch,* eröffnet hatte. Ich war ihm nicht böse. Rückwirkend betrachtet hatte er genau die richtigen Entscheidungen getroffen. Aber das war jetzt nicht mehr wichtig. Die Zeiten waren vorbei. Mein altes Leben lag hinter mir und damit auch mein Job. Zu viele schlechte Erinnerungen. In einer Restaurantküche würde ich definitiv nicht mehr arbeiten.

»Hier bitte«, sagte Ian und hielt mir den Teller mit der halben Frikadelle hin. Ein Holzspieß steckte darin, daneben je ein kleiner Klecks Senf und Ketchup sowie ein Stück Toastbrot.

»Ich wusste nicht, was du lieber magst. Deshalb habe ich einfach alles mitgebracht.«

Ich lächelte angesichts dieser zuvorkommenden Geste. Überhaupt war Ian ein guter Typ. Nett, hilfsbereit, witzig und leider auch extrem heiß. »Danke«, sagte ich und tunkte das Stück Fleisch in den Senf. Kurz zuckte ich zusammen, als ich hineinbiss. Die gelbe Paste war viel zu scharf und überdeckte den Geschmack der Frikadelle nahezu vollständig. Beim nächsten Bissen ließ ich daher alles beiseite. Erstaunt stellte ich fest, dass es schmeckte. Die waren definitiv selbst gemacht. Ich glaubte sogar, Petersilie und Majoran herauszuschmecken.

»Und? Was sagst du?« Ian wirkte gespannt. Schließlich ging es hier um die Ehre seines Bruders.

»Die sind gut«, sagte ich und verputzte auch den Rest. »Ich würde nur einen milderen Senf dazu geben, da er sonst den leckeren Geschmack des Fleisches überdeckt.«

Ein Lächeln erschien auf Ians Gesicht. Von mir aus hätte er das die ganze Zeit über tun können. »Du kennst dich aus?«

Ich winkte ab. »Vielleicht ein wenig.«

In seinen Augen begann es zu funkeln. »Ich werde es Stefan ausrichten.«

»Was ausrichten?«

Ich wandte mich der fremden Stimme in meinem Rücken zu. Das war dann wohl Ians berühmter Bruder. Die Ähnlichkeit war frappierend.

»Dass du den falschen Senf gekauft hast.«

Ein Fragezeichen erschien auf dem Gesicht des Barchefs. »Was?«

»Nichts. Ian wollte mich nur aufziehen«, sagte ich schnell. »Ich bin Lena.«

»Stefan«, stellte er sich vor.

»Deine neue Mitarbeiterin«, informierte Ian seinen Bruder. Mir schoss das Blut in die Wangen.

»Ich habe nur ausgeholfen«, korrigierte ich ihn.

Stefans Blick wanderte von meinem zu Ians Gesicht. »Will ich wirklich wissen, was passiert ist?«

»Nein«, meinte dieser prompt. »Du musst nur wissen, dass sie eine ausgezeichnete Cocktailmixerin ist und den Zapfhahn aus dem Effeff beherrscht.«

»Wenn das so ist«, sagte Stefan und grinste breit. Damit sah er Ian gleich noch einmal viel ähnlicher. »Ich vertraue meinem Bruder. Du hast den Job.«

Ich schüttelte den Kopf. »Das ist furchtbar nett. Aber ich bin nur auf der Durchreise.«

»Ist das so?« Ian musterte mich neugierig. Ich nickte nur, da ich nicht weiter darauf eingehen wollte.

»Bruderherz, kannst du vielleicht für eine halbe Stunde übernehmen? Wir würden gerne eine Pause machen.«

Stefan wirkte fast erleichtert. »Ich dachte schon, du fragst nie.«

*

Als Ian von einer Pause gesprochen hatte, hatte ich nicht gedacht, dass wir den Rest des Abends an einem der frei gewordenen Hochtische verbringen würden, um dabei über Gott und die Welt zu plaudern. Er lud mich auf mehrere Drinks ein und mit jedem Getränk wurde ich lockerer. Ich erzählte mehr, als ich wollte. Im Grunde genommen war es ja auch egal. Nach dieser Nacht würde ich ihn nie wieder sehen. Leider, aber das ließ sich wohl nicht ändern. Außerdem tat es verdammt gut, mal nicht darüber nachzudenken, was man sagte und was nicht. Mit Ian zu reden war leicht. Wir lachten viel und ich hatte das Gefühl, genau so sein zu können, wie ich war. Das war wie durchatmen. Zumindest für diese Nacht.

»Also, Lena«, sagte Ian und trank sein Glas leer. Neugierig

hob ich den Blick. Erstaunlich, wie ich inzwischen wieder auf meinen Zweitnamen reagierte. Er war schon lange in Vergessenheit geraten und stand nicht einmal auf meinem Ausweis, weil ich ihn nie sonderlich gemocht hatte. Aber wenn Ian mich so nannte, war das irgendwie anders.

Verrückt, dachte ich nur und merkte, wie der Alkohol bereits mein Denken verlangsamte. Als würde ich durch ein Honigglas schauen. Aber nicht nur mir schien es so zu gehen. Auch Ian kämpfte mit den Folgen des Wodkas.

»Verrate mir dein dunkelstes Geheimnis.«

Ich prustete los. »Das klingt ziemlich pathetisch, findest du nicht?«

Ian zuckte mit den Schultern und guckte in sein Glas, als hätte er vergessen, dass er es eben erst leer getrunken hatte. »Irgendetwas muss ich ja fragen. Wo du gelernt hast, so gute Cocktails zu mischen, weiß ich ja schon. Ich beneide dich. Ich würde auch gerne mal eine Rundreise durch die USA machen, aber bisher bin ich nie weiter als bis zur Küste gekommen.«

Eine mir neue Note, die ich jedoch nur allzu gut kannte, schwang in seiner Stimme mit. Schwermut.

»Vielleicht machen wir das ja mal eines Tages zusammen, hmm?« Dass ich log, das war mir bewusst, aber ich wollte unbedingt etwas sagen, das ihn ein wenig aufheiterte.

»Ja, vielleicht«, antwortete er und sah mir dabei so intensiv in die Augen, dass ich das Gefühl hatte, er würde geradewegs auf den Grund meiner Seele blicken. Sofort bekam ich es mit der Angst zu tun und unterbrach den Blickkontakt. Wie machte er das nur immer wieder?

»Wenn du uns noch etwas zu trinken besorgst, dann erzähle ich dir eventuell mein Geheimnis«, sagte ich schnell, um meine Unsicherheit zu überspielen.

»Das ist mal ein Wort. Was darf es sein?«

Kurz überlegte ich, etwas ohne Alkohol zu bestellen, entschied mich im letzten Moment anders. »Ich nehme das Gleiche wie du.«

»Magst du Whiskey?«

Ich zuckte mit den Schultern. »Kommt auf den Whiskey an.«

Kurze Zeit später hielt ich ein Glas mit einer bernsteinfarbigen Flüssigkeit in der Hand. Ian hatte gleich die ganze Flasche mitgebracht.

»Den musst du probieren. Einer unserer besten.«

In einem Satz stürzte ich den Inhalt hinunter.

»Und?«

Ich sah zu Ian, der immer noch auf eine Antwort wartete. Offenbar legte er wirklich Wert auf meine Meinung.

»Blumenwiese.«

Eine Falte erschien auf seiner Stirn. »Blumenwiese?«

»Du wolltest doch wissen, wie der Whiskey schmeckt: blumig, grasig, frisch. Wie eine Blumenwiese halt. Eine gute Marke.«

Erkenntnis zeichnete sein Gesicht, dann erhellte ein schmales Lächeln seine Züge. Kleine Falten bildeten sich dabei um die Augen. »Du gefällst mir, Lena.«

Lena.

Wieso musste er diesen Namen immer nur so betonen? Es klang beinahe … verrucht. Hitze sammelte sich in meinem Bauch und die Gedanken nahmen ein Eigenleben an.

Völlig falsche Richtung!

Anderthalb Jahre war ich durch die Welt getingelt und war auf niemanden getroffen, der auch nur ansatzweise solch ein Verlangen in mir hervorgerufen hatte. Dazu musste ich erst in diese kleine Bar in Stuttgart stolpern. Verrückt.

»Jetzt zu deinem Geheimnis«, nahm er das Thema von vorhin wieder auf. Ich stöhnte und ließ mir erneut nachschenken.

»Du hast es versprochen«, erinnerte er mich.

»Ich weiß …« Schwerfällig rieb ich mir über die Stirn und dachte nach, aber mein Kopf war so schrecklich träge.

»Frag mich irgendetwas. Ich werde dir antworten.«

Seine Augen färbten sich dunkel. »Auf alles?«

Ich hüllte mich in Schweigen, wusste ich doch, dass ich schon viel zu viel gesagt hatte. Wieder dieser durchdringende Blick. Ich rechnete bereits mit einer schlüpfrigen Frage, als er das Kinn auf der Hand abstützte und sagte: »Warum bist du so traurig?«

Seine Worte trafen mich wie ein Schlag. Sämtliche Alarmknöpfe gingen bei mir an. Ob er davon wusste? Ob er mich erkannt hatte? Unmöglich, oder? Ich wusste nicht, ob es der Alkohol war oder seine Frage, aber plötzlich war ich wieder in der Vergangenheit. Als wäre ich nie weggewesen … Zu überdeutlich sah ich die alte Viktoria vor meinem geistigen Auge. Die Viktoria, die fast ein Menschenleben auf dem Gewissen hatte.

»Ich verstehe nicht …«, murmelte ich und klammerte mich an meinem Whiskeyglas fest.

Plötzlich legte Ian seine Hand auf meine. Die Wärme seiner Haut durchströmte mich. Ich klammerte mich daran wie an einen rettenden Anker, um nicht weiter abzudriften.

»Sorry, ich wollte nicht taktlos sein. Der Alkohol … Ich hätte das nicht fragen dürfen.«

»Ich glaube nicht, dass du das hören willst«, sagte ich mehr zu mir selbst. Ich hätte meine Finger zurückziehen sollen, stattdessen ließ ich sie, wo sie waren, und genoss die ungewohnte Nähe.

»Egal, was es ist, ich werde dich nicht verurteilen.«

»Das kannst du nicht wissen …«

Jetzt wusste ich wieder, warum ich meine Bekanntschaften stets oberflächlich hielt. Zwangsläufig kam man immer an diesen einen Punkt. Der Punkt, an dem es um meine Vergangenheit ging. Ich hätte aufstehen und gehen können. Ich war Ian keine Rechenschaft schuldig. Wir würden uns nie wieder sehen, also konnte es mir egal sein, was er über mich dachte, oder?

»Ich werde dich nicht verurteilen«, wiederholte er.

Komischerweise machten mich seine Worte wütend.

Jeder verurteilte mich. »Auch nicht, wenn ich dir sage, dass wegen mir fast jemand gestorben wäre?«

Statt abzuhauen, blieb er sitzen und sah mich forschend an, schien jedes Detail meines Gesichts in sich aufzusaugen. »Auch dann nicht. Erzähl mir davon, wenn du möchtest.«

Ich blinzelte irritiert. »Hast du nicht gehört, was ich gerade gesagt habe?«

»Das habe ich«, antwortete er ruhig. »Aber in der Regel bilde ich mir erst ein Urteil, wenn ich alle Fakten kenne.«

Er nahm die Flasche und schenkte uns nach. Dabei spannten sich seine Muskeln und die Tattoos auf seinen Armen schienen im schummrigen Licht der Bar ein Eigenleben zu entwickeln.

»Da wärst du der Erste«, murmelte ich düster und dachte an all die verächtlichen Blicke der Bewohner aus Holzenkirch. Tja, ich hatte es wohl nicht anders verdient. Obwohl meine Familie Stillschweigen bewahrt hatte, war die Geschichte trotzdem durchgesickert. Irgendjemand wusste immer Bescheid.

»Ich bin nicht wie andere.«

Das war mir auch schon aufgefallen. Er hielt mir das Glas hin, das ich in einem Zug leerte. Erneut spürte ich Wut in mir aufsteigen. Dabei hatte Ian gar nichts getan, das diese Reaktion erklären würde. Wahrscheinlich war es eher die Wut auf mich selbst. Es war fast so, als wollte ich, dass er mich nicht mochte. Weil, es war ja immer so. Wieso sollte es jetzt anders sein?

»Also schön …«, sagte ich und legte mir die nüchternen Fakten zurecht. »Die Kurzfassung lautet folgendermaßen: Ich war verliebt und habe quasi alles getan, um das Herz dieses Menschen zu gewinnen.« Zeitgleich blitzte Patricks Gesicht vor meinem geistigen Auge auf. »Aber er hatte eine ziemlich unschöne Trennung hinter sich und wollte niemanden mehr an seiner Seite. Also strengte ich mich noch mehr an, um ihn von meinen ehrlichen Absichten zu überzeugen, aber es brachte nichts. Was ich auch tat, es war zwecklos. Dann, eines Tages, trat eine fremde Frau in sein Leben … Eine Touristin, die seine Ferienwohnung gemietet hatte. Es dauerte nicht lange und er fing etwas mit ihr an. Einfach so.«

Kurz hielt ich in meiner Erzählung inne, um mir jetzt selbst nachzuschenken und die aufwallenden Gefühle unter Kontrolle zu kriegen. »Ich verstand es nicht und suchte die Schuld bei mir, fand aber keine Erklärung dafür. Ich war so schrecklich wütend und tat alles, um die beiden auseinanderzubringen. Nun ja … Fast wäre es mir gelungen. Ich habe ihn geküsst, weil ich wusste, dass sie in der Nähe war. Mein Plan ging auf. Sie lief davon, setzte sich in ein Auto, dessen Bremsen defekt waren, und fuhr nach Hause. Sie überschlug sich auf der verschneiten Straße und hätte dabei fast mit ihrem Leben bezahlt.«

Ich stieß die Luft aus. So hatte ich noch nie jemanden davon erzählt. In all der Zeit nicht. Ich rechnete jeden Moment damit, dass er aufstehen und gehen würde. Stattdessen fragte er: »Wusstest du, dass das Auto kaputt war?«

»Nein …«

»Wusstest du, dass sie vorhatte, es zu benutzen?«

»Ich wusste gar nicht, dass dieses Auto existiert.«

»Und wieso denkst du dann, dass du für ihren Unfall verantwortlich bist?«

»Ich …« Weil jeder das dachte? Ich schüttelte den Kopf. »Hätte ich die Finger von ihm gelassen, wäre es nie so weit gekommen.«

»Sicher, das war nicht die feine Art, aber ich denke nicht, dass du wolltest, dass ihr etwas zustößt.«

»Natürlich nicht. Alles, was ich wollte, war, dass sie nach Hause geht.«

»Geht es ihr wieder gut?«

Ich nickte. Das war das einzig Gute an der Sache. Charlotte hatte sich wieder vollständig erholt. Mittlerweile lebten Patrick und sie zusammen und waren glücklicher denn je. Sie hatten im Sommer standesamtlich geheiratet. Jasmin, meine Schwester, hatte es mir erzählt.

»Sonst hätte ich mir das nie verziehen.«

Ian drehte nachdenklich sein Glas in der Hand. Mein Blick fiel auf seine kräftigen Hände und in mir keimte der Wunsch auf, ihn ein weiteres Mal zu berühren.

»Hat sie dir verziehen?«

Ich dachte an das Gespräch zurück, das ich kurz vor meiner Abreise mit Charlotte geführt hatte. Sie hatte mich sogar in den Arm genommen und kurz gedrückt. »Ja, das hat sie, denke ich …«

»Und du dir selbst?«

Ich runzelte verwirrt die Stirn.

»Du sagtest vorhin: *Sonst hätte ich mir das nie verziehen.* Hast du dir selbst verziehen?«

Ich lachte auf. Kurz und bitter. »Wie sollte das jemals gehen?«

»Manchmal muss man das aber, um weiter machen zu können.«

Etwas in seiner Stimme berührte mich. Ganz tief in mir drin. Es klang, als wüsste er ganz genau, wovon er sprach. Da fiel mir auf, wie nahe wir beieinander saßen. Wann war das passiert? Oder war ich es, die seine Nähe suchte?

»Und wenn ich das nicht kann?«, hauchte ich erstickt und fühlte mich genauso verloren, wie ich mich gerade anhörte.

»Du musst es versuchen.«

Wie von selbst verflochten sich unsere Finger miteinander. Nun war er mir so nahe, dass mir sein Geruch in die Nase stieg. Etwas Vertrautes lag darin, aber ich konnte nicht sagen, woher es kam.

»Vergessen wäre schon mal ein guter Anfang, oder?«

»Das wäre es wohl«, murmelte er und sein Blick wanderte zu meinen Lippen, dann wieder zu mir. Als ich in seine grünen Augen sah, hatte ich das Gefühl zu ertrinken. Da waren so viele Emotionen, dass mir ganz schwindelig wurde.

Himmel!

Die letzten Zentimeter zwischen uns verschwanden ganz von selbst und plötzlich spürte ich Ians warme Lippen auf meinen. Ein wahres Feuerwerk der Gefühle explodierte in meiner Brust, als seine Zunge vorsichtig meinen Mund eroberte. Ich schmeckte den Whiskey, aber auch einen Hauch von Minze. Zeitgleich spürte ich die Bartstoppeln über meine empfindliche Haut kratzen. Die Erregung spülte wie eine Welle über mich hinweg, als er mein Gesicht in seine starken Hände nahm. Seine Haut war rau und er küsste ganz anders, als ich es erwartet hatte. Eine Mischung aus Verzweiflung, Leidenschaft und Verruchtheit. Ein Mix, der mir förmlich den Boden unter den Füßen wegzog. Als hätte ich jahrelang nichts mehr gefühlt, saugte ich nun wie ein Schwamm alles in mich auf. Wie war das möglich? Dieser Mann, von dem ich gerade mal den Namen wusste, kam einfach in mein Leben und wirbelte alles durcheinander.

Was tust du da?, hörte ich die warnende Stimme in meinem Kopf, als wir den Kuss vertieften, aber ich ignorierte sie. Selbst wenn ich gewollt hätte, ich hätte nicht zurückgekonnt. Ich wollte mich wieder lebendig fühlen … wollte *vergessen* … und wenn es nur für diese eine Nacht war. Ein leises Stöhnen entwich meiner Kehle, als Ians Hände meine Wirbelsäule hinab glitten. Viel zu viel Stoff.

»Himmel, Lena …«

Seine Stimme glich mehr einem Knurren, als könnte er sich ebenfalls nur schwer beherrschen. Mir drängte sich die Frage auf, ob er Ähnliches erlebt hatte wie ich. War er genauso auf der Suche nach Zerstreuung? Vielleicht war es genau das, was uns aneinander so anzog. Was es auch war, ich wollte mehr. Ich wollte ihm nahe sein. Das hier war nicht genug.

»Ian?«, fragte ich zwischen zwei Küssen.

»Hmm?«

Plötzlich war ich furchtbar aufgeregt und wusste nicht mehr, was ich sagen sollte. Schließlich hatte ich so etwas wie das hier noch nie gemacht.

»Ich habe ein Hotelzimmer … Wollen wir vielleicht … Ich meine …«

Er strich mir eine Strähne hinters Ohr und lächelte. Heiße und kalte Schauer zogen wie ein Gewitter über meine Haut.

»Unglaublich gern.« Er sagte das, als wäre das hier nicht ein läppischer One-Night-Stand, sondern der Beginn von etwas Wunderbarem. Dann küsste er mich erneut und nahm mir damit einen Teil meiner Unsicherheit. Ich war erleichtert, dass er mich auch so verstand. Ian griff nach meiner Hand und zog mich vom Stuhl. Zusammen verließen wir die Bar.

KAPITEL 2

Ian

Als ich am nächsten Morgen erwachte, wusste ich im ersten Moment nicht, wo ich mich befand. Nur, dass ich einen tierischen Kater hatte.

»Shit«, fluchte ich leise und rieb mir über die Stirn. Warum war es nur so verdammt hell hier drin? Blinzelnd sah ich mich um und fand mich in einem Hotelzimmer wieder. Mit der Gewalt einer Sturmflut drang die Erinnerung an die vergangene Nacht in mein Gedächtnis.

Lena …

Hastig richtete ich mich auf. Ganz schlechte Idee, denn der Schmerz explodierte förmlich hinter meiner Stirn. Das Schlimmste war jedoch, dass sich das bestätigte, was ich bereits geahnt hatte. Ich war allein in diesem neu eingerichteten Hotelzimmer, das schick aussah, aber keine Seele besaß. Etwas, das mir vor wenigen Stunden gar nicht aufgefallen war, da Lena alles überstrahlt hatte. Die Frau, mit der ich wohl die beste Nacht meines Lebens verbracht hatte.

Es klang völlig überzogen, selbst in meinen Ohren, aber so war es nun mal. Schon der erste Kuss hatte mich schlichtweg um den Verstand gebracht und alles, was danach geschehen war, noch viel mehr. Das war nicht bloß ein One-Night-Stand gewesen …

Das Schlimme daran war, dass ich Trottel gedacht hatte, dass es ihr genauso ging. Aber da hatte ich mich wohl grundlegend getäuscht. Denn sie war nicht mehr hier. Das war Antwort genug, oder?

Ein bitterer Geschmack begann sich in meinem Mund auszubreiten, als ich den Zettel auf dem Nachttisch entdeckte.

Sofort griff ich danach und las die wenigen Zeilen darauf. Doch anstatt dass es mir half, machte es die ganze Sache nur schlimmer:

Danke, dass du mir geholfen hast, zu vergessen. Zumindest für diese eine Nacht. Du bist unglaublich.

Lena

*

Viktoria

Es hatte sich absolut nichts verändert seit meiner Abreise. Holzenkirch war immer noch die kleine, schnuckelige Ortschaft, die ich vor anderthalb Jahren zurückgelassen hatte und das würde sich wahrscheinlich auch nie ändern. Dieses Fleckchen Erde mit seinen schönen Fachwerkhäusern und dem historischen Ortskern wirkte wie aus der Zeit gefallen und war einer dieser Sehnsuchtsorte, wie man sie in einem der Urlaubsprospekte bestaunen konnte. Als ich damals mit meiner Schwester das erste Mal hier zu Besuch gewesen war, hatte ich mich auf Anhieb in dieses Dorf verliebt. Im Norden hatte ich mich nie wirklich heimisch gefühlt. Hier schon. Als

geändert? Mein Blick fiel auf die Sitzgruppe, die vor dem Haus stand. Ein schöner Ort, an dem wir im Sommer oft gegrillt hatten. Ein tonnenschweres Gewicht legte sich auf meine Brust, als ich sah, wer dort saß. Es war Charlotte, die gerade dabei war, Gestecke aus Tannenzweigen zu binden, die mit Sicherheit für den Hofladen bestimmt waren. Nachdem sie damals endgültig nach Holzenkirch gezogen war, hatte sie angefangen, in Jasmins Hofladen zu arbeiten. Also war es nichts Ungewöhnliches, hier auf sie zu treffen. Nur, dass sie die Erste war, damit hatte ich ehrlich gesagt nicht gerechnet. In diesem Augenblick schien auch sie mich zu bemerken und hob den Blick. Ein Funkeln blitzte in ihren Augen auf, als sie mich erkannte. Fast zeitgleich hoben sich auch ihre Mundwinkel.

»Vik!«

Sie klang … erfreut? Ihre Reaktion überraschte mich. Mit allem hatte ich gerechnet, nur nicht damit.

»Hi«, entgegnete ich unsicher. Sie erhob sich und dann erblickte ich das, was mir bisher durch die Tannenzweige verborgen geblieben war. Charlotte war schwanger. Ein runder Bauch zeichnete sich unter ihrem Pullover ab. Ich konnte nicht anders, als sie anzustarren, während mein Hirn versuchte, die Information zu verarbeiten. Sie und Patrick erwarteten ein Kind. Schweigen breitete sich aus. Wieso hatte mir niemand Bescheid gesagt? Dabei war es offensichtlich …

»Du … bist schwanger«, sagte ich und klang genauso hilflos, wie ich mich fühlte.

Ein kleines Lächeln erschien auf Charlottes Gesicht, während sie liebevoll über ihren Bauch strich. »Sieht wohl so aus. Mittlerweile kann es selbst der größte Pulli nicht mehr verbergen.«

Ein Lachen und ein Schluchzen bahnten sich zeitgleich den Weg meine Kehle hinauf. Erschrocken schlug ich mir die Hand vor den Mund, konnte jedoch den Blick nicht von ihr wenden. Es war meine Reaktion, die mich am meisten überraschte. Ich freute mich.

»Alles in Ordnung?«, fragte Charlotte verunsichert, die genauso überfordert mit dieser Situation zu sein schien wie ich.

»Ja«, sagte ich und strich mir die Tränen aus den Augenwinkeln. »Ich freue mich für euch, Charlie. Besonders nach der Geschichte, die Patrick mit Nicole hinter sich hat.«

Bevor Patrick mit Charlie zusammengekommen war, hatte er eine ziemlich unschöne Trennung durchgemacht. Seine Ex-Freundin war schwanger gewesen, aber nicht von ihm, sondern von ihrer Affäre. Das Ganze hatte ihn damals extrem mitgenommen, sodass er lange Zeit niemanden an sich rangelassen hatte. Inklusive mir.

»Ich wollte mit Jasmin sprechen, dass sie es dir sagt, aber …«

Ich sah, wie Charlie mit den Worten rang. Es war keine böse Absicht gewesen. Das wusste ich, weil sie nun mal einfach so war. Sie hatte mich nicht verletzen wollen.

»Mach dir keine Gedanken. Wie läuft es? Ist alles in Ordnung?«

Sie wirkte erleichtert. »Ja, alles bestens.«

Ich freute mich so sehr, dass ich sogar kurzzeitig meine eigene Unsicherheit vergaß. »Was wird es? Oder ist das geheim?«

Dieses Mal umfasste Charlie ihren Bauch mit beiden Händen. »Ein Junge.«

»Wie schön.«

»Ja. Ich kann es selbst noch nicht glauben. Wie ist es dir ergangen? Du warst länger weg als erwartet.«

Mein Lächeln erlosch. »Stimmt. Hat sich irgendwie so ergeben.«

»Und wie geht es dir?«

Ihre Frage schleuderte mich zurück in die Realität. Ich verstand einfach nicht, wie sie hier stehen und sich mit mir unterhalten konnte. Als hätte ich ihr nicht all diese schrecklichen Dinge angetan.

»Ich …«

Da ging die Haustür auf und eine verwundert dreinblickende Jasmin schaute mir entgegen. »Vik? Bist du es wirklich?«

Ich zuckte mit den Schultern und spürte, wie sich ein Lächeln auf meinen Lippen ausbreitete. Erst da wurde mir bewusst, wie sehr ich meine Schwester vermisst hatte. »Schaut wohl so aus.«

Schneller als ich gucken konnte, war sie bei mir und schlang die Arme um mich. »Endlich bist du zu Hause!«

Und da konnte ich es spüren. Zumindest ein wenig. Ich war daheim.

KAPITEL 3

Den Abend verbrachten wir bei einem gemeinsamen Essen. Charlie verabschiedete sich relativ zeitig, da sie eine Verabredung hatte. Erst danach merkte ich, wie die Anspannung allmählich von mir abfiel. Dabei war unser Wiedersehen viel besser verlaufen als erwartet. Keine Vorwürfe, keine Anschuldigungen, kein Wort über den Unfall. Im Gegenteil: Sie schien sich gefreut zu haben, mich wiederzusehen. Was mein Verstand wusste, konnte ich meinem Herz einfach nicht begreiflich machen. Immer wenn ich in Charlies Nähe war, erdrückten mich die Schuldgefühle förmlich. Damals wie heute. Ob sich das je ändern würde? Ich wusste es nicht.

Ich dachte an Ians Worte und an das, was er über das Verzeihen gesagt hatte. Er hatte recht, nur wusste ich nicht, wie ich das umsetzen sollte. Vielleicht musste ich mich erst an die neue Situation gewöhnen. Mir Zeit geben. Vor allem aber musste ich Ian schleunigst aus meinem Kopf bekommen. Es war ein One-Night-Stand gewesen. Nicht mehr. Warum nur musste ich seit heute Morgen unablässig an den Kerl denken? Ich hatte genügend andere Probleme.

Ich nahm mir vor, mich auf meine Familie zu konzentrieren und die Zeit zu genießen. Ich hatte sie unglaublich vermisst und sie mich anscheinend genauso sehr. Besonders meine Schwester und ihre Tochter Emma. Himmel, die Kleine war so groß geworden. Sie reichte mir fast bis an die Brust. Nun ja, das war bei meiner Körpergröße auch kein Kunststück. Emma war ein regelrechter Wirbelwind und verzauberte alle mit ihrem sonnigen Gemüt.

Zu meinem Glück kamen die Mitbringsel aus aller Welt bestens an und so stieg ich im Status der Lieblingstante ungemein. Gegen Charlie hatte ich wohl keine Chance. Jetzt, da sie mit Patrick verheiratet war … Ich versuchte, nicht allzu sehr darüber nachzudenken. Die beiden hatten es mehr als verdient.

»Ach Vik, ich bin so froh, dass du wieder hier bist«, sagte Jasmin, als sie Emma ins Bett gebracht hatte. Danach hatten wir uns auf das Sofa zurückgezogen und betrachteten nun mit einem Glas Wein in der Hand das Feuer im Kamin, während Sebastian die Abendrunde über den Hof drehte. »Du hättest anrufen sollen. Ich hätte dich gern vom Flughafen abgeholt.«

Ich nippte an meinem Wein und merkte, wie der Stress der letzten Tage allmählich von mir abblätterte. Zumindest das Wohnungsproblem hatte sich gelöst. Vorerst würde ich hier unterkommen. So lange, bis ich es etwas Eigenes gefunden hatte. In meine alte Bleibe konnte ich jedenfalls nicht zurück, denn die hatte ich damals vor meiner Abreise aufgegeben.

»Ich wollte keine Umstände machen.«

»Du weißt, dass das Blödsinn ist, oder?«

»Ich … bin schon gestern Abend gelandet.«

Jasmins Augen weiteten sich vor Überraschung. »Gestern Abend?«

Ich nickte und starrte in mein Glas, als stünde dort die Lösung all meiner Probleme.

»Ich brauchte Zeit, um anzukommen und … mich an den Gedanken zu gewöhnen, wieder hier zu sein.«

Ein wissender Ausdruck trat in ihr Gesicht. Ich sprach mit niemanden über meine Probleme, und wenn, dann ausschließlich mit Jasmin. Sie wusste auch ohne viele Worte, wie es in mir drin aussah, wahrscheinlich einfach, weil sie meine Schwester war.

»Machst du dir immer noch solche Vorwürfe?«, fragte sie leise.

Ich schluckte. »Wie könnte ich nicht?«

»Vik … Charlie hat dir verziehen. Schon längst. Patrick übrigens auch.«

Ich schnaubte. »Das weißt du nicht.«

»Doch, das weiß ich«, widersprach sie sanft.

»Sie sagen es vielleicht, aber …«

Meine Stimme brach. Mit zwei Fingern umfasste Jasmin mein Kinn, sodass ich ihr ins Gesicht sehen musste. Eines, das meinem so ähnlich war. »Du bist nicht schuld.«

Wie oft waren wir schon an diesem Punkt gewesen? Ich wusste es nicht. »Objektiv betrachtet nicht, aber …«

»Nichts aber. Du musst damit aufhören, Vik. Sonst frisst es dich irgendwann auf.«

Das hat es schon längst, dachte ich, sprach es aber nicht aus. »Ich kann nichts für meine Gefühle. Ich hatte gehofft, die Reise würde mir dabei helfen, aber da habe ich mich wohl getäuscht. Als ich Charlie vorhin gesehen habe, da war es, als wäre es erst gestern passiert …«

Jasmin strich mir sanft über den Rücken und kuschelte sich dann an mich. Ich schloss die Augen und genoss ihre Nähe.

»Ist es vielleicht wegen der Schwangerschaft?«

»Nein«, antwortete ich ehrlich. »Ganz im Gegenteil. Ich freue mich für die beiden.«

»Ich mich auch. Patrick ist schon völlig aus dem Häuschen.«

Der Gedanken zauberte mir ein kleines Lächeln auf die Lippen. »Er hat es verdient. Beide haben es verdient, glücklich zu sein.«

»Du aber auch«, sagte Jasmin und warf mir einen Blick von der Seite zu. Ich starrte weiterhin auf meinen Wein, sonst hätte ich vermutlich losgeheult. Ich hatte gedacht, wenn ich wiederkäme, wäre alles leichter, aber irgendwie war es genau das Gegenteil.

»Wie sieht es aus? Hast du jemanden kennengelernt?«, fragte Jasmin, um das Gespräch in seichtere Gefilde zu lenken. Nur allzu gerne ließ ich mich darauf ein.

»Nein«, antwortete ich und versuchte mit aller Macht das Bild von zwei hellgrünen Augen zu verdrängen. »Wenn, dann war es ausschließlich freundschaftlich.«

»Vielleicht wäre es gut, mal wieder jemanden kennenzulernen?«

Ich schüttelte den Kopf. »Erst mal muss ich mein Leben in den Griff bekommen. Job, Wohnung … So etwas halt.«

Jasmin drückte meinem Arm. »Klingt als hättest du einen Plan.«

Fast hätte ich aufgelacht. Ich hatte alles, nur nicht das. Trotzdem lächelte ich. »Wird schon.«

»Willst du wieder im Restaurant arbeiten?«

Meine Antwort kam prompt. »Niemals.«

»Ich will mich beruflich neu orientieren«, schob ich schnell hinterher, da mir bewusst wurde, wie harsch das geklungen hatte.

Jasmin runzelte ungläubig die Stirn. »Du willst das Kochen aufgeben?«

Ich nickte entschlossen.

»Aber … Das war immer deine Leidenschaft.«

Sie klang beinahe verzweifelt.

»Auf Reisen habe ich es nicht allzu sehr vermisst«, beruhigte ich sie. »Ich denke, das gehört zu einem Neuanfang einfach dazu.«

Ich wusste, dass Jasmin anderer Meinung war, aber sie hätte mir niemals reingeredet. »In Ordnung. Wenn du denkst, dass das die richtige Entscheidung ist.«

»Ist es.«

Es wurde still und jeder hing für einen Moment seinen Gedanken nach. Ob sie doch sauer war? Ich wollte sie kein zweites Mal enttäuschen. Die Holzscheite im Kamin knackten und Funken stoben wie aufgeschreckte Glühwürmchen in die Luft. Dann lehnte meine Schwester sich vor und griff nach der Flasche, um uns nachzuschenken. Dankbar hielt ich ihr das Glas entgegen.

»Ich will nur, dass du eins weißt«, sagte sie und stellte das Glas beiseite, nachdem sie einen Schluck getrunken hatte. Fragend, aber auch mit einem unguten Gefühl im Bauch, hob ich den Blick. »Egal, wie du dich entscheidest, ich stehe hinter dir. Immer.«

Also doch … Wie hatte ich auch nur einen Augenblick an ihr zweifeln können? Jasmin würde mich immer unterstützen, egal was ich tat. Hastig stellte ich den Wein auf den Tisch und nahm sie in den Arm. Jetzt musste ich doch weinen. Verdammte Tränen. »Danke«, sagte ich und drückte sie fest an mich. »Danke für alles.«

*

Die ersten zwei Tage in Deutschland tat ich so gut wie nichts anderes, als zu schlafen. Meine Hoffnung war groß gewesen, aber schlussendlich hatte mich der Jetlag voll erwischt. Da ich so gut wie keine Verpflichtungen hatte, nahm ich mir die Zeit, richtig anzukommen. Sebastian und Jasmin ließen mich weitestgehend in Ruhe, nur Emma zeigte keine Gnade, was vielleicht gar nicht verkehrt war. So war ich gezwungen, regelmäßig das Zimmer zu verlassen und an den gemeinsamen Mahlzeiten teilzunehmen. Irgendwann hatte ich mich ausgeschlafen, aber der Drang, im Bett zu bleiben, wurde fast übermächtig. Ich fühlte mich noch nicht bereit, in mein neues Leben zu starten.

An diesem Morgen war das Frühstück beendet und ich half Jasmin dabei, den Tisch abzuräumen. Sebastian war schon aus dem Haus, ebenso wie Emma, die sich auf den Weg zur Schule gemacht hatte.

»Und?«, fragte meine Schwester und befüllte die Spülmaschine, während ich die Lebensmittel zurück in den Kühlschrank räumte. »Was hast du heute vor?«

»Ich wollte das Internet und die Zeitung nach Wohnungen durchforsten.«

Meine Schwester wirkte überrascht. »Was? Jetzt schon?«

»Nun ja … Ich kann nicht ewig euer Gästezimmer blockieren.«

»Unsinn! Du kannst so lange bleiben, wie du möchtest. Du könntest dir in Ruhe einen Job suchen und dann nach einer Wohnung schauen. Bei Patrick im Restaurant ist gerade übrigens Land unter, falls du etwas für den Übergang suchst.«

Ich verschränkte die Arme vor der Brust und lächelte müde. »Denkst du etwa, ich weiß nicht, was du da gerade versuchst?«

Sie grinste verschlagen. »War einen Versuch wert.«

»Leider gnadenlos gescheitert.«

Sie winkte ab. »Ich werde es verkraften. Hast du denn schon eine Idee?«

Ich seufzte resigniert, hatte ich doch gehofft, die Erleuchtung würde kommen, sobald ich wieder in Holzenkirch war. Stattdessen musste ich unentwegt an die Nacht in Stuttgart denken. Es war zum Verzweifeln. »Ehrlich gesagt, nicht die Geringste.«

»Ich könnte Hilfe im Hofladen gebrauchen.«

Ich musterte Jasmin skeptisch, während sie das entsprechende Spülprogramm auswählte. »Das sagst du jetzt aber nicht nur, weil du Mitleid mit mir hast, oder?«

Wenn ich eins nicht gebrauchen konnte, dann war es Mitleid. Außerdem arbeitete Charlie im Laden meiner Schwester. Ihr kurz zu begegnen war eine Sache, mehrere Stunden mit ihr zusammenzuarbeiten eine andere.

»Ganz und gar nicht. Charlie hat vor, die Arbeitszeit zu reduzieren, was ich gut verstehen kann. Also bräuchte ich wirklich dringend Hilfe. Ich habe schon eine Anzeige geschaltet, aber bisher hat sich niemand Passendes gemeldet.«

Ich verschränkte die Arme. »Denkst du, ich und du, das klappt?«

Jasmin und ich verstanden uns hervorragend, aber wenn es stressig wurde, konnte es zwischen uns auch mal gehörig knallen. Etwa völlig Normales, schließlich waren wir Geschwister, aber ich wollte keinen Streit riskieren. Dafür war mir unser gutes Verhältnis zu wichtig.

»Charlie und du hättet den Laden die meiste Zeit für euch. Ich bin überwiegend unterwegs und helfe nur, wenn viel zu tun ist. Keine Sorge, es wird keinen Streit geben.«

»In Ordnung«, sagte ich. »Ich helfe dir.«

»Wirklich?«

»Wirklich.«

Unerwartet fiel sie mir um den Hals, sodass ich fast das Gleichgewicht verloren hätte. »Danke! Du rettest mir den Hintern.«

Ich klopfte ihr den Rücken. »Kein Ding.«

»Ich bezahle dich natürlich«, sagte Jasmin sofort.

»Kommt gar nicht in Frage!«, protestierte ich. »Schließlich wohne ich hier schon umsonst.«

»Darüber reden wir später. Wann könntest du anfangen?«

Wenn sie schon so fragte … »Sofort?«

»Perfekt! Charlie hat einen Vorsorgetermin und ich bin quasi allein …«

Ich lachte. »Na dann gehe ich mich mal fertig machen.«

*

Im Hofladen hatte sich seit meinem letzten Besuch doch einiges verändert. Durch einen Anbau war die Fläche nun fast doppelt so groß und eine moderne Einrichtung sorgte für ein gemütliches Ambiente. Jasmin erzählte mir bei unserer kleinen Einführungsrunde, dass sie die Produktpalette stetig erweiterte. »Voraussetzung dafür, dass ich die Ware in mein Sortiment mit aufnehme, ist, dass sie fair gehandelt und regional produziert ist.«

»Das stelle ich mir schwierig vor«, sagte ich und betrachtete das Regal, auf dem selbstgemachte Nudeln und Soßen angeboten wurden. Mittlerweile gab es hier eigentlich alles zu kaufen. Ich war beeindruckt.

»Es stellen immer mehr Leute darauf um. Sie brauchen nur einen Markt, auf dem sie ihre Produkte verkaufen können. Und diese Plattform biete ich ihnen.«

Ich lächelte. »Meine Schwester, die Weltverbesserin.« Damit hatte ich sie früher schon immer geärgert, nur mit dem Unterschied, dass sie es jetzt wirklich tat.

»Du findest es doof, nicht wahr?«

»Nein«, widersprach ich sofort. »Ich bin stolz auf dich. Du hast hier echt was aus dem Boden gestemmt. Ich freue mich, Teil davon zu sein.«

Schnell sah sie weg. Das verräterische Schimmern in ihren Augen hatte ich trotzdem gesehen. »Danke. Aber nun zeige ich dir, wo ich die ganzen Soßen und die anderen Lebensmittel herstelle.«

Sie führte mich in einen weiteren Raum. Mir blieb buchstäblich die Spucke weg. »Dein Ernst?«

Mit großen Augen betrat ich die professionell eingerichtete Küche. Alles war vorhanden. Ein wahrer Traum.

»Ich war es leid, ständig in der Wohnküche zu kochen. Hier kann ich schalten und walten, wie ich es für richtig halte.«

»Was du nicht sagst …« Fast ehrfürchtig strich ich über die metallische Oberfläche. »Warum hast du mir davon nichts erzählt?«

»Habe ich doch …«

»Von dem Anbau, ja, aber nicht von der Küche.«

Sie zuckte mit den Schultern. »Muss wohl untergegangen sein. Du kannst dich hier jederzeit austoben.«

Mein erster Impuls war es, sofort loszulegen, dann aber erinnerte ich mich daran, dass dieses Kapitel für immer abgeschlossen war. »Das ist lieb, danke, aber die Wohnküche reicht mir vollkommen.«

Jasmin seufzte, sagte jedoch nichts dazu. »Okay, dann zeig ich dir mal, wo du dich umziehen kannst.«

Zusammen verließen wir den Raum.

*

Die erste Stunde verbrachte ich damit, durch den Laden zu stromern und mir jedes Produkt einzeln anzusehen. Ich wollte wissen, was ich verkaufte. Von Lebensmitteln über Naturkosmetik hin zu selbsthergestellten Kleidungsstücken wie Handschuhe oder Socken aus Schafswolle gab es nahezu alles. Eine Mütze hatte es mir besonders angetan. Sie war weiß und flauschig weich.

»Steht die mir?«, fragte ich und warf einen Blick zu Jasmin, die hinter der Theke stand.

»Sehr gut sogar. Wie viele sind noch da? Dann bestelle ich gleich nach. Erikas Sachen sind der Renner.«

»Es ist die letzte«, sagte ich und legte sie wieder zu den anderen Stoffwaren.

»Wirklich?« Jasmin verzog das Gesicht. »Mist, wie konnte ich das übersehen? Eigentlich wollte sich Charlie darum kümmern.«

»Vielleicht hat sie es vergessen?«

Sie strich sich eine verirrte Strähne hinters Ohr. »Wundern würde es mich nicht. Die letzten Tage war die Hölle los. Dagegen wirkt es heute wie ausgestorben.«

»Wenn du möchtest, nutze ich die Gunst der Stunde und mache eine Liste, was nachbestellt werden muss. Dann kannst du direkt ordern.«

Meine Schwester wirkte erleichtert. »Das wäre wirklich hilfreich.«

»Ich liebe Listen.« In Gedanken ging ich bereits die einzelnen Kategorien durch.

Jasmin lächelte. »Ich weiß. Und wegen der Mütze … Nimm sie. Ich schenke sie dir.«

»Es ist die letzte. Außerdem ist sie viel zu teuer.«

»Und?«

Unschlüssig blickte ich auf das flauschige Stück Stoff. Ich hätte sie sogar gut gebrauchen können, da ich nicht wusste, wo meine eigene abgeblieben war. »Wenn sie Ende der Woche noch da ist, nehme ich sie.«

»Vik …«, sagte Jasmin gedehnt, aber da war ich schon auf halbem Wege in Richtung Büro.

»Jetzt brauche ich erst einmal Stift und Papier. Dann mache ich mich an die Arbeit.«

*

Die erste Woche verging wie im Flug und ich gewöhnte mich schneller ein als gedacht. Die Arbeit machte mir sogar Spaß. Das Kochen vermisste ich nicht einmal. Jedenfalls redete ich mir das ein. Zwischen mir und meiner Schwester blieb es, trotz Stress im Laden, überraschend harmonisch. Ganz wie sie es vorausgesagt hatte. Mit Charlie verstand ich mich ebenfalls gut, auch wenn es ein komisches Gefühl war, mit ihr zusammenzuarbeiten. Immer wenn ich in ihrer Nähe war, überfiel mich nach wie vor dieses bedrückende Gefühl. Dabei machte sie es mir wirklich leicht. Ich hoffte inständig, dass sich das irgendwann ändern würde … Dass ich Charlie unbefangen gegenübertreten konnte. Wie gerne hätte ich mich mit ihr unterhalten, ohne ständig an diesen Unfall denken zu müssen. Schon allein, weil wir jetzt Arbeitskolleginnen waren. Weil ich es nicht besser wusste, hielt ich mich zurück und verringerte den Kontakt auf ein Minimum.

So brachte ich die ersten Tage mehr oder minder erfolgreich hinter mich, auch wenn ich mir meinen

Neuanfang irgendwie anders vorgestellt hatte. Nach wie vor hatte ich keine Ahnung, was ich mit mir und meinem Leben anstellen sollte. Das frustrierte mich ungemein. Um mich abzulenken, fing ich wieder mit dem Joggen an. Jeden Morgen nahm ich die Route durch den Wald, dem kleinen Fluss folgend, der auch durch Holzenkirch floss. Heute war wieder so ein Tag, an dem die Gedanken unendlich laut erschienen, also hängte ich eine Runde dran. Es war kalt geworden und noch traute sich die Sonne nicht ganz hervor. Mein Atem stieg in feinen weißen Wölkchen gen Himmel, der sich in einem zarten Blassrosa präsentierte. Ich lief so schnell, dass mein Herz schmerzhaft gegen meine Rippen schlug. Vor zwei Jahren wäre das kein Problem gewesen. Meine Kondition musste ich wohl irgendwo auf Reisen verloren haben. Früher war Sport wichtig für mich gewesen, eine feste Konstante in meinem Leben. Eine gute Figur hatte immer ganz oben auf meiner Prioritätenliste gestanden. Schließlich wollte ich gut aussehen. Ich hatte die bewundernden Blicke geliebt, auch wenn mich die Leute wegen meiner harschen Art eher gemieden hatten. Es war mir egal gewesen. Ich hatte alles gehabt, was ich wollte. Ich sah gut aus. Ich hatte einen Job, in dem ich geachtet wurde. Meine Familie liebte mich, trotz meiner Ecken und Kanten. Nur der Mann hatte noch zu meinem perfekten Glück gefehlt. Ich war der Ansicht gewesen, dass es Patrick sei.

Viele glaubten bis heute, dass ich nur verärgert war, weil sich Patrick nicht für mich interessierte. Schließlich hätte ich jeden haben können. Aber so war es nicht gewesen … ganz und gar nicht. Vom Tag unserer ersten Begegnung schlug mein Herz für ihn. Hals über Kopf hatte ich mich in ihn verliebt. Nach der hässlichen Trennung von seiner Ex-Freundin Nicole hatte ich ihm beigestanden. Jeden einzelnen Tag hatte ich alles getan, damit es ihm besser ging. Dabei hatte ich inständig gehofft, dass er mich endlich sehen würde. Dass er mich so sah wie ich ihn. Doch meine Gefühle blieben unerwidert. Er betrachtete mich als Kollegin, die in seinem

Restaurant die Souschefin gab, bestenfalls als gute Freundin. Ich hatte Patrick geliebt, mit jeder Faser meines Körpers. Ich tat es wahrscheinlich immer noch. Irgendwie. So eine Liebe, auch wenn sie nur von mir ausgegangen war, würde niemals verschwinden, auch wenn ich nie wieder etwas unternehmen würde, was seine Beziehung gefährden würde. Mein Herz hatte endlich akzeptiert, dass seines für jemand anderen schlug. Nämlich für Charlie.

Die Bäume wurden lichter und ich näherte mich dem Ortsrand von Holzenkirch. Allmählich drosselte ich das Tempo, da der Weg bald enden würde. Dabei warf ich einen Blick auf den gluckernden Fluss neben mir. Die Tage hatte es geregnet und der Wasserspiegel war entsprechend angestiegen. Ich liebte das Geräusch des Wassers, ob es nun das Meer war, der Regen oder der Fluss neben mir. Es hatte schon immer eine beruhigende Wirkung auf mich gehabt. Als ich die Straße schließlich erreichte, fiel ich in einen lockeren Laufschritt. Mein Atem ging schwer, mir war heiß, aber ich fühlte mich schon viel besser. Bis auf meine schmerzenden Ohren, die bei der kleinsten Berührung weh taten. Nichts Ungewöhnliches. Meine Ohren waren schon immer empfindlich gewesen, besonders bei Kälte. Ich brauchte dringend eine Mütze. Gestern hatte ich sämtliche Kartons auf Jasmins und Sebastians Dachboden durchwühlt, die ich während der Reise dort gelagert hatte. Leider ohne Erfolg. Vielleicht würde ich doch die aus dem Laden nehmen …

Meine Gedanken stoppten abrupt, als mir klar wurde, wo ich gerade war: Etwa eine Straße entfernt befand sich *Der Rote Hirsch*. Es war das Restaurant, das Patrick damals von seinem Vater übernommen hatte und somit mein ehemaliger Arbeitsplatz. Plötzlich fühlte sich mein Mund staubtrocken an. Seit meiner Wiederkehr waren Patrick und ich uns noch nicht begegnet.

Lauf weiter und tu so, als wärst du gar nicht hier gewesen, drängte die Stimme in meinem Kopf. Kurz war ich versucht, dieser nachzugeben, stattdessen blieb ich wie angewurzelt stehen.

Ich wusste, wie kindisch mein Verhalten war. Schließlich war ich schon seit einer Woche in Holzenkirch und hatte mich bisher nicht hierher getraut. War ich wirklich schon bereit dafür, ihm unter die Augen zu treten? Da wurde mir klar, dass ich Ausreden suchte und davonlief. Wieder mal. Wenn ich etwas ändern wollte, musste ich mich endlich meiner Vergangenheit stellen.

Mit schweren Beinen schlug ich den Weg zum Roten Hirsch ein. Es war nicht weit und schneller, als mir lieb war, stand ich auch schon vor dem alten, aber liebevoll restaurierten Gebäude. Es hatte sich nichts geändert, alles sah genau so aus wie vor meiner Weltreise. Es war ruhig, aber abends mutierte das Restaurant, das eigentlich mehr einer großen Eventlocation glich, zum Dorftreff schlechthin. Ich hatte es nicht einmal leer gesehen. Es war immer etwas los. Touristen wie Einheimische aßen hier zu Abend, feierten Feste oder tranken ihr Bier an der großen Theke. Jetzt, zu dieser Zeit, hatte das Restaurant geschlossen, aber bereits am frühen Morgen war immer jemand da, der das kommende Tagesgeschäft vorbereitete. Meist war das Patrick und da sein Auto, ein VW Amrok, in der Einfahrt stand, war ich mir ziemlich sicher, dass er da war. Außerdem brannte im Gastraum Licht. Je weniger Leute anwesend waren, desto besser. Ich würde einfach hineingehen und ihm Hallo sagen. Zumindest das war ich ihm schuldig.

Bevor ich es mir noch anders überlegte, lief ich zum kleinen Seiteneingang, der tagsüber eigentlich immer unverschlossen war. Von hier aus kam man direkt in die Küche, wenn man wollte. Ich ignorierte den vertrauten Geruch von Putzmitteln und frischen Kräutern sowie die damit aufflammende Sehnsucht und wählte stattdessen den Weg ins Restaurant. Wie erwartet fand ich Patrick, der gerade dabei war, irgendwelche Unterlagen durchzusehen, an der Theke. Sein Anblick löste verschiedenste Emotionen in mir aus, aber nicht die, die ich erwartet hatte. Natürlich war da wieder das vertraute Stechen in der Brust, ausgelöst durch die

Trauer über die unerwiderte Liebe seinerseits. Doch es war ungewohnt schwach gegenüber der Freude, die ich empfand, ihn wohlbehalten wiederzusehen. Patrick sah gut aus. Wie immer eigentlich. Was mir jedoch am meisten ins Auge stach: Er wirkte glücklich und zufrieden, wie er dort stand. So, als hätte er alles im Leben, was er brauchte.

Ich klopfte sacht auf einen der unzähligen Tische, die hier überall standen, um ihn nicht zu erschrecken. Sofort hob er den Kopf. Sein Blick strich über mein Gesicht. Unglaube flammte darin auf, dann Überraschung, dann Erkenntnis, als würde er mich jetzt erst wiedererkennen.

»Viktoria.«

Mein Brustkorb zog sich zusammen. Eigentlich nannte mich jeder Vik. Patrick auch. Seit dem Unfall jedoch nicht mehr. Ich versuchte, mir nichts anmerken zu lassen. Etwas zwischen uns war kaputt gegangen. Etwas, das vermutlich nie wieder heil werden würde. Während Charlie mir nach dem Unfall ziemlich schnell verziehen hatte, war die Beziehung zwischen Patrick und mir weiterhin frostig gewesen. Einer der Gründe, warum ich als Souschefin gekündigt hatte. Daraufhin wollte ich mir eigentlich etwas Neues suchen, aber die Ereignisse hatten so tiefe Wunden gerissen, dass ich unmöglich so weiter machen konnte wie bisher. Mein ursprünglicher Plan war es gewesen, zurück in den Norden zu ziehen. Alle Beteiligten hatten dringend Zeit gebraucht, um die Vorkommnisse zu verarbeiten. Wenn ich in Holzenkirch geblieben wäre, wäre das schlichtweg nicht möglich gewesen. Jasmin hatte jedoch so lange auf mich eingeredet, bis aus den Umzugsplänen eine Weltreise geworden war.

»Wenn du wieder da bist und feststellst, dass du immer noch umziehen willst, dann ist das okay«, hatte sie mit Engelszungen auf mich eingeredet. »Ich werde nichts dagegen unternehmen und deine Entscheidung akzeptieren. Aber jetzt … der Unfall ist erst wenige Wochen her. Du bist aufgewühlt …«

»Aufgewühlt?«, hatte ich gefragt und ungläubig aufgelacht. »Jasmin, ich kann keine Nacht mehr schlafen, ohne daran zu denken, was ich Charlie und Patrick angetan habe.«

»Ich weiß … Alles, worum ich dich bitte, ist noch einmal darüber nachzudenken und keine voreilige Entscheidung zu treffen. Du könntest verreisen. Den Kopf freibekommen.«

»Nenn mir einen triftigen Grund, warum ich das tun sollte. Keiner will, dass ich hierbleibe.«

»Ich möchte das. Du bist meine Familie und alles, was ich habe. Ja, du hast Mist gebaut. Aber ich liebe dich trotzdem.«

Daraufhin hatte ich mich für die Reise entschieden, die mindestens ein Jahr lang dauern sollte. Geworden waren es letztendlich anderthalb Jahre. Kurz bevor ich gefahren war, hatten Patrick und ich es tatsächlich geschafft, so etwas wie eine normale Unterhaltung zustande zu kriegen. Das war es dann aber auch gewesen. Umso wichtiger war es mir jetzt, einen guten Start hinzubekommen.

»Hi«, sagte ich und trat ein paar Schritte näher. Plötzlich war mein Kopf wie leer gefegt und ich wusste nicht mehr, was ich sagen sollte. Jemand, mit dem ich so gar nicht gerechnet hatte, kam mir zur Hilfe.

»Wuff!«

Ich schaute nach unten und blickte geradewegs in zwei Knopfaugen. Der Beagle, der zu meinen Füßen saß, musterte mich regelrecht vorwurfsvoll.

»Oskar. Hallo, mein Süßer.« Ich beugte mich hinab und kraulte ihn hinter den Ohren, um meinen Fauxpas wieder gut zu machen. In der Aufregung musste ich ihn wohl übersehen haben. Er schien es mir nicht allzu übel zu nehmen, da er genüsslich die Augen schloss, um die kleine Streicheleinheit zu genießen.

»Wieso tut dieser Hund ständig so, als wäre er auf Liebesentzug?«, brummte Patrick.

»Nun ja, eigentlich ist es doch schlau. So bekommt man gleich doppelt so viel.«

Ich versuchte mich an einem Lächeln.

»Ich habe schon gehört, dass du wieder da bist. Wie ist es dir dort draußen in der weiten Welt ergangen?«

»Gut … wirklich gut«, antwortete ich und knetete nervös meine Finger. »War eine tolle Erfahrung. Ich wollte dich auch nicht stören oder so. Aber ich war in der Nähe und dachte, ich sage einmal kurz Hallo.«

Ein kleines, aber aufrichtiges Lächeln erschien auf seinen Lippen. »Das ist nett.«

Seine Reaktion gab mir Mut, das Gespräch fortzusetzen. »Glückwunsch übrigens. Du wirkst glücklich. Die Schwangerschaft scheint dir gutzutun.«

Die Schwangerschaft scheint dir gutzutun. Ernsthaft, Vik?

Patrick lachte erneut. Dieses Mal lauter und ich atmete innerlich auf.

»Ja, das tut es wirklich. Ich freue mich sehr auf das Kind.«

»Kann ich mir vorstellen. Ich hoffe nur, ihr bekommt das zeitlich alles hin. Mit den beiden Restaurants ist das sicherlich nicht leicht, oder?«

Er seufzte. »Wem sagst du das? Es ist jetzt schon eine Katastrophe. Ich finde einfach kein qualifiziertes Personal. Also, falls du suchst, du hast den Job.«

Das war sicher nur ein Witz gewesen, dennoch bedeutete es mir viel. Wahrscheinlich war es ihm nicht einmal bewusst, aber gerade war mir ein tonnenschweres Gewicht vom Herzen gefallen.

»Hast du dich mit meiner Schwester abgesprochen?«, versuchte ich mich an einem Scherz. »Die klang genauso verzweifelt. Schwupps, war ich angestellt.«

Als wenn er das nicht schon längst wusste. Egal. Hauptsache, wir führten ein halbwegs normales Gespräch.

»Wie war das mit dem qualifizierten Personal?«, hörte ich eine Stimme in meinem Rücken. Erschrocken zuckte ich zusammen.

»Nichts gegen dich«, sagte Patrick und grinste breit. »Du bist selbstverständlich die Qualifiziertheit in Person.«

Langsam drehte ich mich um und entdeckte eine dunkle Gestalt, die aus Richtung der Küche kam. Mir gefror das Blut in den Adern, als ich in die hellgrünen Augen blickte, die mich die letzten Tage so vehement verfolgt hatten.
»Viktoria, darf ich dir Ian vorstellen? Unser neuer Restaurantleiter.«

KAPITEL 4

Ian

Als sich die Blondine zu mir umdrehte, hatte ich das Gefühl, vom Blitz getroffen zu werden. Dass sie heiß war, das hatte ich schon von der Küche aus gesehen, nur eben nicht so …

Ich kam gerade vom Großmarkt und hatte Stimmen gehört. Von dort hatte ich die frischen Lebensmittel abgeholt, die das Küchenteam für den heutigen Tag benötigte. Auch das zählte zu meinem Job hier. Ich hatte schon einiges erlebt, seit ich vor gut einem Jahr im Roten Hirsch als Kellner angefangen hatte. Es war so gut gelaufen, dass ich mich in kürzester Zeit zum Restaurantleiter hochgearbeitet hatte. Eigentlich war das Patricks Job, aber da er bald Papa wurde, würde ich das in Zukunft übernehmen. Das war nie der Plan gewesen, aber hier zu arbeiten, machte mir Spaß. Da ich Erfahrung aus dem elterlichen Betrieb sowie eine abgeschlossene Berufsausbildung mitbrachte, hatte mich Patrick vor Kurzem gefragt, ob ich mir vorstellen konnte, mehr Verantwortung zu übernehmen.

Ja, vorstellen konnte ich mir so Einiges. Aber das hier übertraf wirklich alles. Wie groß war die Wahrscheinlichkeit, seinem One-Night-Stand ein zweites Mal zu begegnen? Und dann auch noch über hundertfünfzig Kilometer von dem Ort entfernt, wo man sich das erste Mal getroffen hatte? Und Sex miteinander gehabt hatte. *Unglaublichen Sex*. Aber diesen Gedanken schob ich in dem Augenblick weit von mir, denn ich hatte alle Hände voll damit zu tun, dass mir meine Gesichtszüge nicht entgleisten. Lena wirkte, als würde es ihr nicht anders gehen. Scheiße! Ich war wirklich nicht oft sprachlos. Heute schien alles möglich.

»Kennt ihr euch?«, hörte ich Patricks Stimme von irgendwo weit her. Geradezu unsanft landete ich wieder im Hier und Jetzt. Ich blinzelte und riss mich nur schwer von Lenas Anblick los.

»Was?«

»Ob ihr euch kennt? Oder wieso schaust du so überrascht?«

Mein Blick wanderte zurück zu Lena, die mich quasi stumm anflehte. *Was zum …?*

»Nein … tun wir nicht«, antwortete ich einem Impuls folgend. »Ich dachte nur …«

Himmel!

»Du siehst nur jemandem verdammt ähnlich, den ich kenne«, sagte ich an Lena gewandt. »Hi, ich bin Ian.«

Ich machte einen Schritt nach vorn und reichte ihr zur Begrüßung die Hand. Sie ergriff diese und meine Finger schlossen sich um ihre. Sie waren ganz kalt. Dennoch war da sofort wieder dieses Gefühl von Nähe. Offenbar nur einseitig. Als hätte sie sich verbrannt, zog sie den Arm zurück.

»Viktoria«, antwortete sie so leise, dass ich es kaum hören konnte. Lena? Viktoria? Jetzt verstand ich gar nichts mehr.

»Kann ja mal vorkommen«, sagte Patrick, klang jedoch nicht gänzlich überzeugt. »Viktoria ist meine … Die Schwester meiner Schwägerin Jasmin.«

Da fiel der Groschen. Ohrenbetäubend laut, sodass ich mir sicher war, dass es jeder im Umkreis von hundert Kilometern hören musste. Shit! Viktoria war die Frau, die versucht hatte, Patrick und Charlie auseinanderzubringen. Er hatte mir mal bei einem Bier davon erzählt und das auch nur vage. Sie ebenfalls, aber nach der gemeinsamen Nacht war es irgendwie völlig in den Hintergrund gerückt. Jetzt nicht mehr.

In Viktorias Augen erkannte ich, dass sie wusste, dass ich es wusste. Schmerz flackerte in ihrem hübschen Gesicht auf. So intensiv, dass ich es beinahe fühlen konnte. Ihre Züge versteinerten, nur der traurige Ausdruck blieb zurück.

»War nett, dich kennenzulernen«, sagte sie und trat einen Schritt zurück. Die dabei entstehende Distanz kam mir vor wie ein kilometerbreiter Graben. »Ich muss dann wieder. Tschüss.«

Sie nickte erst mir, dann Patrick zu. Dann war sie fort. Das zweite Mal.

*

Viktoria

Scheiße! Scheiße! Scheiße!

Wie konnte man nur so vom Pech verfolgt sein? Anscheinend war jemand der Meinung, dass ich noch nicht genug hatte. Ian! Ausgerechnet! Dann war er auch noch Restaurantleiter im Roten Hirsch. Ausgerechnet! Ich musste weg hier. Und das so schnell wie möglich. Sobald ich die Tür hinter mir geschlossen hatte, rannte ich los. Eigentlich war ich schon völlig ausgelaugt, dennoch lief ich jetzt schneller als zuvor.

Plötzlich hörte ich, wie jemand meinen Namen rief. Nicht das! Automatisch erhöhte ich die Geschwindigkeit. Ich kam bis zum Waldeingang, als Ian mich schlussendlich einholte.

»Jetzt bleib endlich stehen!«

Ians herrische Stimme ließ mich innehalten. Er war sauer. Verständlich.

»Was zum Teufel sollte das?« Sein Atem ging stoßweise und sein Haar wirkte völlig zerzaust.

»Es tut mir leid«, stieß ich hervor und zuckte mit den Schultern. Mir war die ganze Sache so peinlich, dass ich nicht mal in der Lage war, ihm ins Gesicht zu sehen.

»Dir ist schon klar, in was für eine Lage du mich da gerade gebracht hast, *Lena*? Oder sollte ich besser sagen Viktoria?«

»Was soll ich sagen?«, erwiderte ich verzweifelt. »Es tut mir leid.«

»Vielleicht könntest du mir mal erklären, wieso du mich angelogen hast?«

Ich verengte die Augen. »Ich habe dich nicht angelogen.«

»Ach nein? Ich kenne ja nicht mal deinen richtigen Namen!«

Laut hallte seine Stimme von den Bäumen wider. Was bildete er sich ein? Ja, das war alles andere als optimal gelaufen, aber mich dafür gleich so anzugehen?

»Ich habe nicht gelogen«, wiederholte ich ruhig. »Lena ist mein Zweitname.«

Er fuhr sich durchs Haar, was es nicht unbedingt besser machte. Jetzt standen die dunkelbraunen Strähnen in alle Richtungen ab. »Aha, und warum die ganze Show?«

Ich starrte ihn fassungslos an. »Show? Du weißt doch ganz genau, was passiert ist. Schließlich habe ich es dir selbst erzählt. Aber da wusste ich nicht, dass du für den Bruder meines Schwagers arbeitest!«

Er sah mich verständnislos an. »Ja und? Was ist so schlimm daran?« Begriff er es wirklich nicht?

»Ist die Frage ernst gemeint? Ich will einen Neuanfang. Das Ganze ist sowieso schon schwer genug, da brauche ich nicht …«

Ich verstummte, bevor ich den Satz beenden konnte.

»Einen Typen an der Backe, der dein Geheimnis kennt? Ist es das, was du sagen wolltest?« Ian wirkte verletzt und das schlechte Gewissen nagte an mir. Dabei hatte ich das gar nicht sagen wollen. Jedenfalls nicht so.

»Das stimmt nicht!«

»Und ob das stimmt. Aber fürs Bett, da hat es gereicht.«

Was genug war, war genug! Ich trat vor und rammte ihm meinen Finger in die Brust. »Keine Ahnung, was dein beschissenes Problem ist, aber ich habe nie behauptet, dass da mehr zwischen uns läuft. Was dachtest du?«

Etwas Dunkles flackerte in seinen Augen auf. Hatte er sich allen Ernstes Hoffnung gemacht? Das konnte nicht sein, oder? Es war nur ein One-Night-Stand gewesen.

»Nein, das habe ich nicht gedacht, aber ja, es hat mir etwas bedeutet. Ich fand es nämlich sehr schön zwischen uns. Dass du dann einfach so verschwunden bist, hat sich scheiße angefühlt, okay? Und dann tauchst du hier auf und … Ach, ich weiß auch nicht. Sorry, wenn ich da nicht unbedingt erfreut reagiere …«

Schweratmend sahen wir uns an. Mir fehlten die Worte und ein tonnenschweres Gewicht legte sich auf meine Brust. Zeitgleich bewegte das Gesagte etwas in mir. Tief in mir drin, in einem Teil meines Herzens, von dem ich dachte, ihn für immer verloren zu haben. Schlussendlich siegte die Angst. Wieder einmal.

»Es tut mir leid«, flüsterte ich mit erstickter Stimme. »Ich kann das nicht. Lass es uns einfach vergessen.«

Damit ließ ich Ian stehen. Ich hörte ihn noch etwas rufen, aber da war ich schon zu weit weg.

*

Zu meinem Glück war der Hofladen heute geschlossen. Ansonsten hätte ich mich wohl krank melden müssen, denn nach der Begegnung von heute Morgen war ich zu nichts mehr zu gebrauchen. Wie war so etwas möglich? Stuttgart lag so weit von Holzenkirch entfernt und ausgerechnet hier musste ich ihm begegnen.

Nach dem Joggen sprang ich kurz unter die Dusche, in der Hoffnung, meine wirren Gedanken würden sich etwas beruhigen. Leider totale Fehlanzeige. Da ich nicht wollte, dass mich meine Familie so sah, schloss ich mich für den Rest des Tages in meinem Zimmer ein. Da alle unterwegs oder beschäftigt waren, fiel das zum Glück erst nachmittags auf. Ein Klopfen an der Tür riss mich aus meinem traumlosen Schlaf, in den ich nach stundenlangem Grübeln gefallen war. Verwirrt sah ich mich um. Shit! Wie spät war es überhaupt?

»Vik?«, erklang es draußen vor der Tür. Jasmin. Wer auch sonst?

»Ja?«, fragte ich und versuchte meine Stimme möglichst fest klingen zu lassen. Sie sollte sich keine Sorgen machen. Außerdem hatte ich keine Lust, mich weiter erklären zu müssen. Das hatte ich heute schon zur Genüge getan. Natürlich misslang mein kleiner Plan kläglich.

»Machst du bitte mal auf?«

»Mir geht es nicht gut. Geh am besten wieder«, startete ich den zweiten Versuch. »Ich komme klar. Nicht, dass du dich ansteckst.«

Jasmin wäre nicht Jasmin, wenn sie so leicht aufgeben würde. »Bitte, ich will auch nicht lange stören.«

Ich stieß ein genervtes Seufzen aus.

»Das habe ich gehört.«

»Solltest du auch«, murrte ich und schleppte mich zur Tür. Derzeit bewohnte ich Emmas ehemaliges Kinderzimmer. Es war klein und schlauchförmig. Die Kindersachen waren in Emmas neues, größeres Zimmer geräumt worden. Nur ein Schrank und das Gästebett waren geblieben. Ich liebte diesen Raum mit den fliederfarbenen Wänden. In den letzten Tagen war er mein persönlicher Rückzugsort geworden. Jasmins besorgter Blick traf mich, als ich die Tür öffnete. Ohne abzuwarten, quetschte sie sich an mir vorbei und lief ins Zimmer.

»Komm doch herein«, seufzte ich und folgte ihr. Schwerfällig ließ ich mich aufs Bett fallen.

»Was ist los, Vik? Ich habe mir Sorgen gemacht.«

Ich musterte sie verständnislos. »Weil ich mich hingelegt habe?«

Sie verschränkte die Arme vor der Brust. »Du hast es wirklich vergessen, oder?«

»Vergessen?« Da fiel es mir wie Schuppen von den Augen. Wir waren zum gemeinsamen Einkaufen verabredet gewesen. Mist! Heute ging wirklich alles schief.

»Sorry, das habe ich total verdrängt …«

»Habe ich gemerkt.«

»Wieso hast du nicht angerufen?«, fragte ich.

»Das habe ich, aber dein Handy war aus.«

Ich rieb mir mit der Hand über die Stirn. Ich und mein Handy. Das war so eine Sache. »Dann ist der Akku mit Sicherheit leer.«

Vorsichtig ließ sich Jasmin neben mir auf dem Bett nieder. »Möchtest du darüber reden?«

Ich gab mich ahnungslos, obwohl ich es besser wissen müsste. Schließlich war sie meine Schwester. Mein Lieblingsmensch. »Kommt nicht wieder vor. Wie gesagt, mir geht es nicht gut.«

Das klang so lächerlich. Allein der Gedanke an Ian ließ meinen Magen zusammenkrampfen. Da war Sehnsucht, Verlangen, aber auch unendlich viel Scham.

»Vik, ich weiß, dass du bei Patrick warst.«

Ich hob den Blick. Überraschenderweise hatte ich seit der Begegnung im Restaurant nicht einmal an Patrick gedacht.

»Und?«

Sie legte die Hand auf meine und musterte mich eingehend. »Du musst nicht die Starke spielen. Nicht vor mir.«

»Ich spiele nicht die Starke. Patrick hat rein gar nichts damit zu tun. Unser Gespräch lief gut. Ehrlich gesagt viel besser als erwartet.« Und das war die volle Wahrheit.

»Womit hat es dann zu tun? Und jetzt erzähl mir nicht wieder von einem Virus. Dafür kenne ich dich zu gut.«

Ich seufzte erneut. Wieso gelang es mir nicht einmal, vor ihr etwas geheim zu halten? »Ich habe dir doch erzählt, dass ich einen Tag früher in Stuttgart gelandet bin. Nun ja … Den Abend habe ich in einer Bar verbracht.«

Unauffällig linste ich durch den Schleier aus blondem Haar zu meiner Schwester hinüber, die mich aufmerksam ansah. Ich wusste, sie würde so lange abwarten, bis ich bereit war, zu erzählen. »Eigentlich wollte ich nur etwas trinken. Dann bin ich mit dem Barkeeper ins Gespräch gekommen …«

In den nächsten zehn Minuten erzählte ich ihr von dem Abend in der Bar. Dass Ian mich vor diesem aufdringlichen Typen gerettet hatte und von meinem spontanen Job als Bedienung hinter der Theke. Dass wir noch etwas miteinander getrunken hatten und schlussendlich im Bett gelandet waren.

Jasmin stieß einen leisen Pfiff aus. »War er heiß?«

Ich starrte sie fassungslos an. »Wie kommst du denn jetzt darauf?«

»Du hast mehrere Jahre lang keinen einzigen Typen angesehen. Also muss dieser hier dich ganz schön umgehauen haben.«

Ja, das hatte er wirklich.

»Wir haben einfach zu viel getrunken«, sagte ich stattdessen.

»Trotzdem. Aber was ich bei all dem nicht verstehe … Wo liegt das Problem? War der Sex so schlecht?«

»Jasmin!«, zischte ich und spürte, wie ich rot anlief. So redete sie doch sonst auch nicht. Mein Sexleben ging sie nun wirklich nichts an.

»Was denn?«, fragte sie und musterte mich erwartungsvoll. Anscheinend schien sie darauf ernsthaft eine Antwort zu erwarten.

»Nein, der Sex war nicht schlecht«, erwiderte ich genervt. »Ganz im Gegenteil.«

»Was ist es dann?«

Ich vergrub das Gesicht in den Händen. »Ich habe ihn heute wiedergesehen.«

Jasmins Lippen formten ein O. »Ernsthaft? Ist er auf Urlaub hier? Werdet ihr euch wiedersehen?«

Verzweifelt lehnte ich den Kopf gegen die Wand. »So könnte man es auch sagen. Es ist Ian, Patricks neuer Restaurantleiter.«

Jetzt war es raus.

»Du verarscht mich?«

»Nope. Du glaubst gar nicht, wie peinlich mir das Ganze ist. Hinzu kommt, dass ich mich ihm als Lena vorgestellt habe. Jetzt denkt er doch, dass ich total bescheuert bin.«

Geschocktes Schweigen folgte. Ich konnte es Jasmin nicht verdenken. Mir war es schließlich auch nicht anders gegangen. Nur die darauffolgende Reaktion passte irgendwie so gar nicht. Sie … lachte? Fassungslos starrte ich meine Schwester an. Sie versuchte es zwar mit aller Macht zu unterdrücken, konnte aber nur schwer an sich halten.

»Sorry, Vik«, sagte sie und legte entschuldigend den Arm um mich. »Das ist wirklich … Ich meine, das klingt wie aus einem Film!«

»Ich finde das gar nicht lustig«, brummte ich. Das Schlimme war, dass sie recht hatte. Die Geschichte klang absolut bescheuert. »Da suche ich mir extra einen Typen weit weg von zu Hause und dann steht er einige Tage später wieder vor mir. Und wo? An meinem alten Arbeitsplatz. Als wäre das nicht peinlich genug, wird man dann von seiner Schwester auch noch ausgelacht.«

»Ich lache dich nicht aus«, widersprach sie sofort und knuffte mich in die Seite. Ich hasste sie dafür. Sie wusste ganz genau, dass ich an dieser Stelle extrem kitzelig war. »Aber du musst zugeben, die Situation ist schon recht … speziell.«

»Wem sagst du das?«, murmelte ich und spürte, wie mich ihr Gekicher förmlich ansteckte. Ungewollt begannen auch meine Mundwinkel zu zucken. »Wie kann man nur so ein Pech haben?«

Jasmin drückte mir einen Kuss auf die Wange. Ich atmete ihren vertrauten Geruch ein und stellte fest, dass es mir etwas besser ging.

»Was soll ich jetzt machen?«, fragte ich und spielte am Bändchen meines Pullovers.

»Nichts.«

Ich zog die Augenbrauen hoch. »Nichts?«

»Lass die Dinge auf dich zukommen. Ian wird sich schon wieder beruhigen.«

»Nach allem, was er heute erfahren hat?«

»Du sagtest doch, er kennt deine Geschichte.«

Ich nickte.

»Und trotzdem hattet ihr diese wunderbare Nacht. Vielleicht weil ihm deine Vergangenheit völlig egal ist und er sich nur für dich interessiert?«

So hatte ich das Ganze gar nicht betrachtet. Aber wozu hatte man schließlich eine kluge Schwester? Nur den darauffolgenden Satz hätte sie sich sparen können. »Vielleicht ist es gar kein Pech, sondern Schicksal, hmm?«

Mein Gesichtsausdruck musste wohl Bände sprechen, denn jetzt lachte sie richtig laut.

»Du bist doof«, murrte ich, musste aber selbst lachen. Es war das Befreiendste, was ich seit Tagen getan hatte.

*

Den Rest der Woche sah und hörte ich nichts mehr von Ian. Einerseits erleichterte es mich, andererseits entdeckte ich mich immer wieder dabei, wie ich ständig nach ihm Ausschau hielt.

Heute war Freitag und ausnahmsweise nicht viel los im Hofladen. Nur ein paar vereinzelte Kunden streiften durch die Gänge. Jasmin hatte irgendeinen Außentermin, somit waren Charlie und ich allein. Während sie hinter der Theke saß und kassierte, war ich dabei, die Regale aufzufüllen.

Irgendwann kam Emilia, Charlies beste Freundin, zur Tür hereingeschneit.

»Hallihallo!«, trällerte sie gut gelaunt und steuerte direkt auf die Theke zu. Ihre roten Haare glichen einem Leuchtfeuer. Erst dachte ich, sie hätte mich hinter den Regalen nicht gesehen … oder übersehen. Je nachdem … Aber ich sollte mich täuschen.

»Hi, Vik!«

»Hi«, erwiderte ich und winkte zaghaft. Dann wandte ich mich wieder den selbstgekochten Eintöpfen und Suppen zu. Die Dinger waren der absolute Renner. Kein Wunder, sie schmeckten wirklich gut. Fast jedes Gericht hatte ich probiert. Wie gesagt, ich wollte wissen, was ich da verkaufte. Beim Probieren war mir die ein oder andere Idee gekommen, wie man das Sortiment super ergänzen hätte können. Die Auswahl war leider eingeschränkt. Dabei ließ sich so etwas ganz leicht selbst herstellten. Jasmin hatte eine gut ausgestattete Küche und die Soßen stellte sie auch alle selbst her. Aber die Zeit machte meiner Schwester leider einen Strich durch die Rechnung. Es wäre ein Leichtes für mich gewesen. Ich hatte schließlich die Zeit. Schnell hatte ich diese Art von Gedanken jedoch verworfen. Das gehörte eindeutig der Vergangenheit an.

Charlies heiteres Lachen riss mich aus meinen Gedanken. Emilia hatte wohl irgendeinen Witz gerissen. Auch sie arbeitete schon jahrelang für Patrick. Überwiegend im Service oder eben dort, wo sie gebraucht wurde. Die beiden Frauen hatten sich auf dem Weihnachtsmarkt kennengelernt, wo Patrick jedes Jahr einen kleinen Stand unterhielt, der Käse und anderen Leckereien zum Fest verkaufte. Seitdem waren Charlie und Emilia unzertrennlich. Ganz im Gegensatz zu uns beiden. Emilia und ich hatten uns nie sonderlich gut verstanden. Heute respektierten wir uns. Viel mehr, als ich mir zu Beginn erhofft hatte.

»Eine Essensausgabe?«, hörte ich Charlie fragen.

»Viel mehr als das. Es wird ein richtiges Weihnachtsdinner. Patrick will den Festsaal dafür nutzen.«

»Wirklich? Er hat mir gar nichts davon erzählt. Dabei ist er schon seit Wochen auf der Suche nach einer Idee fürs Gemeinschaftsprojekt.«

»Bei der heutigen Frühbesprechung kam es zur Sprache. Die Idee kam von Ian.«

Automatisch spitzte ich die Ohren.

Das geht dich nichts an, sagte ich mir, dennoch konnte ich nicht anders, als zuzuhören.

»Das ist wirklich eine schöne Idee und passt super zu Weihnachten«, meinte Charlie und bekam glänzende Augen. »Ich mag Ian echt gern. Er scheint das Herz am rechten Fleck zu haben. Erst hatte ich ja Bedenken, als Patrick ihn so schnell zum Restaurantleiter machen wollte. Ich meine, als ehemaliger Sanitäter? Aber er macht einen super Job. Patrick ist mehr als zufrieden.« Meine Augen wurden groß. Sanitäter?

»Außerdem sieht er noch ziemlich sexy aus.«

Ein leiser Stich der Eifersucht durchfuhr mich. So sehr ich mich dagegen auch wehrte, ich konnte es nicht verhindern.

»Emilia!«, zischte Charlie und sah sich unauffällig um. Aber niemand schien Notiz davon zu nehmen. Außer mir.

Emilia winkte ab. »Was denn? Ist doch so.«

Wie von selbst trugen mich meine Füße in Richtung Kasse. »Ist Ian nicht der neue Restaurantleiter im Roten Hirsch?«, fragte ich und tat so, als hätte ich die letzten Worte zufällig aufgeschnappt. Natürlich war mir bewusst, dass ich mich eventuell zum Narren machen würde. Wenn Ian auch nur ein Sterbenswörtchen darüber verloren hatte, war ich geliefert. Aber der Drang, mehr über ihn erfahren zu wollen, war einfach zu groß. Fast zeitgleich flogen die Köpfe der Mädels zu mir herum. Beide sahen mich an, als wäre ich ein Alien oder so. Ich konnte es ihnen nicht mal verübeln. Immerhin hatte ich die letzten beiden Wochen nicht viel mehr als Hallo und Tschüss gesagt. Charlie war die Erste, die ihre Sprache wiederfand. »Ganz genau. Patrick hat ihn vor einem Jahr eingestellt. Kennst du Ian?«

Offenbar hatte Ian dichtgehalten. Oder Charlie verbarg ihr Wissen verdammt gut.

Ich schluckte. »Wir haben uns kurz getroffen, als ich im Restaurant Hallo gesagt habe.«

»Stimmt«, meinte Charlie. »Patrick hat mir davon erzählt. Er hat sich über deinen Besuch gefreut.«

Wohl kaum, dachte ich, versuchte jedoch ein Lächeln, das wahrscheinlich mehr als gequält aussah.

»Und? Wie findest du Ian?«, fragte Emilia plötzlich. Ich konnte förmlich spüren, wie mir die Röte ins Gesicht stieg, bis mir klar wurde, dass es Emilias Versuch war, mich ins Gespräch mit einzubeziehen.

»Nett …« *Nett? Mehr fällt dir nicht ein?* »Also, ich meine, sieht ganz nett aus.«

Emilia lachte auf. »Siehst du, Charlie.«

Charlie schüttelte den Kopf. »Du bist unmöglich.«

Ich lachte ebenfalls. Auch wenn es etwas hölzern klang, spürte ich, wie sich meine Nervosität langsam zu legen begann.

»Er ist Sanitäter gewesen, nicht wahr?«, fragte ich und tat so, als wäre das ein Umstand, von dem ich bereits gewusst hatte.

Emilia nickte. »Ich finde es wirklich klasse, wie offen er mit seiner Vergangenheit umgeht.«

»Vergangenheit? Davon hat er gar nichts gesagt. Aber wir haben uns auch gar nicht so lange unterhalten …«

Emilia rieb sich das Kinn. »Nun ja … Ian hatte einen ziemlich schweren Unfall. Er hat das wohl nicht so gut weggesteckt und hat daraufhin den Job gewechselt.«

Den Job gewechselt? Wegen eines Unfalls? Ich stellte mir das ziemlich heftig vor. Immerhin hatte er einen kompletten Neuanfang gewagt. »Das ist wirklich mutig von ihm.«

Charlie nickte. »Finde ich auch. Aber es war Patricks Glück. Ich glaube nicht, dass er Ian jemals wieder gehen lässt.«

»Kann ich gut nachempfinden …«

Um Himmels willen! Hatte ich das gerade wirklich laut gesagt? Ja, das hatte ich wohl. Ich räusperte mich.

»Ich meine, wenn er so super Arbeit macht. Patrick sagte schon, wie schwer es aktuell ist, gutes Personal zu finden.«

»Es ist die absolute Katastrophe«, brummte Emilia. Innerlich atmete ich auf. Offenbar hatte mein kleines Ablenkungsmanöver funktioniert. Nur Charlie musterte mich weiterhin mit diesem speziellen Blick. »Wir sind dermaßen unterbesetzt und die Weihnachtszeit hat nicht mal richtig begonnen. Dabei wird das Dinner für die Bedürftigen ein Klacks.«

»Ein Dinner?«, fragte ich.

»Ja, ein Gemeinschaftsprojekt des Restaurantteams. Um den Zusammenhalt zu stärken und um einfach etwas zurückzugeben.«

»Eine tolle Idee«, sagte ich und meinte es auch so.

»Das ist es wirklich. Hoffen wir nur, dass wir genügend Personal finden, damit es stattfinden kann.«

»Was fehlt euch denn?« Plötzlich war ich Feuer und Flamme. Das wäre die Gelegenheit, etwas gutzumachen.

»Alles. Küchenpersonal, Leute im Service …«

»Ich könnte helfen«, bot ich spontan an.

Emilia musterte mich irritiert, genauso wie Charlie. Beide sahen in etwa so aus, wie ich mich fühlte. Die alte Vik hätte so etwas wohl nie gemacht.

»In der Küche?«

»Nein«, ruderte ich sofort zurück. »Ich koche nicht mehr. Aber ich könnte während des Dinners im Service helfen.«

Emilia räusperte sich. »Okay … Die Idee ist gar nicht mal schlecht. Ich spreche mit Patrick.«

»Alles klar«, sagte ich und trat einen Schritt zurück. »Gib mir beizeiten Bescheid.«

»Mach ich und danke.«

»Nicht dafür. Ich bin im Lager, wenn mich jemand suchen sollte.«

Ihre verwunderten Blicke spürte ich noch im Rücken, als ich den Raum schon längst verlassen hatte.

KAPITEL 5

Ian

Ich war gerade dabei, den letzten Tisch einzudecken, als Patrick in der Tür zum Festsaal erschien. Der Festsaal, ein großer, weitläufiger Raum mit Stuck an der Decke und allerlei Verzierungen, machte seinem Namen alle Ehre. Es gab eine eigene Bar und eine kleine Tribüne. Alle großen Festlichkeiten fanden hier statt, während nebenan der normale Betrieb weiterlief. Heute würde hier eine Hochzeit steigen und in etwa einer Stunde erwartete ich die ersten Gäste. Alles musste perfekt sein. Nicht nur, weil es mein Job war, sondern weil ich wollte, dass alle zufrieden waren. Sollte ich jemals heiraten, würde ich das auch wollen. Nichts war schlimmer als eine miese Feier. Für die Stimmung konnte ich nicht sorgen, aber für alles Drumherum. Und dafür gab ich jeden Tag mein Bestes.

»Alles bereit?«

Ich strich die letzten Falten aus der Tischdecke. »Alles bereit.«

»Super. Die Küchencrew hat ebenfalls die Vorbereitungen abgeschlossen. Das wird mal wieder ein langer Abend.«

»Oh, bald wirst du dir mit Sicherheit genau solche Abende zurückwünschen.«

Patrick verzog das Gesicht zu einem schiefen Grinsen. »Ich glaube auch. Meine Eltern erzählen mir bei jeder Gelegenheit, wie viel ich als Baby geschrien habe. Soll ich dir was sagen? Ich freue mich trotzdem darauf.«

Ich klopfte ihm freundschaftlich auf die Schulter. »So sollte es auch sein. Sag, wieso nimmst du dir nicht den Abend frei?«

Er sah mich an, als hätte ich ihm gerade vorgeschlagen, das Restaurant zu verkaufen.

»Du weißt schon, was heute los ist?«

Ich zuckte mit den Schultern. »Wir bekommen das hin. Was soll großartig passieren, wenn das Essen draußen ist? Genießt die restliche Zeit zu zweit.«

Ich konnte förmlich sehen, wie es hinter seiner Stirn zu arbeiten begann. Also setzte ich nach. »Ich weiß, du liebst mich. Aber du musst lernen loszulassen. Spätestens dann, wenn das Baby da ist.«

Patrick verpasste mir einen kumpelhaften Stoß. »Spinner.«

»Von Beruf. Weißt du doch.«

Mittlerweile war Patrick nicht nur mein Chef, sondern auch ein ziemlich guter Freund. Dass er mir diese Chance hier gegeben hatte, würde ich ihm nie vergessen.

»Also schön. Aber wirklich erst, wenn der Hauptgang draußen ist.«

»Keine Sekunde früher«, feixte ich und begab mich auf den Weg nach draußen. »Bin eben eine rauchen.«

Ich hatte mir dieses Laster fast abgewöhnt. Nur an Tagen wie heute kam es vor, dass ich manchmal noch schwach wurde.

»Sag mal, was ich dich die ganze Zeit fragen wollte …«

Ich hielt inne und wandte mich Patrick zu.

»Kann es sein, dass ihr euch vielleicht doch kennt? Du und Viktoria?«

Shit! Wieso ausgerechnet jetzt? Prompt kam mir das Bild von Viks flehenden Augen in den Sinn. Aber auch jenes, als sie davongelaufen war. Seit diesem Tag hatte ich nichts mehr von ihr gehört. Ich räusperte mich und versuchte den bitteren Geschmack auf der Zunge loszuwerden. Ich wollte Patrick nicht weiter belügen, daher antwortete ich so allgemein wie möglich: »Wir sind uns vorher einmal begegnet. Mehr aber auch nicht. Es wäre nett, wenn du das für dich behalten könntest.«

Patrick musterte mich und es schien, als wollte er etwas sagen, überlegte es sich dann aber anders. »Mach ich nicht. Und danke für deine ehrliche Antwort.«

Ich nickte, dann verließ ich das Restaurant. Jetzt brauchte ich erst recht eine Zigarette.

*

Viktoria

Meine Pause war fast zu Ende, als ich endlich den Roten Hirsch erreichte. Ich hatte geglaubt, ich würde es zeitlich schaffen. Wie immer hatte ich mich total verschätzt. Aber das, was ich vorhatte, duldete keinen weiteren Aufschub. Ich musste dringend etwas geradebiegen.

Schon von Weitem erkannte ich ihn. *Ian.* Er stand im Schatten des alten Fachwerkhauses und rauchte eine Zigarette. Sofort schoss mein Puls in die Höhe. Aus Aufregung und Verlangen gleichermaßen. Das weiße Hemd hatte er hochgekrempelt, sodass seine tätowierten Arme zum Vorschein kamen. Sie waren es, die mir besonders im Gedächtnis geblieben waren. Ich hätte sie stundenlang betrachten können. Zusammen mit der schwarzen Stoffhose und dem dunklen Haar, das ihm in die Stirn fiel, wirkte er fast schon verwegen. Mist! Wieder einmal fiel mir auf, wie gut er eigentlich aussah. Aber deswegen war ich nicht hier. Nervös holte ich Luft und sprach mir Mut zu.

Du schaffst das!

»Hi!«, sagte ich, als er in Hörweite kam.

Ein Ruck ging durch seinen Körper, als wäre er tief in Gedanken gewesen. Dann trafen seine hellgrünen Augen auf meine.

»Lena …« Seine Gesichtszüge verdüsterten sich. »Sorry. Ich meinte Viktoria.«

Etwa einen Meter vor ihm kam ich zum Stehen. Weit genug weg, aber doch nahe genug dran.

»Du kannst mich gerne Vik nennen. Oder auch Lena. Wie du magst. Meine Mutter hat früher oft gewechselt, je nach Tageslaune. Daher höre ich auf beides.«

Wieso erzählte ich ihm das? Ich glaubte nicht, dass ihn olle Familiengeschichten interessierten, doch ich sollte mich täuschen.

»Hat sie Lena benutzt, wenn du böse warst oder eher andersherum?«

Obwohl mich seine Anwesenheit tierisch nervös machte, konnte ich nicht anders, als zu grinsen. »Eher, wenn ich mal wieder Scheiße gebaut habe.«

Er nickte und zog an seiner Zigarette. Eine kurze Stille entstand. Also holte ich tief Luft, als würde ich Mut in meine Lunge pumpen. Jetzt oder nie.

»Hör zu, Ian. Ich bin wegen dir hier.«

Überrascht zog er die Augenbraue hoch, stieß den Qualm aus und musterte mich von der Seite. Diese Geste genügte und Hitze flammte in meinem Bauch auf. Himmel, konnte er bitte damit aufhören!

»Wegen mir?«

Ich nickte. »Ich wollte mich bei dir entschuldigen. So wie es gelaufen ist …«

Plötzlich fehlten mir die Worte. Er wartete kurz. Als ich nicht weitersprach, trat er die Kippe aus und versenkte den Stummel im großen Aschenbecher neben dem Personaleingang. »Ist schon okay.«

»Nein, ist es nicht«, antwortete ich hastig. »So etwas ist eigentlich gar nicht meine Art.«

Ian verschränkte die Arme. »Der One-Night-Stand oder morgens ohne ein weiteres Wort zu verschwinden?«

Seine Stimme klang bitter. Etwas, das ich nur allzu gut kannte. Dennoch beschloss ich, ehrlich zu sein, auch auf die Gefahr hin, dass es ihn wieder verletzen würde.

»Beides.«

Er schnaubte. »Und warum hast du es dann getan? Du hättest dich wenigstens verabschieden können. Stattdessen finde ich diesen Zettel.«

Ich zog den Kopf ein. »Keine Ahnung. Vielleicht weil es leichter war?«

Wider Erwarten nickte er, als wüsste er, wovon ich sprach. Seine Reaktion ließ mich hoffen und ich trat einen Schritt näher.

»Außerdem wollte ich mich bei dir bedanken.«

»Wofür?«

»Dafür, dass du mich nicht verraten hast. Letztens im Restaurant.« In dem Moment, in dem ich es aussprach, bereute ich es auch schon. *Dass du mich nicht verraten hast.* Das klang, als wäre Ian mein kleines schmutziges Geheimnis. Mist! Wieso konnte ich nicht einmal das Richtige sagen?

»Patrick hat mich heute noch mal darauf angesprochen«, informierte er mich kühl und meine Brust wurde eng.

»Keine Sorge«, meinte Ian, der meinen Gesichtsausdruck richtig deutete. »Ich habe gesagt, dass wir uns nur flüchtig kennen. Mehr nicht.«

Mehr nicht. Zwei harmlose Worte. Wieso störten sie mich dann? Ich sollte mich glücklich schätzen. Das war es doch, was ich gewollt hatte. »Alles klar.«

»Ich wollte nicht lügen.«

»Verständlich. Ihr seid gut befreundet, oder?«, fragte ich, aber Ian ging nicht weiter darauf ein. Ganz im Gegenteil. »Mach dir keine Gedanken. Er wird nichts sagen, was uns betrifft.«

Er nahm mir meine Worte von vorhin also wirklich übel. »Ian, ich bin nicht hier, weil ich bereue, was wir hatten. Ich wollte lediglich Danke sagen. Sorry, wenn das falsch rüberkam. Worte sind nicht so mein Talent, weißt du …«

Ich schaute ihm offen ins Gesicht und hoffte, dass er sah, dass ich es ehrlich meinte.

»Okay …«

Ich gab ihm erst gar nicht die Gelegenheit, weiterzusprechen, sondern redete einfach weiter. Wer wusste schon, wann ich wieder die Chance dazu hatte.

»Die letzten Jahre waren ziemlich beschissen und alles, was ich will, ist ein Neuanfang. Das fällt mir leider alles andere als leicht, weil mich meine Vergangenheit an jeder Ecke einholt …« Die Worte sprudelten plötzlich nur so aus mir heraus. Als hätte jemand ein Ventil geöffnet. »Ich bereue nichts. Weder dass ich dir von meiner Vergangenheit erzählt habe noch unsere Nacht. Ich fand es nämlich sehr schön zwischen uns. Alles, was ich sagen will, ist, dass es keine gute Idee wäre, es in dieser Form fortzusetzen. Vielleicht können wir ja Freunde werden …«

Etwas blitzte in seinen Augen auf und ich hatte Angst, schon wieder das Falsche gesagt zu haben. Trotzdem war es von Herzen gekommen. Mehr noch … Ich hatte mich ihm geöffnet. Mehr als irgendeinem Menschen die letzten Jahre zuvor.

Ein tiefes Brummen entstieg seiner Kehle. »Ich werde darüber nachdenken, in Ordnung?«

Ich versuchte ein Lächeln. Mehr konnte ich zum jetzigen Zeitpunkt nicht erwarten. »In Ordnung.«

Er deutete auf die Tür hinter sich. »Ich muss jetzt wieder rein. Wir haben gleich eine größere Gesellschaft.«

»Alles klar. Wir sehen uns?«

»Tun wir.«

Zum Abschied schenkte er mir ein Lächeln. Mehr, als ich mir erhofft hatte.

*

Ian

Freunde werden.

Der wohl beschissenste Satz, den man hören konnte. Trotzdem konnte ich es Vik nicht übel nehmen, denn ihre Worte waren ehrlich gewesen. Das hatte ich gespürt. Und auch, wie viel Überwindung sie das Ganze gekostet hatte. Etwas, das ich ihr hoch anrechnete, trotz meiner Wut. Oder sollte ich besser sagen Enttäuschung?

Gedankenverloren stellte ich den Sekt auf der Theke ab. Warum hatte sie unbedingt heute vorbei kommen müssen? Gerade jetzt, so unmittelbar vor der Hochzeit. Vielleicht sollte ich es als Ablenkung betrachten. Trotzdem hätte ich auf das Fest, das sich nur um die Liebe drehte, gut verzichten können. Wenn ich es nicht besser wüsste, hätte ich gesagt, ich hatte mich schwer in Vik verguckt. Ich seufzte. So war es wohl auch. Alles nur wegen dieser einen verdammten Nacht. Aber es war nicht nur der Sex. Es war das Gesamtpaket. Ihre Art zu sprechen, ihr Wesen, diese traurigen Augen.

Freunde werden.

Selbst wenn ich es wollte, das hätte niemals funktioniert. Also blieb mir wohl nichts anderes übrig, als Abstand zu halten. So schwer es mir auch fiel, es war das Beste für uns zwei.

KAPITEL 6

Viktoria

Einen Neuanfang wagen. Das hatte ich mir schon die ganze Zeit vorgenommen, aber so wirklich geklappt hatte es bisher nicht. Seit dem Gespräch mit Ian fiel es mir irgendwie leichter, das Thema anzupacken. Der beste Neustart nützte bekanntlich nichts, wenn man innerlich nicht dazu bereit war.

Also begann ich ganz von vorn, nämlich damit, mir eine passende Wohnung zu suchen. Leider gestaltete sich das nicht so leicht wie erhofft. Der Wohnungsmarkt von Holzenkirch war ziemlich leergefegt und wenn mir etwas gefiel, dann war das weit außerhalb meines Budgets. Dennoch ließ ich mich nicht entmutigen. Irgendwann würde schon etwas Passendes dabei sein. So lange wohnte ich eben auf dem Bauernhof. Am liebsten wäre ich gar nicht ausgezogen, aber ich wollte Jasmins und Sebastians Gastfreundschaft nicht länger als nötig strapazieren.

Um meinem Glück ein wenig auf die Sprünge zu helfen,

hängte ich eine Suchanzeige im Laden auf. Quasi nicht zu übersehen. Erst wenige Nummern waren abgerissen worden. Immerhin. Vielleicht ergab sich ja etwas. Genügend Leute und damit Chancen gab es jedenfalls, denn heute war mal wieder die Hölle los. Ich kam mit dem Auffüllen der Regale kaum hinterher. Aber es störte mich nicht. Bei Stress kam ich erst richtig in Fahrt. Ein Überbleibsel aus meiner Zeit als Souschefin. In der Küche war es auch immer hoch her gegangen.

Mit einer Kiste frischer Möhren auf dem Weg in Richtung Gemüseecke ließ ich meinen Blick durch den vollen Laden wandern, immer auf der Suche nach Artikeln, die wieder aufgefüllt werden mussten. Jasmin kassierte und Charlie war im Lager verschwunden. Ich wollte gerade in einen Gang biegen, in dem es etwas leerer war, als ich die beiden Frauen entdeckte, die vor meinem Aushang standen. Sie hatten mir den Rücken zugewandt, daher bemerkten sie mich zunächst nicht. Erst freute ich mich über das Interesse, bis ich sah, um wen genau es sich handelte. Es war die Frau des Bürgermeisters Leonie Anders mit ihrer beste Freundin Christine Mayer. Zwei falsche Schlangen, wie sie im Buche standen. Ich hatte die beiden nie ausstehen können. Dagegen war selbst ich früher ein Lamm gewesen.

»Ich habe gedacht, Linda veräppelt mich, als sie mir davon erzählt hat. Aber die sucht echt eine Wohnung. Dass die sich das traut. Unglaublich.«

Schon allein, wie sie das Wort *die* aussprach, verursachte Übelkeit bei mir.

Geh einfach weg, sagte ich mir. Was die Leute über mich dachten, konnte mir herzlich egal sein. Trotzdem war es, als wären meine Füße wie festgefroren.

»Ich meine, wer vermietet schon an eine Mörderin?«

Mir blieb die Luft weg. Sie sagte das so laut, dass es in unmittelbarer Nähe fast jeder mitbekommen haben musste, mit der Folge, dass sich der ein oder andere Blick auf mich richtete. Es brannte förmlich auf meiner Haut. Ich wusste, dass die Leute seit dem Unfall über mich redeten. Aber so? Ja, ich hatte Mist gebaut. Aber mich deshalb als Mörderin zu bezeichnen?

In diesem Moment bemerkte mich Leonie und stieß Christine in die Seite, um diese ebenfalls auf mich aufmerksam zu machen. Anstatt sich zu entschuldigen, lachten sie boshaft, in der Gewissheit, den ganz großen Treffer gelandet zu haben. Meine Brust wurde eng. Sie hatten es tatsächlich geschafft.

»Ups. Hallo, Vik«, sagte Leonie und lächelte dieses falsche Lächeln, sodass mir ganz anders wurde. Unfähig etwas zu erwidern, starrte ich sie einfach nur mit weit aufgerissenen Augen an. Meine Gliedmaßen zitterten und ich hatte das Gefühl, jeden Moment in Tränen auszubrechen.

»Also dafür, dass Vik mich umgebracht hat, fühle ich mich ziemlich lebendig.«

Charlie! Wo kam die denn auf einmal her? Die Erkenntnis traf mich wie ein Donnerschlag. Sie hatte es also auch gehört. Ich wehrte mich nicht, als sie mir sanft die Kiste mit den Möhren abnahm. Im Gegenteil … Das Zittern verstärkte sich und ich war dankbar, das Gemüse loszuwerden, sonst wäre es bestimmt auf dem Boden gelandet. Eine Szenerie, die Leonie und Christine mit Sicherheit begrüßt hätten.

»Charlie. Schön, dich zu sehen«, entgegnete Leonie und überging den Kommentar von eben geflissentlich. »Wie geht es euch?«

»Gut. Danke der Nachfrage.« Charlie setzte ein Lächeln auf, das mindestens genauso falsch war wie das von Leonie. »Aber noch mal wegen vorhin … Ich bin da nicht so bewandert wie die gebildete Ehefrau des Bürgermeisters. Aber jemanden als Mörderin zu bezeichnen, obwohl das Opfer quicklebendig ist …« Sie deutete an sich hinab. »Fällt das nicht unter üble Nachrede oder Behauptung von falschen Tatsachen?«

Meine Augen wurden groß und auch Leonies freundliche Miene verschwand. »Drohst du mir gerade etwa?«

Ihre beste Freundin Christine blähte entsetzt die Nasenflügel, blieb aber still.

»Ich?« Charlie lächelte nonchalant. »Wie könnte ich?«

»Ich hoffe, du weißt, mit wem du dich gerade anlegst«, schnappte Christine zurück, die offenbar ihre Stimme wiedergefunden hatte.

»Ich weiß so einiges«, entgegnete Charlie betont freundlich und richtete den Blick einzig und allein auf die Frau des Bürgermeisters. »Zum Beispiel, was vor drei Monaten auf dem Sommerfest hinter der Theke passiert ist. Im Roten Hirsch, ihr erinnert euch?«

Mein Kopf ging hin und her, wie bei einem Tennismatch. Im Roten Hirsch? Nach dem Sommerfest? Wovon redete Charlie da?

»Was erzählst du für einen Unsinn?«, fauchte Christine, die offenbar auch keine Ahnung hatte. Leonie hingegen war bleich geworden.

Charlie faltete die Hände über dem Bauch zusammen. »Ich denke, das kann Leonie dir am besten selbst erzählen. Und jetzt wünsche ich euch noch einen schönen Tag.« Ich hielt die Luft an. Das war dann wohl ein glatter Rauswurf. Ich bezweifelte, dass Leonie sich das würde gefallen lassen, aber sie nickte nur und wandte sich tatsächlich zum Gehen.

»Ebenso.« Dann griff sie nach dem Arm ihrer besten Freundin und zog sie ohne ein weiteres Wort mit sich. Zusammen verließen sie den Laden.

Ist das gerade wirklich passiert?

Ich starrte Charlie fassungslos an.

»O Mann! Wie ich diese Weiber hasse. Alles in Ordnung?«

»Ja … ich …«

»Komm mit«, sagte Charlie, die anscheinend begriffen hatte, dass ich völlig neben mir stand. Zusammen liefen wir in den kleinen Pausenraum, der jedoch mehr als Lagerraum diente. Überall standen Kisten herum.

»Die haben wirklich Nerven«, sagte sie, bugsierte mich an den Tisch und schüttete mir etwas zu trinken ein.

»Danke«, murmelte ich und trank ein paar Schlucke. Das kühle Wasser und die Ruhe sorgten dafür, dass ich wieder besser denken konnte.

»Geht es wieder?«

Ich hielt es nicht länger aus. So viel Nettigkeit hatte ich nicht verdient. Schon gar nicht von Charlie!

»Wieso tust du das alles?«, brach es aus mir hervor.

»Was?«

Hilflos wedelte ich mit den Armen. »Na … alles. Du bist so gut zu mir. Dann eben das mit Leonie und Christine. Nach all dem, was zwischen uns passiert ist.«

Charlie betrachtete mich eingehend, dann nahm sie neben mir Platz und schenkte sich ebenfalls ein Glas Wasser ein. Es dauerte, bis sie schließlich antwortete. »Weil ich glaube, dass Menschen sich ändern können. Und du, Vik, hast dich geändert.«

»Ich bin immer noch die Alte. Menschen sind so, wie sie sind. Egal, wie sehr sie sich auch wünschen, jemand anderes zu sein«, stieß ich verzweifelt hervor. Und genau da lag vermutlich auch das Problem. Egal, was ich tat oder sagte. Ich hatte immer das Gefühl, nicht zu genügen, weil meine Vergangenheit zu groß dagegen war. Nichts konnte meine Taten aufwiegen, egal, wie sehr ich mich auch bemühte.

»Das glaube ich nicht. Jeder kann sich ändern, wenn er will«, widersprach Charlie sanft. Dann schnaubte sie, als wäre ihr etwas eingefallen, was doch dagegen sprach. »Außer Leonie und Christine vielleicht.«

Mir entfuhr ein verzweifeltes Lachen. »Was war denn eigentlich beim Sommerfest?«, wagte ich zu fragen.

Charlie brummte in ihr Glas und trank dabei einen großen Schluck. »Sie hat mit einem von den Kellern rumgemacht. Keine Ahnung, ist ihr den ganzen Abend nachgelaufen. Hätte ich die beiden nicht erwischt, wer weiß, was sonst noch passiert wäre. Und das in unserem Restaurant.«

Mein Mund klappte auf. Die perfekte Leonie, Frau des Bürgermeisters, hatte eine Affäre?

»Shit!«, rief ich wenig ladylike aus.
»Du sagst es.«
»Wer war es?«
Sie winkte ab. »Hat schon längst gekündigt. Wer weiß, vielleicht arbeitet er jetzt für die Familie Anders als persönlicher Sklave.«
»Danke. Jetzt habe ich Kopfkino.« Ich schüttelte mich. Die Vorstellung war zu abstrus.
»Immer gern«, grinste Charlie, wurde jedoch schnell wieder ernst. »Ich hasse Ungerechtigkeit. Und was die da gerade abgezogen haben, ging gar nicht. Ich hoffe, du weißt, dass das Bullshit war.«
Beschämt senkte ich den Blick. War es das?
»Vik! Sieh mich bitte an.« Ich tat ihr den Gefallen und spürte, wie mir die Tränen heiß die Wangen hinab liefen. Dabei hatte ich das unbedingt verhindern wollen.
»Du hast Scheiße gebaut und Gott weiß, ich hätte dich damals am liebsten mehrfach auf den Mond geschossen. Aber das ist lange her und du hast dich ungefähr tausend Mal entschuldigt.«
Zitternd sog ich die Luft ein. »Aber das macht es nicht ungeschehen.«
»Vielleicht nicht, aber man muss auch in der Lage sein, die Vergangenheit ruhen zu lassen und einen Neuanfang zu wagen.«
Neuanfang. Da war es wieder … Ich wusste, dass sie recht hatte, aber Situationen wie vorhin machten es unheimlich schwer, daran zu glauben.
»Und wenn sie doch recht hatten?«
Charlie schüttelte mich leicht an der Schulter. »So etwas darfst du nicht mal denken, hörst du! Ich war diejenige, die damals davon gelaufen ist und sich in den Wagen gesetzt hat. Niemand konnte etwas dafür, dass die Bremsen versagt haben. Es war Schicksal.«
Kurz herrschte Schweigen, als würde sie über etwas nachdenken. »Wer weiß, wäre es anders gekommen, wäre

dieses kleine Wunder in meinem Bauch vielleicht nie entstanden.«

Sie lächelte selig und strich über ihre runde Kugel. Ich blinzelte ungläubig. Sie betrachtete diesen Unfall allen Ernstes als etwas Gutes? Etwas in mir begann zu arbeiten. Dann fand Charlies Blick zu mir zurück. Ein Lächeln erschien auf ihren Lippen. Sie wirkte so verdammt glücklich. »Ich dachte, es wäre klar, aber ich sage es gerne noch einmal: Ich habe dir verziehen, Vik. Und jetzt lass uns dieses Thema bitte endlich begraben. In Ordnung?«

Sie legte mir freundschaftlich die Hand auf den Arm. Es stimmte. Bei dem, was sie tat und wie sie sich mir gegenüber verhielt, hätte man davon ausgehen können, dass sie mir verziehen hatte. Aber dass sie es aussprach, machte etwas mit mir. Tief in mir drin.

Ich nickte. »In Ordnung. Lass es uns versuchen.«

*

Zwei Tage später war der Schock über den Vorfall im Laden immer noch nicht ganz verdaut, aber mir ging es schon bedeutend besser. Was ich einzig und allein Charlie zu verdanken hatte. Sie hatte mich gegen Leonie und Christine verteidigt und anschließend getröstet. Was sie wahrscheinlich nicht ahnte: Sie hatte so viel mehr getan. Ihre Worte hatten mir ein Stück von meinem inneren Frieden zurückgegeben. Ich hätte vermutlich bis ans andere Ende der Welt reisen können. Es wäre nicht annähernd der gleiche Effekt gewesen. Meine Nächte waren meist von Albträumen bestimmt, aber die letzten zwei Nächte hatte ich so gut geschlafen wie lange nicht. Außerdem fühlte ich mich leichter, als wäre ein Teil des Gewichtes von meinen Schultern verschwunden. Ich wusste, ich war auf dem richtigen Weg.

Heute war der Hofladen geschlossen, dennoch war ich hier, um die Weihnachtsdeko aufzubauen. Ganz so, wie meine Schwester sich das wünschte. Rentiere und Schneeflocken waren mir jedoch mehr als fremd, ich war mit dem Kopf irgendwie immer noch in L.A. und an den herrlichen Stränden dieser Stadt. Zu allem Überfluss hatte mich Jasmin allein gelassen. Irgendein wichtiger Termin mit Sebastian. Ich war nie ein besonderes Talent im Dekorieren gewesen, aber es war meine Schwester, die mit dem Endergebnis klar kommen musste. Ich hatte sie schließlich vorgewarnt. Gerade machte ich mich an der Schaufensterdeko zu schaffen. Im Keller hatte ich einen Holz-Weihnachtsmann samt Rentieren gefunden. Was passte besser zu Weihnachten als das? Nur hatten die Figuren auf den dunklen Fliesen wenig feierlich gewirkt. Mein erster Gedanke war ein Untergrund aus Watte gewesen. Leider hatte ich so etwas nicht gefunden, lediglich eine Matte aus weißem Fleece. Dummerweise war das Material zu dick und der Holzfuß vom Weihnachtsmann zu schmal, sodass der Arme mehrfach umkippte. Im Moment sah es jedoch so aus, als würde ich diesen Kampf gewinnen. Nur noch ein Rentier … Ein Klopfen an der Tür ließ mich zusammenzucken.

»Ich hoffe, ich störe nicht?«

Überrascht hob ich den Blick und entdeckte Patrick mit Oskar im Schlepptau.

»Hallo …« Umständlich richtete ich mich auf. Meine Beine waren vom langen Hinknien ganz steif geworden. Da kam Oskar auf mich zugestürmt, als hätte er den ganzen Tag auf mich gewartet. Doch nicht ich war der Traum seiner schlaflosen Nächte, sondern die weiße Matte.

»Oskar!«, rief Patrick seinen Beagle, aber der hörte mal wieder für keine fünf Pfennig. Beherzt biss er in den Stoff und zog daran. Prompt kippte das Rentier um und riss seine Gefährten samt Weihnachtsmann mit sich.

»Sorry«, sagte Patrick und packte den Hund am Halsband.

Ich winkte ab. »Nicht schlimm. Hat mir sowieso nicht gefallen.«

Patricks Blick glitt durch den Laden. Die tiefstehende Nachmittagssonne schien zum Fenster herein. Von Tag zu Tag ging sie früher unter. Ein sicheres Zeichen dafür, dass wir uns der kalten Jahreszeit näherten. Doch hier drin war es dank der Heizung angenehm warm und überall schimmerte und funkelte es. Erwartungsvoll schaute ich Patrick an, da er immer noch nicht gesagt hatte, warum er eigentlich hier war.

»Wenn du übrigens deinen Bruder suchst, der ist mit Jasmin unterwegs …« Sein Blick fand den meinen. Ich machte mich auf den vertrauten Schmerz gefasst. Überrascht stellte ich fest, dass er ausblieb, wie letztens im Restaurant. Nur ein dumpfes Pochen war zu fühlen. Patricks Lippen kräuselten sich, als versuchte er, mühevoll ein Lachen zu unterdrücken. »Du … hast da Lametta im Haar.«

»Was?«

Automatisch fasste ich mir an den Kopf und bekam lila Lametta zu fassen. Oskar bellte begeistert. Na wunderbar. Vik, der lebende Tannenbaum.

»Ich könnte Jasmin verfluchen, dass sie mich mit dieser Aufgabe allein gelassen hat«, grummelte ich.

»Wurdest du zum Dekorieren eingeteilt?«, fragte er und ich meinte, eine Spur Mitleid in seiner Stimme zu hören.

Ich nickte und deutete auf den bereits dekorierten Teil des Ladens. Lametta und glitzerndes Zeugs in Hülle und Fülle. Ob ich vielleicht ein wenig übertrieben hatte? Mir kamen erste Zweifel. »Wie findest du es bis jetzt?«

Patrick sah sich erneut um. An seinem Gesicht konnte ich ablesen, dass es ihm nicht gefiel.

»Ist es zu viel?«

»Vielleicht ein bisschen«, formulierte er diplomatisch. »Du solltest reduzieren.«

Ich seufzte innerlich. Da sprach wohl der Restaurantchef aus ihm. Aber ich hatte ihn ja schließlich selbst gefragt.

»Manchmal ist mehr weniger. Der Tisch da zum Beispiel. Da steht so viel drauf, da stiehlt der Schneemann dem Nussknacker die Show. Darf ich?«

Ich zog die Schultern hoch. »Tu dir keinen Zwang an.«

Als hätte er darauf gewartet, schnappte er sich einen der leeren Kartons, die überall auf dem Boden herumstanden, und entfernte einen Teil der Dekoration. Genauer gesagt über die Hälfte.

Wenn einer Ahnung hat, dann Patrick, sagte ich mir und versuchte es nicht persönlich zu nehmen. Schließlich hatte er zwei Restaurants selbst eingerichtet.

»In etwa so …« Er trat einen Schritt zurück, sodass ich den Tisch betrachten konnte. Wohl oder übel musste ich zugeben, dass es bedeutend besser aussah.

»Okay, du hast mich überzeugt.«

Kurzerhand entfernten wir etwa drei Viertel der Deko. Oskar machte es sich derweil auf der erlegten Matte bequem. Das entfernte Zeugs verteilten wir im restlichen Geschäft. Ich musste zugeben, das Gesamtkonzept überzeugte mich.

»Danke«, sagte ich und blickte mich glücklich seufzend um. »Wenn Jasmin damit nicht zufrieden ist, dann weiß ich auch nicht.«

»Keine Ursache.«

Erst da fiel mir auf, dass Patrick und ich uns das erste Mal seit dem Unfall länger als eine halbe Stunde im gleichen Raum aufhielten. Wieso fühlte es sich plötzlich so leicht an? Außerdem hatte er mir immer noch nicht verraten, warum er eigentlich hier war. Mir gefror das Blut in den Adern. Hatte Charlie ihm etwa von dem Vorfall mit Leonie und Christine erzählt? War er deshalb gekommen und so nett zu mir?

Komm runter!, beruhigte ich mich.

Charlie hatte mir hoch und heilig versprochen, die Sache für sich zu behalten, und ich vertraute ihr. Also, warum war Patrick dann hier?

»Weshalb ich eigentlich hier bin«, sagte er, als hätte er meine Gedanken gelesen. »Du hattest angeboten, bei dem Weihnachtsdinner auszuhelfen. Steht dein Angebot noch?«

Das Weihnachtsessen! Das war also der Grund.

»Klar! Ich bin dabei.«

Er lächelte erleichtert. »Super … Du weißt ja, aktuell haben wir mal wieder unheimliche Probleme, genügend qualifiziertes Küchenpersonal zu finden. Du würdest mir also einen riesigen Gefallen tun …«

Meine Euphorie verflog. So leid es mir tat. Ich musste das aufklären, da Emilia es anscheinend nicht getan hatte.

»Patrick«, unterbrach ich ihn sanft. »Als ich Emilia meine Hilfe angeboten habe, ging es eigentlich um den Service …«

Verwirrung zeichnete sich auf seinem Gesicht ab. »Um den Service? Das heißt, du willst kellnern?«

Ich nickte. »Sorry, aber das Kochen habe ich aufgegeben.« Nicht, dass ihn das interessierte, trotzdem wollte ich, dass er es wusste. Einfach um Missverständnissen aus dem Weg zu gehen. Aber ich hatte mich wohl getäuscht, denn es schien ihn sehr wohl zu interessieren.

»Warum? Vik, du hast so viel Talent. Wieso willst du das aufgeben?«

Ich lächelte und ein wenig Wehmut erfüllte mein Herz.

»Die Entscheidung habe ich schon vor Längerem getroffen und bin sehr zufrieden damit, denke ich … Es ist Zeit für etwas Neues …«

»Schade.«

Eine kurze Stille entstand, aber nicht eine von der unangenehmen Art. Ich war die Erste, die sie durchbrach. »Ja … Wie gesagt: Ich bediene sehr gerne für euch oder stelle mich hinter die Bar. Ganz egal.«

Er schüttelte den Kopf, als könnte er es immer noch nicht ganz glauben. »Das kommt … überraschend. Aber ich freue mich über jede Art von Hilfe. Anfang nächster Woche findet das erste Meeting dazu statt. Hauptsächlich geht es ums Brainstorming, da es ein Gemeinschaftsprojekt der Crew ist. Du kannst dich gerne einbringen, falls dir etwas dazu einfällt.«

»Das ist lieb, aber lass die anderen ruhig machen. Ich bleibe lieber im Hintergrund.«

»Aber zum Meeting kommst du?«

»Auf jeden Fall.«

Er musterte mich eine Weile, so als würde er sich fragen, wen er da eigentlich vor sich stehen hatte. Tja, das wusste ich selbst nicht genau.

»Super. Ich muss dann auch los«, sagte er dann und pfiff Oskar heran, der sein Herrchen mal wieder gekonnt ignorierte.

Auch ich erwachte aus meiner Starre. »Ich räume jetzt erst einmal die ganzen leeren Kartons weg. Für Jasmin soll es schließlich perfekt sein.«

»Dann bis nächste Woche?«

»Bis Montag.«

Ich freu mich, fügte ich in Gedanken hinzu.

*

Ian

Das Geschäft brummte. Fast jeder Tisch war an diesem Abend besetzt. Wir alle spürten deutlich, dass es auf das Weihnachtsgeschäft zuging. Die umsatzstärkste Zeit im Roten Hirsch. Es war mein zweites Weihnachtsfest. Obwohl es stressig war, zählten die Wintermonate zu meinen liebsten. Immer wieder glitt mein Blick hinüber zu den Gästen, um mich zu vergewissern, dass nichts fehlte oder jemand nach einem Kellner verlangte. Meine Aufgabe hier war relativ leicht zu beschreiben, denn ich hatte keinen festen Bereich. Ich war überall präsent, sprang ein, wo Not am Mann war oder wo meine Hilfe eben gebraucht wurde. Letzte Woche hatte ich sogar mit abgewaschen, da die Spülmaschine kurzzeitig ausgefallen war. Aber genau das machte den Reiz dieser Arbeit aus. Es war abwechslungsreich und langweilig wurde es schon mal gar nicht. Natürlich vermisste ich oft den alten Job als Sanitäter, aber dann war da wieder die Erinnerung an diesen einen Tag, der mein Leben von heute auf morgen verändert hatte, und ich war froh, dieses Ereignis hinter mir gelassen zu haben.

Zufrieden stellte ich fest, dass jeder Gast gut versorgt war, und widmete mich wieder dem Buch, in dem alle Reservierungen eingetragen waren. Der Heilige Gral des Roten Hirschs. Obwohl ich Patrick als *normal* bezeichnet hätte, eben wie jeden technikbegeisterten Menschen in unserem Alter auch, war er in diesem Sinne geradezu altmodisch. Es existierten die tollsten Buchungsprogramme, die einem die organisatorische Arbeit quasi komplett abnahmen, aber in dieser Beziehung ließ mein Boss nicht mit sich reden. Mehrfach hatte ich versucht, ihn davon zu überzeugen, so ein Programm zu testen, aber er hatte eisern an dem Buch festgehalten. Das hatte sein Vater schon so gemacht, er und wahrscheinlich auch seine Kinder. Amen. Irgendwann hatte ich es aufgegeben und mich mit dem Papierhaufen angefreundet.

Routiniert ging ich die Buchungen für die nächste Woche durch. Jeden Abend stand eine andere Feierlichkeit an und das alles neben dem normalen Tagesbetrieb. Dann war da noch die Sache mit dem Dinner. Trotz des Stresses freute ich mich darauf. Es war gut, etwas zurückgeben zu können, und dass Menschen die Möglichkeit erhielten, an einem Essen teilzunehmen, die sonst so etwas nicht jeden Tag machten. Außerdem war es meine Idee gewesen und ich wollte unbedingt, dass der Abend perfekt wurde. Wäre da nicht dieses verdammte Personalproblem gewesen.

»Alles in Ordnung?«

Ertappt hob ich den Blick. Wie aus dem Nichts war Patrick neben mir aufgetaucht. Wie lange er wohl schon hier stand?

»Was machst du hier?«

Er verschränkte amüsiert die Arme vor der Brust. »Ähm, das ist mein Restaurant?«

Ich tat es ihm gleich. »Ähm, das ist dein freier Abend?«

Er ließ die Arme sinken und zog etwas unter der Theke hervor. »Keine Sorge, ich bin gleich wieder weg. Ich hab meinen Geldbeutel hier vergessen.«

Seine Börse. Ebenfalls so ein Ding aus prähistorischer Zeit.

»Gut, dass hier nichts wegkommt, hmm?«

Patrick klopfte mir auf die Schulter. »Gut für dich, denn du, mein Lieber, bist jetzt für alles verantwortlich.«

Ich warf einen Blick auf das alte Lederportemonnaie, das eindeutig bessere Tage hinter sich hatte. Es sah aus, als würde es jeden Moment auseinanderfallen »Nun ja …«

»Sag nichts. Charlie meckert deshalb auch schon immer rum. Ich glaube, es muss ein neues her«, brummte er verdrießlich. Und schon hatte ich das perfekte Geschenk für Weihnachten.

»Frauen verstehen das nicht«, sagte ich und wählte eine neue Taktik. Nicht, dass er sich selbst eins kaufte. »Wenn man so etwas so lange hat, ist es fast wie ein Freund.«

Was zum Teufel redete ich da? Wider Erwarten fingen Patricks Augen an zu leuchten. »Ja, genau das sage ich auch immer. Mein ständiger Begleiter. So etwas tauscht man doch nicht einfach aus.« Geradezu liebevoll betrachtete er das alte Stück Leder.

»Äh … ganz genau.«

Eine Weile unterhielten wir uns über liebgewonnene Sachen. Dann klärten wir einige organisatorische Dinge, bis Patrick sich wieder verabschiedete. »Bevor ich es vergesse …«

Ich hob den Blick, da ich mich schon wieder den Buchungen zugewandt hatte.

»Bezüglich des Dinners habe ich für Montag alle zusammengetrommelt. Kurzfristig konnte ich sogar jemanden für den Service organisieren, oder besser gesagt, Emilia konnte jemanden organisieren.«

Meine Augenbrauen schossen nach oben. Das waren ausnahmsweise mal gute Nachrichten. »Wirklich? Das ist ja super. Wer ist es?«

Kurz wirkte Patrick verunsichert. »Vik.«

Ich schluckte. Mit allem hatte ich gerechnet, nur nicht damit. Und schon war es mit meinem tollen Plan dahin. Das bedeutete, dass ich in Zukunft Zeit mit Vik verbringen musste. Viel Zeit, um genau zu sein. Dabei war es das, was ich versucht hatte, unbedingt zu vermeiden.

»Ist das ein Problem für dich?«, fragte Patrick, da ich bis jetzt nichts gesagt hatte.

»Was? Nein. Ist es nicht«, antwortete ich eine Spur zu hastig.

»Ehrlich nicht? Vik wäre eine große Hilfe, aber wenn du …«

»Es ist in Ordnung.« Ich nickte und versuchte ein Lächeln. Bloß nichts anmerken lassen. Es gab wohl kaum etwas Schlimmeres als schlechte Stimmung zwischen den Mitarbeitenden. Und dann auch noch wegen einer verflossenen Liebschaft. Ein absolutes No-Go. Für mich jedenfalls. Also sah ich zu, dass ich meine lächerlichen Befindlichkeiten in den Griff bekam, und machte gute Miene zum bösen Spiel. »Je mehr Hilfe wir haben, desto besser.«

Patrick wirkte erleichtert. »Das denke ich auch. Alles Weitere sehen wir dann am Montag. Wenn was sein sollte …«

»Rufe ich dich an«, beendete ich den Satz für ihn.

Patrick wandte sich erneut zum Gehen, doch dann fiel mir noch etwas ein. »Eine Frage …«

»Ja?«

»Wie kam es dazu, dass Vik dabei ist? Hast du sie gefragt?«

Er schüttelte den Kopf. »Emilia hat sich wohl mit Charlie über das Dinner unterhalten. Da hat sie ihre Hilfe angeboten.«

Ich nickte. Also war die Sache von ihr ausgegangen. Das hieß, sie war über ihren eigenen Schatten gesprungen. Nicht, dass das einen Unterschied machte. Trotzdem machte es etwas mit mir. Ich konnte nur nicht genau sagen, was das war.

»Wieso fragst du?«

»Nur so. Bis morgen dann.«

Patrick wirkte so, als wollte er noch etwas sagen, er beließ es dann aber dabei. »Bis Morgen.«

KAPITEL 7

Viktoria

Mit einem Grummeln im Magen stand ich vor dem Roten Hirsch und das schon ganze zehn Minuten. Nun beobachtete ich die warmen Lichter im Inneren des Restaurants. Hier draußen war es ungemütlich. Immer wieder regnete es und auch die Temperaturen waren merklich gesunken. Wieso also ging ich nicht endlich hinein? Eigentlich hatte ich mich auf dieses Treffen gefreut. Jetzt war ich unsicher. Was würden die anderen von mir denken? Zum Teil handelte es um die alte Crew. Wie würden sie auf mich reagieren? Mit offenen Armen würde man mich mit Sicherheit nicht empfangen.

Dann war da die Sache mit Ian. Seit unserem Gespräch waren wir uns nur einmal im Supermarkt begegnet. Für mehr als eine höfliche Begrüßung hatte es jedoch nicht gereicht. Somit hatte ich zumindest meine Antwort, was er über das Ding mit der Freundschaft dachte. Ich mochte Ian wirklich und bedauerte, dass er keinen Kontakt zu mir wollte. Aber das musste ich wohl oder übel akzeptieren. In den letzten

Tagen war so viel zu tun gewesen, aber ich hatte immer wieder an ihn gedacht.

Bevor die Unsicherheit noch größer wurde, versuchte ich, an die alte Vik zu denken, der das alles herzlich egal gewesen wäre. Wenn es nicht anders ging, musste ich sie eben wieder hervorkramen, zumindest den Teil mit dem sicheren Auftreten, sonst würde ich morgen noch hier stehen. Natürlich war das leichter gesagt als getan, aber ich schob alle Befindlichkeiten beiseite und steuerte mit festen Schritten den Nebeneingang an. Drinnen war es angenehm warm. Lautes Stimmengewirr schlug mir entgegen. Ich schluckte.

Los jetzt.

Ich betrat den Gastraum, wo alle Mitarbeitenden um einen großen Tisch herum saßen. Getränke sowie allerlei Knabberzeugs standen darauf. Ich war wohl eine der Letzten, soweit ich das beurteilen konnte. Erleichtert stellte ich fest, dass mir kaum einer Beachtung schenkte. Einige grüßten, als ich meinen Blick über die Vielzahl der Köpfe gleiten ließ, auf der Suche nach einem freien Platz. Da entdeckte ich Emilia, die mir zuwinkte. Ich musste zugeben, dass mich ihre freundliche Art immer noch ein wenig irritierte, unsere einzige Kommunikation war es früher gewesen, sich gegenseitig anzuzicken. Heute freute ich mich, sie zu sehen, und bahnte mir einen Weg zu ihr. Als ich endlich saß, atmete ich erleichtert aus, als hätte ich die ganze Zeit unbewusst die Luft angehalten. Hatte ich vermutlich auch.

»Hi«, begrüßte ich sie und versuchte mich an einem Lächeln. »Bin ich zu spät?«

»Genau richtig.«

Erneut ließ ich meinen Blick schweifen, bis mir klar wurde, dass ich nach Ian Ausschau hielt. Ich konnte ihn jedoch nirgendwo entdecken. Ob er krank war? Patrick war ebenfalls nicht zu sehen.

»Ian müsste jeden Moment zurück sein«, erzählte Emilia, als hätte sie meine Gedanken gelesen. »Wollte irgendetwas im Büro ausdrucken. Wenn Miriam nach ihrem Urlaub erfährt, dass er an ihrem PC war, dann bringt sie ihn um.«

Ich kicherte. Miriam war für die komplette Buchhaltung der Angestellten zuständig und ziemlich eigen, was ihr Büro anging. Ihr größtes Heiligtum waren jedoch die Pflanzen. Betrat man die hinteren Räume, hatte man das Gefühl, im Dschungel gelandet zu sein.

»Solange er keine Pflanzen anfasst. Das heißt, Ian leitet dieses Treffen? Was ist mit Patrick?«

»Patrick ist mit Charlie zu irgendeinem wichtigen Termin gefahren.«

Jetzt fiel es mir wieder ein. »Stimmt. Charlie hat mir gestern davon erzählt. Hoffentlich ist alles mit dem Baby in Ordnung.«

»Wird schon.«

Es tat gut, sich mit Emilia zu unterhalten. Ich würde mich sogar trauen zu behaupten, dass wir ungefähr auf einer Wellenlänge waren. Hätte ich das doch nur schon früher gewusst. Das hätte wohl vieles leichter gemacht. Stattdessen hatte ich mit meinem ewigen Rumgezicke alles schlimmer gemacht. Umso froher war ich jetzt, dass Emilia nicht nachtragend war. Im Gegenteil, sie behandelte mich wie jeden anderen auch und das rechnete ich ihr hoch an.

»Ich bin so gespannt, wie der Kleine aussehen wird. Ob er wohl mehr nach Charlie oder Patrick kommt?«, plauderte ich ungezwungen drauflos, da mein Kopf ausnahmsweise mal still blieb. Ich freute mich auf den Nachwuchs. Auch Emma konnte es kaum erwarten. Ich glaubte, für sie war es wie das lang ersehnte Geschwisterchen. Bei diesem Gedanken musste ich ungewollt lächeln und ein warmes Gefühl machte sich in meinem Bauch breit.

»Ganz klar nach Charlie«, antwortete Emilia auf meine vorangegangene Frage.

»Denkst du?«

Emilia grinste. »Auf jeden Fall …«

Sie hielt inne, da Ian in diesem Augenblick den Raum betrat. »Sorry Leute, es hat leider etwas länger gedauert.«

Sein Bariton löste ungewollt Schauer bei mir aus, noch bevor ich ihn überhaupt erblickte. So viel zum Thema Freundschaft. Sein Anblick gab mir den Rest. Wie er dort in dem weißen Hemd und der schwarzen Hose stand, war definitiv mehr als heiß. Wie beim letzten Mal blitzten die Tattoos unter den Ärmeln hervor. Mein Mund wurde trocken, als ich sah, wie sich der Stoff spannte, als er damit anfing, die Blätter zu verteilen. Man brauchte nicht viel Fantasie, um zu erahnen, dass sich darunter eine Vielzahl an Muskeln verbarg. Muskeln und viel heiße Haut, die ich nur allzu ausführlich erkundet hatte. Offenbar war ich nicht die Einzige, die das so sah. Zwei brünette Kellnerinnen, von denen ich wusste, dass sie für gewöhnlich im Weißen Hirsch eingesetzt waren, zogen Ian förmlich mit ihren Augen aus.

Was interessiert dich das? Das muss endlich aufhören!

»Alles in Ordnung?«, fragte Emilia, die meinen Gesichtsausdruck offenbar falsch gedeutet hatte.

»Ja, wieso?«

»Du siehst aus, als würde es dir irgendwie nicht gut gehen.«

Da streifte mich Ians Blick. Bis jetzt hatte er anscheinend gar nicht mitbekommen, dass ich ebenfalls anwesend war. Kein Wunder, Emilia saß schräg vor mir, sodass ich mehr oder minder hinter ihr verschwand. Etwas flackerte in Ians Augen auf und kurz glaubte ich, die Andeutung eines Lächelns zu erkennen. Dann ging er einfach weiter, als wäre ich gar nicht da. Mein Herz verkrampfte.

»Sag mal, kann das sein, dass ihr euch irgendwie kennt?«, flüsterte Emilia mir zu.

»Wir sind uns mal in Stuttgart begegnet.«

Wieso erzählte ich ihr das? Zum Glück begann Ian in diesem Moment mit seinem Vortrag.

»Auf dem Zettel, den hoffentlich nun jeder in den Händen hält, seht ihr den Ablaufplan des geplanten Weihnachtsdinners. Dies ist jedoch nur der organisatorische

Part. Heute Morgen habe ich mit Ulrich Heisterkamp, dem Leiter der Organisation *Immersatt* telefoniert und die letzten Details geklärt. Für alle, denen das kein Begriff ist: *Immersatt* ist eine Tageseinrichtung für einkommensschwache Familien, die Menschen unterstützt, wo es nur geht. Die Leute können dort für eine geringe Kostenbeteiligung jeden Tag warm essen, es gibt eine Hausaufgabenbetreuung für die Kids und vieles mehr. Ulrich und seine Leute machen einen super Job, und das über das ganze Jahr hinweg. Er hat sich sehr gefreut, dass wir ihn und seine Organisation mit diesem Weihnachtsdinner unterstützen. Die Gäste werden mit einem Bus abgeholt und hierher gefahren.«

»Wie soll das mit dem Essen laufen?«, fragte jemand.

Ian fuhr sich nachdenklich durch das dunkle Haar. »Ich dachte an ein klassisches Dreigang-Menü. Ist aber auch nicht in Stein gemeißelt. Schließlich ist es ein Gemeinschaftsprojekt, an dem jeder Spaß haben soll. Also, Ideen vor.«

Kurz herrschte Stille. Bis sich der Erste traute.

»Sind Kinder unter den Gästen?«

Ian nickte. »Vertreten ist nahezu jedes Alter.«

»Wie wäre es dann mit einem Weihnachtsmann, der sich mit den Kids beschäftigt? So könnten die Eltern mal abschalten.«

»Gute Idee«, warf Emilia ein. »Ich finde, Patrick wäre der perfekte Santa Claus.«

Allgemeines Gelächter erklang.

»Ich glaube nicht, dass Patrick dieses Jahr Zeit dafür haben wird«, meinte Ian. »Sollen wir jemanden dafür buchen oder uns selbst ein Kostüm besorgen?«

»Ich fände es cool, wenn wir das selbst machen. Wir könnten uns abwechseln«, sagte Andreas, der im Service arbeitete.

»Ian würde mit Sicherheit einen sexy Weihnachtsmann abgeben. Mit dem Hintern«, sagte eine hinter vorgehaltener Hand, jedoch laut genug, damit es jeder mitbekam. Mein

Kopf fuhr herum. Ging es peinlicher? Wohl kaum. Es musste eine von den Kellnerinnen aus dem Weißen Hirsch gewesen sein. Da war ich mir sicher. Ian lächelte charmant, aber es war ihm anzusehen, dass er sich alles andere als wohl fühlte. Verständlich. Als Chef würde ich auch nicht auf meinen Körper reduziert werden wollen. Er tat mir leid. Wie sollte man auf so eine Scheiße reagieren? Entweder war man verklemmt oder galt als der Typ, der den Chef raushängen ließ. Es war merklich stiller geworden, da alle auf Ians Reaktion zu warten schienen.

»Ein Weihnachtsmann mit Tattoos? Ich bin mir ziemlich sicher, dass das noch in keiner Weihnachtsgeschichte vorgekommen ist«, sprang Emilia ein und kam ihm damit indirekt zu Hilfe.

»Wird es auch nicht geben«, sagte Ian mit resoluter Stimme, die deutlich machte, dass das Thema damit beendet war.

»Ich würde mich freiwillig melden«, sagte Vincent, ein anderer Kellner aus dem Roten Hirsch.

»Ich ebenfalls.« Das war Sabrina, die wie Emilia häufig als Springerin eingesetzt wurde. Immer mehr Leute meldeten sich, bis die Santa Claus-Crew komplett war.

»Sehr schön«, sagte Ian und hakte den Punkt auf seiner Liste ab. »Wie ist es mit der Musik?«

Verschiedene Dinge wurden diskutiert und nach etwa zwanzig Minuten hatte man sich auf eine kleine Liveband geeinigt. Irgendjemand kannte jemand, der einen anderen kannte, der Sänger war … und so weiter.

Ich musste zugeben, dass ich am Anfang meine Zweifel gehabt hatte, aber dieses Demokratie-Ding klappte ziemlich gut. Jeder schien zufrieden und glücklich darüber, seinen Beitrag leisten zu können. Und ich? Ich hörte zu und genoss es, Teil einer größeren Gruppe zu sein und nicht schräg angeguckt zu werden. Alles lief wie am Schnürchen, bis wir zum Punkt *Essen* gelangten. Die nächste halbe Stunde rief jeder kreuz und quer, da er glaubte, die bessere Idee zu haben. Besonders diejenigen, die in der Küche arbeiteten.

Nicht nur einmal musste ich mir auf die Zunge beißen, aber ich hatte mir geschworen, mich nicht einzumischen. So würde es auch bleiben.

Das Ganze uferte mehr oder minder im Chaos aus. Was wohl auch daran lag, dass Sascha, der Chefkoch, nicht anwesend war. Er hatte aus gesundheitlichen Gründen kurzfristig abgesagt. Irgendwann dröhnten mir so die Ohren, dass ich am liebsten den Raum verlassen hätte. Eine Abstimmung brachte ebenfalls nicht das gewünschte Ergebnis. Von Minute zu Minute wirkte Ian verzweifelter. Ihm würde wohl nichts anderes übrig bleiben, als die Entscheidung zu treffen. So viel zur Demokratie.

»Jemand aus der Küche sollte die Entscheidung treffen«, sagte Elias, einer der Beiköche. Ich kannte ihn nur vom Sehen und hatte nie mit ihm zusammengearbeitet. Dass er eine ziemlich große Klappe hatte, konnte ich jedoch mit Sicherheit sagen. *Jemand, der Ahnung hat, sollte die Entscheidung treffen.* Das war es nämlich, was er eigentlich hatte sagen wollen. Vor Sascha hätte er sich das mit Sicherheit niemals getraut. In der Küche herrschte ein rauer Ton. Die Hierarchien waren klar gegliedert.

»So sehe ich das auch«, meinte Emilia plötzlich. »Es sollte jemand sein, der lange genug dabei ist und entsprechend Erfahrung besitzt. Schließlich ist es die Küche, mit der das ganze Projekt steht oder fällt.«

Ian stieß ein Seufzen aus. »Wer sollte das sein? Sascha ist gerade nicht hier …«

»Wer braucht denn Sascha?«, antwortete sie gelassen und sah mich an. »Wir haben doch Vik.«

Hatte ich nicht gesagt, dass ich mich in Emilia getäuscht hatte? Ich nahm alles zurück. Am liebsten wäre ich ihr ins Gesicht gesprungen. Wie konnte sie mir das nur antun? Leider blieb mir nicht großartig Zeit, darüber nachzudenken, wie ich es ihr heimzahlen konnte, da nun alle Augen auf mich gerichtet waren. Früher hätte ich diesen Moment genossen, heute wäre ich am liebsten im Boden versunken.

»Okay«, gab Ian nach. »Vik, wie würdest du es machen?«
Ich räusperte mich. »Ich arbeite nicht mehr in der Küche.« Ja, vielleicht war das kindisch, aber ich hatte meinen Standpunkt mehr als deutlich gemacht. Doch so leicht ließ mich Ian nicht vom Haken.
»Und wenn du es tätest?«
War da etwa eine Spur von Verzweiflung in seiner Stimme? Sofort meldete sich mein schlechtes Gewissen zu Wort. Erstmalig kam mir der Gedanke, dass es hier um viel mehr ging als nur um das Dinner. Er war Patricks offizielle Vertretung, der bald viel Zeit mit seiner Familie verbringen würde. Vielleicht sah Ian das hier wie seine eigene Feuertaufe an? Immerhin war das Ganze seine Idee gewesen. Ich seufzte innerlich und gab mir einen Ruck.
»Ich würde ein Buffet machen.«
»Ein Buffet?«, wiederholte Elias und sprach es aus, als hätte ich etwas vollkommen Absurdes vorgeschlagen.
Ich nickte. »Ganz genau.«
»Das finde ich ehrlich gesagt wenig festlich.«
»Liegt immer im Auge des Betrachters«, entgegnete ich unbeeindruckt.
»Die Grundidee waren mehrere Gänge«, sagte Ian, ohne auf Elias zu achten. Seine Aufmerksamkeit galt mir und kurz hatte ich das Gefühl, allein mit ihm im Raum zu sein. Ein zaghaftes Flattern machte sich in meinem Magen breit. »Bitte erläuterte deine Idee.«
Sein Blick brannte sich förmlich in mich hinein und ich wurde das Gefühl nicht los, dass es hier plötzlich um viel mehr ging. Ich räusperte mich.
»Auf Reisen habe ich das ein oder andere mitbekommen. In den USA hat dieses Konzept sehr gut funktioniert, auch in der gehobenen Klasse. Entscheidend ist das Essen und wann die einzelnen Gänge serviert werden. So wäre für jeden etwas dabei und man kann sich viel besser vorbereiten«, erwiderte ich, ohne mit der Wimper zu zucken. Auch wenn

es schon etwas her war, seit ich das letzte Mal beruflich gekocht hatte, wusste ich dennoch, wovon ich sprach.

»Ich finde die Idee super«, tat Emilia ihre Meinung als Erste kund. »So kann jeder von uns ein Gericht vorschlagen.«

Ian schien das ebenfalls so zu sehen. »Ich finde den Vorschlag wahnsinnig gut. Also Leute, was sagt ihr? Lasst uns abstimmen.«

Fast alle stimmten dafür, bis auf Elias und ein paar wenige, die sich enthielten.

»Dann ist es entschieden«, verkündete Ian. »Das Weihnachtsdinner wird zum Buffet.«

*

Wenig später wurde die Runde aufgelöst und auch ich machte mich auf den Weg nach Hause. Was für ein Meeting! Ich nahm mit, dass Demokratie auf der Arbeit eine tolle Sache war, aber vieles dadurch extrem verkompliziert wurde. Bei dem Ganzen durfte man natürlich nicht vergessen, dass es sich um ein Gemeinschaftsprojekt handelte. Trotz Anlaufschwierigkeiten fand ich, dass wir ein tolles Konzept auf die Beine gestellt hatten.

»Vik?«

Ich hielt inne und sah Emilia auf mich zulaufen. Ich wusste immer noch nicht, ob ich sauer auf sie sein sollte oder dankbar. Am liebsten hätte ich ihr den Kopf abgerissen, als sie mich gezwungen hatte, vor der Gruppe zu sprechen. Trotzdem fühlte es sich gar nicht so schlecht an, aus meiner Komfortzone herausgekommen zu sein.

»Gehst du nach Hause?«

Ich nickte. »Gleich kommt eine Lieferung. Ich will Jasmin helfen, die Sachen ins Lager zu räumen.«

»Nimmst du mich mit? Ich wollte mit ihr noch etwas wegen der Babyparty besprechen.«

Meine Schwester hatte mir davon erzählt. Es sollte eine Überraschung für Charlie werden. »Klar.«

Da bemerkte ich Ian, der neben uns stand. Ich war so in das Gespräch vertieft gewesen, dass ich ihn gar nicht gesehen hatte.

»Hi.« Seine Stimme klang unnatürlich rau.

»Hi«, erwiderte ich etwas hilflos.

Emilias Blick wanderte interessiert zwischen ihm und mir hin und her wie ein Pingpongball.

Wehe, du gehst jetzt, dachte ich nur.

»Ich warte dann draußen auf dich«, verkündete sie gut gelaunt und stolzierte davon. Wieso hatte ich das nur gewusst?

»Können wir kurz reden?«

Ich nickte und versuchte ein Lächeln. Plötzlich fühlte ich mich gar nicht mehr so selbstsicher wie noch vorhin. Dieser Mann schaffte es mit seiner bloßen Anwesenheit, mich aus dem Konzept zu bringen. »Was gibt´s?«

»Ich wollte mich bei dir bedanken. Das Buffet ist eine tolle Idee.«

Ich fummelte nervös an dem Riemen meiner Handtasche. »Kein Ding.«

Er wirkte, als wollte er noch etwas sagen, also wartete ich geduldig, während sich das Restaurant allmählich leerte. Da wurde mir klar, dass er genau darauf gewartet hatte.

»Mir ist bewusst, dass du nicht mehr kochen möchtest, aber könntest du dir eventuell vorstellen … mit mir an meinem Menü zu feilen?«

Meine Kehle wurde eng.

»Mir geht es nur ums Theoretische. Was passt zusammen? Welche Gewürze? Sind die Vorschläge realisierbar? So etwas halt.«

»Du könntest Sascha fragen …«

An seinem Gesicht konnte ich ablesen, dass ihm die Idee auch schon gekommen war. »Sascha arbeitet aktuell für drei und ist sowieso nicht so gut drauf. Da kann ich ihn unmöglich weiter belasten …«

Ich stieß ein Seufzen aus.

»Bitte! Du würdest mir einen riesigen Gefallen tun.«

Es klang, als wäre es ihm wirklich wichtig, und ich merkte, wie mein Widerstand erste Risse bekam. Das Ganze hatte außerdem einen weiteren Vorteil: So hätten wir die Möglichkeit, Zeit miteinander zu verbringen. Und das war es doch, was ich gewollt hatte, oder nicht?

»Wieso ist dir das so wichtig?«, fragte ich interessiert. War es wirklich nur, damit ihn die Leute respektierten? Etwas veränderte sich in seinem Blick und er kam ein Stück näher. So nahe, dass ich die Wärme seiner Haut spüren konnte. Kurz schloss ich die Augen.

»Weißt du noch, als du mir erzählt hast, dass du dir eine zweite Chance wünscht? Dass du neu anfangen willst?«

Ich nickte, ohne ihn anzusehen. Als ob ich das jemals vergessen würde.

»Dieser Job hier … Das war meine zweite Chance und ich bin sehr dankbar dafür. Ich will etwas zurückgeben, verstehst du? Und deswegen soll es perfekt werden.«

Ich hob den Kopf und sah ihm geradewegs in die Augen. Es waren nicht seine Worte, die mir sagten, wie wichtig ihm diese Sache war, es war sein Blick. Das war es auch, was mich letztendlich überzeugte.

»Okay, ich mache es.«

»Das werde ich dir nicht vergessen.«

Die Erleichterung spülte wie eine Welle über sein Gesicht hinweg und das anschließende Lächeln erzeugte kleine Fältchen in seinen Augenwinkeln. Er hatte nie schöner ausgesehen.

*

Nicht nur in den Restaurants war viel zu tun. Auch auf Gut Eichentor brummte das Geschäft. Verkauft wurde neben den hofeigenen Lebensmitteln so ziemlich alles. Besonders die weihnachtlichen Artikel wie die selbst hergestellten Backwaren oder die winterlichen Obstler aus Jasmin und

Sebastians Garten fanden reißenden Absatz. Was sich ebenfalls ziemlicher Beliebtheit erfreute, waren die Strickwaren aus Schafswolle. Die weiße Mütze, auf die ich kürzlich ein Auge geworfen hatte, hatte sich anscheinend jemand anderes geschnappt. Ich hatte einfach zu lange gewartet. Die Tage würde ich kurz ins Dorf fahren, um mir eine neue Mütze und passende Handschuhe zuzulegen. Heute Nacht hatte es den ersten Frost gegeben. Beim Joggen in der Früh hatte ich ganz schön gefroren, von meinen brennenden Ohren ganz abgesehen. Aber ich wollte mich nicht beschweren. Der Sport tat mir gut und allmählich wurde auch meine Kondition besser.

»Fräulein, wo finde ich diesen berühmten Weihnachtskäse?«

Ich hielt in meiner mittlerweile allzu vertrauten Tätigkeit des Regalauffüllens inne und zeigte der freundlich aussehenden Dame den Weg in den hinteren Teil des Ladens. »Dort drüben. Kommen Sie, ich führe Sie hin.«

Die nächsten fünfzehn Minuten verbrachte ich mit einer ausführlichen Käseberatung. Zum Glück hatten wir genügend Stücke zum Probieren, denn die Dame mit dem silberfarbenen Haar kostete sich durch das halbe Käsesortiment.

»Den müssen Sie ebenfalls probieren«, sagte ich und hielt ihr ein weiteres Stück entgegen. Dabei kam ich mir vor wie ein Käsesommelier. »Die neueste Kreation aus der Käseküche meines Schwagers. Hauptkomponenten sind unter anderem Salbei und Thymian.«

Die Frau zögerte. »Ich bin nicht so ein Fan von Salbei. Ich finde, das schmeckt immer so nach Seife.«

Ich berührte sie sacht am Arm. »Vertrauen Sie mir. Zusammen mit dem Käse ergänzen sich diese Kräuter perfekt. Das ist deshalb so …«

Ich verfiel regelrecht in einen Vortrag über Kräuter und Gewürze und berichtete begeistert, wie Jasmin und Sebastian ihre Produkte herstellten. Zwischendurch verteilte ich weitere Käsehappen an die Kunden, die sich dazugesellt hatten. Darüber hinaus vergaß ich vollkommen die Zeit. Ich konnte mich nicht daran erinnern, wann ich das letzte Mal so einen Spaß gehabt hatte. Gute Lebensmittel waren eben voll mein Ding.

»Ich finde zu einer schönen Käseplatte gehört ein richtig gutes Stück Fleisch«, sagte ein Mann, der direkt neben mir stand. Offenbar hatte ich ihn noch nicht gänzlich überzeugt. »Entweder eine gute Salami oder ein Stück Schinken.«

Ich lächelte ihm zu, selbst wenn ich seine Meinung nicht unbedingt teilte. Das musste ich auch nicht, denn ich war hier, um zu verkaufen. Da kam mir eine Idee. »Vielleicht habe ich da etwas für Sie. Warten Sie kurz, ich bin gleich wieder da.«

Zügigen Schrittes verschwand ich im Lager, um kurz darauf mit einer Kiste voller Leckereien zurückzukehren. Der Bauer war neu bei uns im Sortiment und hatte uns heute Morgen das erste Mal beliefert. Ich hoffte, die Ware würde gut ankommen. Interessenten gab es jedenfalls genug. Ich konnte es kaum glauben. Wirklich alle hatten auf mich gewartet. Es waren sogar noch zwei Leute dazu gekommen. Das gab mir einen ordentlichen Motivationsschub.

»Ganz frisch bei uns im Sortiment, so frisch, dass ich nicht einmal dazu gekommen bin, die Ware aufzubauen.«

Die Leute lachten leise, was mir verriet, dass mein kleiner Vortrag gut ankam. Ich hatte also die volle Aufmerksamkeit.

»Eine Kiste, die das Feinschmeckerherz höherschlagen lässt. Geräucherte Salami, Speck und Schwarzwälder Schinken. Ich betone: echter Schwarzwälder Schinken, geräuchert auf Buchenholz. Hier ist nämlich drin, was draufsteht. Der Produzent kommt direkt aus dem Nachbardorf. Genau wie hier auf Gut Eichentor sind die Tiere ganzjährig auf der Weide, erhalten selbst angebautes Futter und dürfen vor allem Tier sein. Das ist ein Garant für Qualität. Ja, der Preis ist etwas höher, aber Sie werden den Unterschied schmecken. Es gibt sogar eine

Weihnachtsedition mit winterlichen Kräutern. Sie werden es lieben.«

Ich schnitt zwei von den Würstchen auf und öffnete die Packung mit dem bereits in Scheiben geschnittenen Schinken und Speck. Die Meinung der Tester schien eindeutig und das Verkaufsergebnis bestätigte es noch einmal. An diesem Tag verkaufte ich Lebensmittel im Wert von mehreren hundert Euro. Zum Schluss war fast alles über die Ladentheke gegangen.

Besonders jedoch lag mir die ältere Dame am Herzen, die mich als Erstes angesprochen hatte. Ohne sie hätte sich mir diese Chance niemals geboten. Nachdem sie an der Kasse bezahlt hatte, trug ich ihr die Einkäufe noch zum Auto.

»Vielen lieben Dank«, sagte sie, als ich den Kofferraum geschlossen hatte, in dem nun eine Menge Tüten standen. »So eine nette Beratung wünscht man sich häufiger.«

»Immer wieder gerne.«

»Eigentlich wollte ich ja für meine Familie und Freunde die üblichen Souvenirs aus dem Urlaub mitbringen. Jetzt bekommen alle etwas fürs leibliche Wohl.«

Ich grinste. »Essen erhält die Freundschaft oder wie war das?«

Sie erwiderte mein Lachen. »Genau so. Sagen Sie, haben Sie das gelernt? Sie machen so einen kompetenten Eindruck.«

Ihr Kompliment freute mich, zeitgleich stimmte es mich ein wenig traurig.

»Ich bin gelernte Köchin.«

Sie nickte, als hätte sie sich so etwas in der Art schon gedacht. »Sie haben Talent, Mädchen. Verschwenden Sie es nicht.«

Ich wusste nicht, was ich darauf erwidern sollte, also lächelte ich nur und nickte.

»Ich wünsche Ihnen noch einen schönen Urlaub.«

Wir verabschiedeten uns und sie versprach, auf jeden Fall vorbeizuschauen, sollte sie wieder in der Nähe sein. Dann fuhr sie in ihrem roten Flitzer davon. Erst da merkte ich, wie kalt es war. Also machte ich mich schleunigst daran, wieder ins Warme zu kommen. Drinnen erwarteten mich meine breit grinsende Schwester sowie Charlie, die ihr dabei in nichts nachstand.

»Habe ich was verpasst?«

»Nein, du hast uns nur gerade das Weihnachtsfest gerettet.«

»Jahresbudget erreicht«, ergänzte Charlie.

Ich schnaubte und spürte, wie ich rot wurde. »Ihr seid gemein.«

»Das war ernst gemeint«, sagte meine Schwester und wirkte plötzlich sehr geschäftig. Oh, nein! Diesen Blick kannte ich.

»Könntest du dir vorstellen, so etwas häufiger zu machen?«

Ich verschränkte die Arme. »Was genau? Verkaufsveranstaltungen?«

Jasmin rollte mit den Augen. »Das klingt, als müsstest du Staubsauger verkaufen.«

»Was habt ihr gegen Staubsauger?«, fragte Charlie und packte gerade die Einkäufe für Frau Müller in eine braune Papiertüte. Eine Kundin der ersten Stunde.

»Ich kann den neuen *X1000* von *Vorweher* sehr empfehlen«, ergänzte Frau Müller.

Jetzt war ich es, die mit den Augen rollte. Die Holzenkircher waren wirklich ein spezielles Volk.

»Lass uns später drüber reden, okay?«, schlug ich vor, da ich das Thema nicht weiter vertiefen wollte. Vielleicht würde Jasmin es bei dem ganzen Weihnachtsstress ja vergessen.

»Auf jeden Fall.«

An dem Tonfall meiner Schwester erkannte ich, dass ich mir keine Hoffnung zu machen brauchte. Das Thema war noch lange nicht vom Tisch. Wir verabschiedeten Frau Müller und mein Blick fiel auf das Schwarze Brett, wo meine Suchanzeige ihr trauriges Dasein fristete. Es waren keine weiteren Nummern abgerissen worden. Dass sich das Ganze so schwierig gestalten würde, hätte ich nie für möglich gehalten. Vielleicht hatte Leonie ihre Finger im Spiel.

Immerhin war sie die Frau des Bürgermeisters und hatte damit eine Menge Einfluss.

»Wenn ich nur so erfolgreich bei der Wohnungssuche wäre.«

Charlie musterte mich mitfühlend. »Immer noch nichts?« Sie wusste anscheinend, wie ich mich fühlte. Von Jasmin hatte ich mal gehört, dass Charlie damals tierische Probleme mit ihrem Vermieter gehabt hatte, bevor sie nach Holzenkirch gezogen war.

Ich fuhr mir seufzend durchs Haar. »Nope. Und auch sonst geht irgendwie alles schief.«

»Irgendwie kommt mir das alles sehr bekannt vor«, meinte Charlie und rieb sich nachdenklich das Kinn. »Was hältst du davon, wenn wir der Glücksquelle einen Besuch abstatten?«

Ich runzelte die Stirn. »Die Glücksquelle?«

Irgendetwas klingelte da bei mir. Ich wusste nur nicht genau, was.

»Sie meint die Legende von der heiligen Quelle, die den Leuten in ihrem Unglück hilft. Das ist die sogenannte *Glücksquelle*. Der Legende nach soll man davon trinken und die Pechsträhne wird unterbrochen«, erklärte Jasmin. »Sebastian hat mal davon erzählt. Erinnerst du dich?«

Ja, das tat ich tatsächlich. Und so lieb ich Charlies Angebot auch fand, an so etwas glaubte ich leider gar nicht.

»Das ist nett, aber …«

»Du glaubst nicht daran«, beendete Charlie den Satz für mich. »Das macht nichts. Habe ich auch nicht.«

Jasmin nickte. »Und was du damals für Probleme hattest, nicht wahr Charlie?«

»Du sagst es.«

Ich hob die Hand. »Moment mal. Die Quelle hat deine Probleme gelöst?«

Beide nickten zeitgleich, was irgendwie niedlich aussah.

»Und wie genau?«, wollte ich wissen.

»Nun ja, eher indirekt. Aber wären wir nicht dort gewesen, wäre es bestimmt anders gekommen.«

Okay …

»Wie gesagt, danke für das Angebot.«

Charlie lächelte. »Denk einfach drüber nach.«

»Mache ich.«

Schneller als nötig machte ich mich wieder daran, die Regale einzuräumen.

*

Es war Montagabend und ich hetzte durch die Straßen Holzenkirchs. Wieso hatte ich nicht Jasmins Fahrrad genommen? Die besten Ideen kamen einem ja immer, wenn es bereits zu spät war. *Zu spät dran.* Im wahrsten Sinne des Wortes. Der Lieferant für Bioobst hatte sich um gut eine Stunde in der Zeit vertan. Danach hatte er dann allen Ernstes gefragt, warum ich es denn so eilig hätte. Dementsprechend hinkte ich nun mit dem Zeitplan hinterher. Heute Morgen dann noch die misslungene Wohnungsbesichtigung. Dieser Tag war wirklich etwas für die Tonne. Dabei hatte es in der Wohnungsanzeige so vielversprechend geklungen. Erste Etage, kleiner Balkon, siebzig Quadratmeter und das alles zu einem mehr als moderaten Preis. Nur hatte der Typ verschwiegen, dass die Bude voller Schimmel war. In weniger als zehn Minuten war ich wieder draußen gewesen. Jetzt das mit dem Meeting im Roten Hirsch! Das Treffen hatte schon vor dreißig Minuten angefangen.

Alle zwei Wochen trafen wir uns, um über das Dinner zu sprechen, das kurz vor Heiligabend stattfinden würde. Bis heute sollte jeder seinen Essensvorschlag eingereicht haben. Nun ging es darum, was davon für die Küche umsetzbar war. Außerdem wollten wir die Musikauswahl besprechen. Wenn ich kam, war das Wichtigste mit Sicherheit schon gelaufen.

Scheiße!

Ich wusste nicht wieso, aber dieses Projekt war mir wichtig geworden. Vielleicht weil es das für Ian war? Schweratmend erreichte ich den Roten Hirsch, der im Dunkeln lag. Ich runzelte die Stirn, da ich drinnen nicht mal Licht brennen sah. Hatte ich etwas verpasst? Ich sah auf die Armbanduhr. Kurz vor halb sieben. Um sechs Uhr abends sollte es eigentlich losgehen. Zu allem Überfluss hatte ich mein Handy im Laden liegen lassen. Wie sollte es auch sonst sein? Ich ging näher heran, konnte aber nichts erkennen. Vielleicht hatte der Treffpunkt gewechselt? Unwahrscheinlich, aber nicht ausgeschlossen. Die Vordertür jedenfalls war verschlossen. Mit dem Nebeneingang war es bestimmt nicht anders. Ich sollte mich täuschen. Es war offen. Ich musste unbedingt mit Patrick oder Ian sprechen. Holzenkirch war zwar ein verschlafenes Nest, aber man musste sein Glück ja nicht herausfordern.

Im Restaurant war es dunkel und ich wollte die Tür gerade hinter mir zuziehen, als ich ein schepperndes Geräusch hörte. Mich durchfuhr der Schreck und meine Muskeln spannten sich an. Einbrecher? Mit angehaltenem Atem lief ich ein paar Schritte und sah, dass doch Licht brannte. Allerdings nur in der Küche. Die Tür war geschlossen. Lediglich durch das runde Fenster fiel ein kleiner Strahl auf den dunklen Fußboden.

Wer zum Teufel …?

Ich staunte nicht schlecht, als ich Ian zwischen den Töpfen entdeckte. Vorsichtig öffnete ich die Schwingtür.

»Ian?« Ich rief ein zweites und ein drittes Mal, aber er zeigte keinerlei Reaktion. Als ich näherkam, war er gerade dabei, Kartoffeln aus dem Topf in eine Schüssel umzufüllen. In diesem Moment drehte er sich in meine Richtung und stieß einen lauten Schrei aus. Dabei rutschte er aus und wäre beinahe hingefallen. Ich schrie vor Schreck ebenfalls auf. Die Schüssel mit den dampfenden Kartoffeln fiel scheppernd zu Boden.

»Was tust du hier?«, rief er atemlos.

»Ich habe mehrfach gerufen!«

Da zog Ian einen kabellosen Kopfhörer aus dem Ohr. »Ich habe Musik gehört.«

Meine Wut verpuffte und Schuldgefühle überkamen mich. Schließlich war ich diejenige, die hier einfach hereinspaziert war.

»Sorry«, erwiderte ich zerknirscht. »Das wusste ich nicht.«

»Ist ja nichts passiert.« Seine Miene wurde sanfter. »Außer dass mein Herz kurz ausgesetzt hat.«

»Zum Glück ist dein Herz groß und stark«, neckte ich ihn. »Wo sind denn alle und was ist mit dem Treffen?«

Ian sah mich fragend an. »Hast du die WhatsApp nicht bekommen?«

Daher wehte also der Wind. »Ich hab mein Handy vergessen.«

»Patrick konnte nicht, wollte aber unbedingt dabei sein. Daher haben wir das Treffen spontan auf nächste Woche gelegt.«

»Hätte ich das gewusst«, sagte ich und pustete mir eine Strähne aus dem Gesicht. »Ich bin fast den kompletten Weg hierher gejoggt.«

Er verzog das Gesicht. »Das tut mir leid.«

Ich winkte ab. »Der Tag ist sowieso gelaufen. Macht den Braten auch nicht mehr fett.«

Ians Augen wurden groß. »Apropos Braten!«

Jetzt, wo er es sagte … Irgendetwas roch hier angebrannt. Hektisch öffnete er die Ofentür und eine kleine dunkle Wolke flutete die Küche.

»Shit!«

Scheppernd landete der Rost auf der metallenen Küchenoberfläche. Überall standen Töpfe und Schüsseln herum. Es sah aus, als hätte eine Bombe eingeschlagen. Ian war eindeutig nicht für die Küche gemacht. Erst die Kartoffeln und jetzt noch der verhunzte Braten. Wie er dort mit hängenden Schultern stand, ließ mein Herz dahinschmelzen. »War das fürs Buffet gedacht?«

Die Tage hatten wir mehrfach geschrieben. Er hatte nach leichten Rezepten gefragt und ich hatte ihm ein paar Tipps und Anregungen geschickt. Eigentlich hatten wir das heute besprechen wollen. Offenbar hatte ihn vorher der Ehrgeiz gepackt.

»Das war es zumindest«, antwortete er niedergeschlagen. »Anscheinend reicht mein Talent nicht einmal für deine leichten Rezepte.«

»Für was hattest du dich denn entschieden?«, fragte ich und trat näher.

»Fast alle haben mir ihre Rezepte geschickt. Nahezu jeder Klassiker ist vertreten. Daher habe ich mich für den mediterranen Kartoffelsalat entschieden. Dazu wollte ich aber noch etwas Warmes haben und da kam mir die Idee mit dem Hackbraten. Einfach, aber nicht Standard. Du musst deinen Vorschlag übrigens noch einreichen. Thema Gemeinschaftsprojekt …«

Dabei wusste er doch, dass von mir nichts kommen würde. Ich überging seine Worte geflissentlich und beobachtete stattdessen, wie er einen Schluck Wein trank, den er offenbar vorher zum Kochen verwendet hatte. »Viel zu schade zum Kochen. Darf ich dir auch einen anbieten?«

Erst war ich versucht abzulehnen, aber was sollte es? Der Tag war so gut wie gelaufen. »Gerne. Was ist das für einer?«

»Ein badischer Rotwein. Wie gesagt: Viel zu schade.« Er trank einen weiteren Schluck und ich tat es ihm gleich.

»Hmm … Der ist wirklich gut.«

Er seufzte. »Im Gegensatz zum Kochen habe ich etwas Ahnung von Weinen.«

»Durch deinen Bruder?«, fragte ich von der Neugierde gepackt.

»Meine Eltern betreiben ein Restaurant.«

Ich staunte nicht schlecht. Damit hatte ich gar nicht gerechnet. »Auch in Stuttgart?«

»Yep.«

»Hast du Restaurantfachmann gelernt?«

Ich wusste ja bereits, dass er Sanitäter gewesen war, aber wenn, dann musste er mir selbst davon erzählen.

»Tatsächlich«, sagte er und lehnte sich gegen die Küchenzeile. »Ich habe aber ziemlich schnell gemerkt, dass ich was anderes machen will.«

»Und nun bist du hier.« Ich trank einen Schluck Wein und konnte nicht aufhören, Ian anzusehen.

»Das stimmt. Die Geschichte, dass ich Sanitäter war, hast du mit Sicherheit schon gehört, oder?«

Ich zögerte kurz. »Vielleicht, aber ich würde sie gerne von dir hören.«

Wieso klang meine Stimme plötzlich so komisch? Ich räusperte mich, um meine Unsicherheit zu überspielen.

»Klar. Aber zuerst muss ich dieses Chaos beseitigen.« Er machte eine ausschweifende Handbewegung.

»Ich könnte dir helfen«, bot ich an. »Dabei kannst du erzählen.«

»Und was mache ich jetzt mit dem Essen?«

Ich überlegte kurz. »Die Idee mit dem mediterranen Kartoffelsalat ist schon ganz gut. Aber wie wäre es mit etwas Regionalem?«

»Zum Beispiel?«

»Badischer Kartoffelsalat.«

Ians Miene hellte sich auf. »Ich liebe badischen Kartoffelsalat.«

»Ich weiß, du wolltest etwas Warmes dazu, aber ich würde geräucherten Speck oder Schinken servieren. Jasmin hat einen neuen Händler im Bestand. Die Sachen sind nach kurzer Zeit bereits ausverkauft.«

Er schien ernsthaft darüber nachzudenken. »Vor allem ist es ein Gericht, das man super vorbereiten kann.«

Ich zwinkerte ihm zu. »Eben.«

»Okay«, stimmte er zu. »Unter einer Bedingung: Du leitest mich an.«

Ich musterte ihn. »Wobei?«

»Beim Kochen.«

Ich rieb mir den Nacken. »Ian, ich sagte doch schon, dass ich nicht mehr koche …«

»Ich koche. Du sagst mir nur, was ich machen soll. Im Gegenzug sehe ich deinen Part mit dem Rezeptvorschlag als erfüllt an …«

Ich verengte die Augen. »Das ist Erpressung.«

Er grinste mich provozierend an. »Kann sein, aber das ist es mir wert.«

Ich verschränkte die Arme vor der Brust. »Wieso ist dir das so wichtig?«

»Alle schwärmen von deinen Kochkünsten. Ich will nur davon profitieren.«

Ich schnappte in gespielter Empörung nach Luft. »Indem du meine Idee als deine ausgibst? Nicht gerade ruhmreich, Herr Restaurantleiter.«

»Damit kann ich leben.«

Ich schüttelte amüsiert den Kopf. »Also schön. Lass uns anfangen.«

»Was? Jetzt?«

»Was denn sonst? Oder willst du diese Lebensmittel hier verschwenden?«

Ich deutete auf die Kartoffeln, die immer noch auf dem Boden lagen. »Aufheben, abwaschen, pellen.«

Er sah mich erstaunt an und etwas Dunkles blitzte in seinen Augen auf. »Diesen Tonfall kenne ich noch gar nicht. Gefällt mir.«

Ohne dass ich es wollte, überzog ein Schauer der Erregung meinen Körper. Mühevoll versuchte ich, die aufwallenden Gefühle zu überspielen und setzte eine harte Miene auf. »Glaub mir, wenn wir hier fertig sind, sagst du das nicht mehr.«

»Dann mal los!«

*

Ian

Ich hätte ihr Stunden zugucken können. Dabei war ich derjenige, der kochte. Klang das verrückt? Definitiv. Ständig verzog sie das Gesicht, trank Wein aus purer Verzweiflung oder lachte, weil ich mich mal wieder anstellte wie der letzte Depp. Ich besaß viele Talente. Kochen zählte nicht dazu. Aber mit Viks Tipps wurde aus den Kartoffeln ein ansehnlicher Kartoffelsalat.

»Wie aus einer Zeitschrift«, sagte ich und betrachtete meine eigene Kreation. Dafür, dass ich zwei *linke Kochhände* besaß, fand ich das Ergebnis ziemlich zufriedenstellend. Vik zog die Nase kraus. Das hatte sie schon einige Male getan und ich fand es ziemlich sexy. Dann aber fiel mir ein, was sie bei unserem letzten Gespräch gesagt hatte: Nur Freundschaft. Wie sollte das gehen? Ich hatte jetzt schon verdammt Mühe damit, sie nicht zu packen und in Grund und Boden zu küssen. Nicht umsonst hatte ich mich von ihr ferngehalten.

»Man erkennt zumindest, was es sein soll«, urteilte sie gnädig und schnappte sich eine Gabel, um zu probieren.

»Das wohl schönste Kompliment aus deinem Mund«, neckte ich sie und klaute ihr die Gabel.

»Hey!«

»Ich habe gekocht, mir gebührt der erste Bissen.«

Ihre Augen wurden schmal. »Das ist nicht sehr gentlemanlike.«

»Ich habe nie behauptet, einer zu sein«, verteidigte ich mich und schob mir die Gabel mit den kleingeschnittenen Kartoffelstücken in den Mund. Nur mit Mühe unterdrückte ich ein Seufzen. Es glich einer wahren Geschmacksexplosion. Hätte man mich gefragt, würde ich sagen, dass das der beste Kartoffelsalat war, den ich jemals gegessen hatte. Das Rezept musste ich mir definitiv merken. Da fiel mir auf, dass ich mir gar keine Notizen gemacht hatte.

Wieder ein Grund, um mich mit Vik zu treffen. Ich ahnte bereits, dass das mit unserer *Freundschaft* nicht unbedingt gut enden würde.

Als Vik meine Reaktion sah, begannen ihre Augen zu leuchten. Ein wilder Hunger stand darin, den ich bisher so nicht bei ihr gesehen hatte. Nicht Hunger im Sinne von Nahrungsaufnahme. Hunger im Sinne von Leidenschaft. Leidenschaft fürs Kochen. Immer wieder hatte ich sie in der letzten Stunde dabei beobachtet, wie ihre Finger zuckten, so als könnte sie es gar nicht erwarten, das Messer selbst in die Hand zu nehmen. Aber sie war standhaft geblieben. Ich fragte mich nur, wieso sie das tat. Es würde die Vergangenheit nicht ändern. Insgeheim reizte es mich, sie von diesem selbst auferlegtem Embargo zu befreien. Sie brannte fürs Kochen. Das spürte ich mit jeder Faser meines Körpers. So wie ich einst für den Sanitäterjob. Nur dass mir der bloße Gedanke daran, diesen Job jemals wieder ausüben zu müssen, den Schweiß ausbrechen ließ. Das war bei Vik anders. In diesem Moment griff sie nach der Gabel, die ich nach wie vor in meiner Hand hielt, aber ich entzog mich ihr.

»Stopp«, sagte ich und sie hielt tatsächlich inne. Mit großen Augen sah sie mich an. Scheiße! Sie sollte damit aufhören. Wie von selbst langte ich erneut in die Schüssel und führte die volle Gabel langsam zu ihrem Mund. Ich konnte sehen, wie sie schluckte. Die Raumtemperatur stieg an, während sie fieberhaft zu überlegen schien, was sie tun sollte. Ihre Wangen färbten sich dabei zartrosa und das Blut schoss mir geradewegs in die Lenden. Dann schlossen sich ihre Lippen um die Gabel. Nicht langsam, sondern so schnell, dass ich es mit den Augen kaum verfolgen konnte. Sie trat einen Schritt zurück und begann zu kauen. Ich hatte schon Bedenken, zu weit gegangen zu sein, aber ihre Augen funkelten nach wie vor und ein zufriedener Ausdruck machte sich auf ihrem Gesicht breit.

»Du kannst ja doch kochen.«

Ich legte den Kopf schief und sie wurde noch röter.

Scheiße! Ich musste dringend einen Gang zurückschalten.

»Was denkst du?«, fragte sie, ohne auf das einzugehen, was sich da gerade zwischen uns anbahnte. »Ist es gut genug für das Weihnachtsdinner?«

»Mehr als das«, murmelte ich und trat einen Schritt näher. »Danke für deine Hilfe.«

»Wieso? Du hast alles gemacht.«

»Du weißt genauso gut wie ich, dass ich bestenfalls ein Kartoffelpüree hinbekommen hätte.«

»Dann haben wir es ja.«

»Nicht ganz«, sagte ich und schnappte mir mein Weinglas. Zum Glück hatte ich zwei Flaschen von diesem äußerst leckeren Tropfen besorgt.

»Was meinst du?«

»Ich habe leider nicht mitgeschrieben. Also müssten wir uns wohl oder übel erneut treffen.«

Sie zog eine ihrer perfekt geformten Augenbrauen nach oben. »Ich könnte es dir aufschreiben und vorbeibringen.«

»Ja, das könntest du …«

Ob wir flirteten? Mit Sicherheit. Bisher hatte ich mich gegen diesen Gedanken gewehrt. Nun wollte ich gerade nichts anderes. Mit Vik zusammen zu sein fühlte sich perfekt an.

»Okay«, sagte sie und straffte die Schultern. »Aber nur unter einer Bedingung.«

Ich musterte sie erwartungsvoll. »Ich höre.«

»Erzähl mir deine Geschichte.«

*

Viktoria

»Erzähl mir deine Geschichte.«

Ich brannte darauf, mehr über Ian zu erfahren. Seit Stunden waren wir nunmehr in dieser Küche und ich konnte einfach nicht genug bekommen. Es war wie an unserem ersten Abend. Wie ein Magnet, der mich unaufhörlich näher zog.

»Okay«, sagte er und verschränkte die Arme wie ein Schutzschild vor der Brust. »Was hast du gehört?«

Ich bekam Zweifel. War ich mit meiner Forderung zu weit gegangen? »Nur, dass du Sanitäter warst und aufgrund eines Unfalls aufgehört hast.«

Er stieß ein Lachen aus, aber es klang bitter. Verschwunden war die innige Stimmung von vorhin. »Ein Unfall, ja …«

»Hör zu, das war eine doofe Idee«, ruderte ich zurück. »Ich hätte dich nicht so bedrängen dürfen …«

»Hast du nicht«, widersprach er sanft. »Es ist nur nicht so leicht, darüber zu reden. Im Detail meine ich. Es war nämlich kein Unfall. Es waren zwei Betrunkene, die mich zusammengeschlagen haben.«

Mein Herz verkrampfte sich. »Wie bitte?«

Er wich meinen Blicken aus, sprach aber weiter. »Es geschah bei einem Einsatz. Der Auftrag lautete: *Junge Frau hat das Bewusstsein verloren und ist nicht ansprechbar.* Mein Kollege und ich waren die Ersten am Unfallort. Eine Passantin hatte den Notruf gewählt. Als wir dort ankamen, fanden wir zwei junge Männer vor und die besagte Frau. Ihr Name war Leila. Von der Passantin keine Spur. Wenig später sollte sich auch herausstellen, warum …«

Seine Stimme klang nüchtern und sachlich, während er davon erzählte. Als hätte er das schon unzählige Male getan. Es waren die Augen, die eine andere Sprache redeten.

»Was geschah dann?«

»Leila, gerade mal siebzehn Jahre alt, hatte irgendetwas eingeworfen und dazu noch eine Menge Alkohol getrunken. Viel zu viel. Genau wie ihre Begleiter. Wir leiteten sofort die Rettungsmaßnahmen ein. Das ging den beiden Kerlen aber nicht schnell genug. Immer wieder behinderten sie uns bei der Arbeit, bis die Situation eskalierte. Ich tat alles, um sie von Leila fernzuhalten. Dafür habe ich einen Schlag gegen den Kopf kassiert. Ich wurde ohnmächtig und erwachte erst wieder im Krankenhaus.«

Geschockt faste ich mir an die Brust. Was für Menschen taten so etwas? »Ian, das tut mir so unendlich leid.«

Seine Mundwinkel hoben sich, aber es war kein echtes Lachen. »Muss es nicht. Ist lange her.«

Ich stellte mich vor ihn und strich über seinen Arm. »Das macht es nicht weniger schlimm. Musstest du lange im Krankenhaus bleiben?«

»Nein, aber Leila hatte es schlimm erwischt. Durch die Verzögerung wäre sie fast ums Leben gekommen.«

Seine Stimme zitterte leicht und ich ahnte, wie sehr ihn das Ganze belastete. Komischerweise glaubte ich, genau zu wissen, wie er sich gerade fühlte.

»Du gibst dir die Schuld daran, oder? Auch wenn du ganz genau weißt, dass du nichts dafür kannst.«

Sein Adamsapfel hüpfte auf und ab und er strich sich unbewusst über die tätowierten Arme. Dann nickte er.

»Hast du danach noch einmal als Sanitäter gearbeitet?«

»Ich habe es längere Zeit probiert, aber es ging nicht. Schließlich habe ich mich dafür entschieden, den Job aufzugeben.«

Nun klang seine Stimme wieder gefestigt.

»Wie lange ist es her?«, fragte ich leise.

»Knapp vier Jahre.«

»Was sind schon vier Jahre, hmm?«

Er legte den Kopf leicht schief, als versuchte er, schlau aus mir zu werden. »Nichts«, sagte er dann.

»Eben.«

Unsere Leben waren so grundverschieden und auch das, was uns passiert war, konnte man wohl kaum miteinander vergleichen. Dennoch fühlte ich mich auf seltsame Art und Weise verstanden. War das der ausschlaggebende Punkt, warum es mir so leicht gefallen war, mich ihm gegenüber zu öffnen? Eine Sache, die ich bis heute nicht so recht verstand.

Da gab es außerdem noch etwas anderes, das ich ihn unbedingt fragen musste. Ein kleines Detail, das jedoch so wichtig war.

»Hast du dir verziehen?«

Es dauerte einige Zeit, bis er antwortete. »Nein.«

Wieder nickte ich. Auch das verstand ich nur zu gut. Einem Impuls folgend legte ich die Arme um seinen Hals und zog ihn an mich. Vielleicht war es der Wunsch, ihn zu trösten. Vielleicht wollte ich ihm einfach nur zeigen, dass ich ihn verstand. Dass er nicht allein war … Ich wusste es nicht genau.

Die plötzliche Nähe löste eine Reihe von Erinnerungen aus. Sein Geruch, das Gefühl seiner Haut, einfach alles. Zunächst versteifte er sich, dann entspannten sich seine Muskeln und er erwiderte meine Umarmung.

»Ein weiser Mann hat einmal zu mir gesagt, dass man sich auch selbst verzeihen muss.«

Sein ersticktes Lachen drang an mein Ohr. »Ja, das habe ich auch schon mal irgendwo gehört.«

Ich stimmte in sein Lachen mit ein. Dann lösten wir uns ein Stück weit voneinander, ohne uns jedoch vollständig loszulassen. Unser beider Lachen versiegte, als ich sah, wie nahe sich unsere Gesichter waren. Zeitgleich spürte ich seinen Atem auf meiner Haut und plötzlich waren wir wieder in der Kleinen Bar … irgendwo in der Stuttgarter Innenstadt … zwei Fremde mit einer Vergangenheit. Zwei Fremde, die sich küssten …

Nur, dass mir Ians Lippen nicht fremd vorkamen, sondern warm und vertraut. Ich stöhnte an seinem Mund, als er die Arme fest um mich schloss und mich spielend leicht auf die Küchentheke hob. Töpfe und Besteck flogen scheppernd zu Boden, aber wir achteten nicht darauf. In diesem Augenblick gab es nur uns zwei und unsere Lippen aufeinander.

Ein Schwall der Erregung ließ meinen Körper in Flammen aufgehen, als er sich zwischen meine Beine drängte und mich noch tiefer küsste. Dabei zog er mich dichter an sich und meine Mitte stieß gegen seine Erektion.

Himmel. Wie sehr er mich wollte! Wie sehr ich ihn wollte.

Seine Küsse würden stürmischer … drängender. Dann ließ er von meinen geschwollenen Lippen ab und bahnte sich einen Weg den Hals hinab. Sanft biss er hinein. Adrenalin rauschte durch meine Adern, drohte mich zu verglühen. Ich riss die Augen auf, da sich alles so viel intensiver anfühlte. Dabei fiel mein Blick auf die zahlreichen Töpfe und Pfannen, die blank poliert und ordentlich eingereiht in den offenen Schränken standen. Bereit für die nächste Küchenschlacht. Wie oft hatte ich hier gestanden und genau das getan? Etwas, das mir so vertraut gewesen war, aber nun nicht mehr Teil meines Lebens war …

Dieser Gedanke riss mich unsanft zurück in die Realität.

»Ian …«

Ich machte mich steif, woraufhin Ian sofort innehielt. Meine Hände umschlossen sein Gesicht, sodass er mich ansehen musste. Ich schluckte.

»Es tut mir leid«, flüsterte ich erstickt und betete, dass er mir die folgenden Worte nicht übelnehmen würde. »Aber ich denke, das ist keine gute Idee …«

Er blinzelte, als wäre er soeben aus einem Traum erwacht. Nur langsam schien er zu begreifen.

»Es tut mir leid«, wiederholte ich und wollte nach seiner Hand greifen. Er entzog sich mir. Panik ließ meinen Puls schneller schlagen. Er durfte das hier auf keinen Fall in den falschen Hals bekommen.

»Es liegt nicht an dir«, stieß ich in meiner Furcht hervor, bereute die Worte aber sofort.

Er schnaubte verärgert. »Ach nein?«

»Nein!«, sagte ich und sprang von der Anrichte. »Es liegt an mir.«

»Vik, lass gut sein …«

»Das kann ich nicht, weil du mir etwas bedeutest.«

Er wollte etwas erwidern, hielt jedoch inne.

»Oder ist das hier nur Sex für dich?«, fragte ich und sammelte all meinen Mut zusammen. »Denn das ist es für mich nicht …«

Es war die Wahrheit. Ian bedeutete mir etwas. Viel mehr, als mir bisher bewusst gewesen war. Er sah mich lange an, bevor er antwortete. Erforschte jeden Zentimeter meines Gesichts, als würde er nach etwas Bestimmten suchen … Als würde er mit sich selbst ringen.

»Nein, ist es nicht«, antwortete er schließlich. »Und genau das ist das Problem.«

»Ich bin das Problem«, sagte ich und trat einen Schritt näher. Wieder griff ich nach seinen Händen. Hände, die stark waren, aber zeitgleich auch so unendlich sanft. Dieses Mal ließ er es geschehen. »Ich bin einfach noch nicht so weit. Ich muss erst mit mir im Reinen sein, bevor ich etwas Neues beginnen kann.«

»Und das bedeutet?«

»Keine Ahnung … Neuer Job? Neue Wohnung? Aktuell habe ich das Gefühl, im Chaos zu schwimmen. Mein Kopf ist voller Dinge, die da nicht hingehören. Es wäre nicht fair dir gegenüber. Dafür bist du mir zu wichtig.«

Er stieß ein tiefes Brummen aus und legte seine Stirn gegen meine. Erleichterung flutete mich, als sich seine Finger liebevoll um die meinen schlossen. »Okay …«

»Wirklich?«

Er nickte.

»Du musst das nicht allein durchstehen. Das weißt du, oder?«

»Ich weiß«, seufzte ich. »Manchmal kann ich in der Beziehung sehr starrköpfig sein.«

Er lächelte. »O ja, das habe ich auch schon bemerkt.«

Dann zog er mich in eine Umarmung, die nichts mit dem heißen Zusammentreffen von eben zu tun hatte. Trotzdem fühlte es sich perfekt an.

KAPITEL 8

Der November flog nur so dahin. Im Geschäft war so viel zu tun, dass ich davon kaum etwas mitbekam. Da Charlie weniger Stunden machte, sprang ich immer häufiger ein und verbrachte mehr Zeit im Laden. Zum Glück hatte Jasmin endlich eine Aushilfe gefunden, die uns tatkräftig unterstützte. Erst vor Kurzem hatte Jacky im Roten Hirsch angefangen und war über Patrick irgendwie bei uns gelandet. Jetzt arbeitete sie morgens für meine Schwester und abends im Restaurant. Ohne sie wären wir wahrscheinlich in Arbeit ertrunken. Jetzt, so kurz vor Weihnachten, hatten wir nämlich an fünf Tagen die Woche geöffnet. Trotz des täglichen Stresses arbeitete ich weiterhin gerne im Laden meiner Schwester. Mittlerweile waren wir ein gut eingespieltes Team.

Was mich jedoch am meisten freute, war, dass es mit Ian außerordentlich gut klappte. Wir hatten uns schon ein paar Mal getroffen. Meistens wegen des Weihnachtsdinners. Einmal waren wir ins Kino gegangen. Wenn wir uns nicht sahen, telefonierten wir oder tauschten Nachrichten aus. Je mehr Zeit verging, desto mehr Gemeinsamkeiten stellten wir fest. Wir lachten viel und das erste Mal hatte ich das Gefühl, innerlich ein wenig zur Ruhe zu kommen. Und das, obwohl um mich herum der *Weihnachtssturm* tobte. Sei es im Hofladen oder im Restaurant.

Nachher würde ich mich mit Ian zur lang versprochenen Verköstigung treffen. Ich schuldete ihm noch Speck und Schinken. Das Zeug, das andauernd ausverkauft war. Die letzten Male war ich immer zu spät gekommen. Bei der Lieferung Anfang der Woche hatte ich mir jedoch meinen rechtmäßigen Anteil gesichert. Das Probierpaket für Ian, das ich ihm heute Abend direkt vorbeibringen wollte.

»So ein Mist«, hörte ich Charlie in diesem Moment laut fluchen. Ich hob den Blick und sah sie an der Kasse stehen, das Handy in der Hand, als würde sie es am liebsten in der nächsten Mülltonne versenken. Ich hatte sie im Laufe des Morgens schon ein paar Mal damit gesehen.

»Alles okay?«, fragte ich leise.

Sie schaute vom Handy auf. Anscheinend hatte sie mich bis jetzt gar nicht bemerkt.

»Was? Ja, alles gut.«

Mittlerweile kannte ich sie ganz gut und wusste, dass eher das Gegenteil der Fall war. »Charlie. Was ist los?«

»Ach … Ich erreiche Patrick nicht. Und ich habe gleich einen wichtigen Arzttermin. Ich versuche es schon den ganzen Morgen. Keiner weiß, wo er ist. Ich würde ja selbst fahren, aber Berta ist in der Werkstatt.«

Ich stutzte. »Berta?«

Sie seufzte und rieb sich über die Stirn. »Mein Auto … Dein Auto.«

Ach ja. Charlies heiß geliebter Nissan, den ich ihr damals geschenkt hatte. Ich blickte mich um. »Hmm, Jasmin kann nicht weg, da kommt gleich irgendein wichtiger Lieferant. Aber ich könnte dich fahren. Gerade geht es doch. Jacky schafft das bestimmt eine Stunde allein. Ich frage sie, wenn du willst.«

Charlie musterte mich überrascht. »Du willst mich fahren?«

Ich musste zugeben, dass mich ihre Reaktion etwas kränkte. Trotzdem versuchte ich, mir nichts anmerken zu lassen und zuckte mit den Schultern. »War nur ein Vorschlag.«

Charlie hob verzweifelt die Hand. »Nein … Was ich meinte … Du hast doch gar kein Auto, oder?«

»Jasmin leiht uns bestimmt das Lieferfahrzeug.«

Ein zaghaftes Lächeln machte sich auf Charlies Lippen breit. »Wenn das gehen würde, würde ich dein Angebot echt gerne annehmen.«

*

Wir fuhren etwa eine halbe Stunde, bis in den Ort, wo Charlies Arzt ansässig war. Zum Glück war nicht viel los, sodass ich ein Plätzchen im Wartezimmer fand. Wartezimmerromantik konnte so schön sein, wenn man nicht selbst der Patient war. Ich hätte in der Zeit Shoppen gehen können, aber draußen war es empfindlich kalt geworden. Dabei fehlten mir immer noch Mütze und Handschuhe. Für den Übergang hatte ich mir Sachen von Jasmin geborgt. Nicht gerade die trendigsten Teile, aber sie taten ihren Dienst. Außerdem hatte ich bis auf Emma für keinen ein Weihnachtsgeschenk. In so etwas war ich leider nicht besonders kreativ. Wir hatten zwar ausgemacht, uns dieses Jahr nichts zu schenken, aber zumindest eine Kleinigkeit wollte ich besorgen. So machte ich es mir in dem leeren Raum auf einem der gepolsterten Stühle bequem und versank in irgendwelchen Frauenzeitschriften. Vielleicht fand ich ja dort eine Anregung, was man schenken konnte. Ich stieß auf einen interessanten Artikel, der meine ganze Aufmerksamkeit auf sich zog. Ich war so vertieft ins Lesen, dass ich die Zeit völlig vergaß. Als ich das nächste Mal aufschaute und aus dem großen Fenster der Praxis sah, rieselten kleine weiße Flocken vom Himmel. Ein Lächeln schlich sich auf meine Lippen. Der erste Schnee dieses Jahr.

Ich stand auf, legte die Zeitschrift beiseite und trat ans Fenster. Bestimmt gute zehn Minuten beobachtete ich das Spektakel am Himmel. Das hatte ich schon in meiner Kindheit gerne getan. Es gab nichts Schöneres, als mit einem heißen Getränk am Fenster zu sitzen und in die weiße Welt hinauszuschauen oder einen langen, ausgiebigen Spaziergang durch den verschneiten Wald zu machen. Ich hätte wahrscheinlich noch den ganzen Tag hier gestanden, als Charlie das Wartezimmer betrat.

»Hey, ich bin fertig.«

»Alles in Ordnung?«, fragte ich sofort.

Sie lächelte. »Alles bestens. Der Kleine entwickelt sich prächtig.«

Dann schaute sie kurz in Richtung Empfangstresen und schloss die Tür hinter sich. Okay … Was kam jetzt?

»Ich habe Bilder. Willst du sie sehen?«

Ausgerechnet mich fragte sie das? Sie wusste wahrscheinlich gar nicht, was sie damit bei mir bewirkte, aber ich freute mich tierisch. »Auf jeden Fall.«

Gemeinsam setzten wir uns. Mit zitternden Fingern hielt Charlie mir das erste Bild entgegen. Besorgt schaute ich in ihr Gesicht, das aber vor Glück nur so strahlte. Wahrscheinlich wusste sie gar nicht, wohin damit. Ein warmes Gefühl machte sich in meinem Herzen breit. »Sieh ihn dir an. Ist er nicht hübsch?«

Vorsichtig nahm ich den Ausdruck entgegen, der das Gesicht eines Babys zeigte. Zugegeben, man erkannte nicht allzu viele Details, aber was man sah, war vollkommen.

»Wunderschön.«

Charlies Freude nahm mich so sehr gefangen, dass ich selbst ein paar Tränchen verdrückte.

»Emilia hatte vollkommen recht«, sagte ich und strich mit dem Finger über die glatte Oberfläche des Bildes.

»Womit?«, fragte Charlie neugierig.

»Er sieht aus wie du.« Grinsend gab ich ihr die Aufnahme zurück.

»Lass das ja nicht Patrick hören.«

Ich winkte ab. »Männer müssen nicht alles wissen.«

*

Binnen kürzester Zeit verwandelte sich die Landschaft in ein weißes Meer. Ich fuhr langsamer als nötig durch den Wald, aber sicher war sicher.

»Das ist so schön«, schwärmte Charlie und blickte verträumt aus dem Fenster. »Ich liebe den ersten Schnee.«

»Mir geht es genauso. Irgendwie hat das immer einen ganz besonderen Zauber.«

»Besser hätte ich es nicht sagen können.« Sie zog ein Bonbon aus der Tasche. »Magst du auch?«

»Gern.«

Kurze Zeit später hätte ich das Bonbon am liebsten aus dem Fenster gespuckt. Keine Ahnung, was das für eine Mischung war, aber es schmeckte scheußlich. Wie Senf, Marmelade und Pfefferminz in einem. »Sind die …« Ich schüttelte mich und Charlie kicherte.

»Lecker?«

»Hmmm …«

»Früher fand ich die Dinger auch total ekelig, aber mittlerweile könnte ich mich reinsetzen.«

»Kann ich nachvollziehen.« *Nicht.*

»Andere essen Gurken mit Nuss-Nougat-Creme. Jeder hat sein Laster.«

Während ich versuchte, den Geschmack mit einem Schluck Wasser hinunterzuspülen, sah Charlie mich von der Seite an: »Was ich dich die ganze Zeit schon fragen wollte: Was macht eigentlich deine Wohnungssuche?«

Ich umklammerte das Lenkrad fester. Ein Thema, das mich mehr als wurmte. »Ehrlich gesagt gar nichts. Ich habe es bis Ende des Jahres erst einmal auf Eis gelegt. Es ist einfach zu viel zu tun.«

Charlie tätschelte mir ermutigend den Arm. »Das wird schon. Außerdem wird das Jasmin sicher freuen und Emma noch viel mehr.«

Ich stieß einen tiefen Seufzer aus. »Mag sein. So schön es auch ist, irgendwann wollen Sebastian und Jasmin bestimmt wieder ihre Ruhe haben.«

»Du weißt, dass es nicht so ist, oder? Deine Schwester liebt dich und ihre Familie erst recht.«

»Trotzdem …«

Charlie nahm sich ein weiteres Bonbon und ich richtete den Blick schaudernd nach vorn. »Ich kann dich verstehen. Wie gesagt, das ergibt sich schon. Ist es eigentlich nicht komisch, wieder an einem festen Ort zu wohnen, wenn man so lange auf Reisen war?«

Ich dachte kurz über die Antwort nach. »Zugegeben, die ersten Tage sind mir unheimlich schwergefallen, aber mittlerweile habe ich mich gut eingelebt. Ich liebe dieses Fleckchen Erde so sehr.«

»Geht mir genauso.«

Ich warf ihr einen kurzen Blick zu. Sie wirkte auf einmal weit weg. »Vermisst du Kiel manchmal?«

»Kein Stück. Es ist, als hätte ich schon immer hierher gehört. Das Einzige, was ich schade finde, ist, dass ich keinen Kontakt mehr zu meinem Vater habe. Wahrscheinlich wird mein Kleiner seinen Opa nie kennenlernen.«

Mir stockte kurz der Atem, weil sie mir so etwas Persönliches erzählte.

»Das habe ich nicht gewusst. Tut mir leid. Habt ihr denn gar keinen Kontakt mehr?«

»Nein, seit ein paar Jahren nicht mehr.«

Ich konnte ihre Trauer und Wehmut darüber förmlich spüren.

»Wieso schreibst du ihm nicht einen Brief?« Ich schluckte. Die Worte waren mir einfach über die Lippen gekommen. Hatte ich überhaupt das Recht, ihr so etwas vorzuschlagen?

Charlie musterte mich. Ihr Gesichtsausdruck wirkte ernst.

»Und dann?«

»Du wartest ab, was passiert. Aber so hättest du zumindest alles getan, verstehst du? Du meintest selbst, es ist Jahre her. Menschen können sich ändern. Hat mir mal eine weise Frau gesagt.«

Der ernste Ausdruck verschwand aus ihrem Gesicht und wich einem kleinen Lächeln. Das gab mir den Mut weiterzusprechen.

»Außerdem hilft euch der Brief dabei, das Gesicht zu wahren. Wenn er keinen Kontakt will, dann entsorgt er ihn höchstwahrscheinlich im Altpapier. Aber wenn doch, hat er die Möglichkeit, darüber nachzudenken und verhält sich womöglich ganz anders, als wenn du ihn anrufen würdest.«

Charlie wurde wieder still und schien das Gesagte zu verarbeiten.

»Aber wie könnte er keinen Kontakt wollen?«, sprach ich ihr Mut zu. »Schließlich warten hier zwei wunderbare Menschen auf ihn. Ich korrigiere … Drei wunderbare Menschen.«

Ich schenkte ihr ein Lächeln, richtete die Aufmerksamkeit wieder nach vorne, als ich bemerkte, dass ihre Augen feucht schimmerten.

»Danke, dass du das sagst.«

»Es ist nur die Wahrheit.«

Es war leicht, ihr das zu sagen, weil ich es absolut ernst meinte. Charlie war ein guter Mensch.

»Ich …« Sie stockte abrupt.

»Was ist los?«

Sie deutete auf die Straße. »Siehst du das?«

Automatisch fuhr ich langsamer. »Nein, was?«

»Da ist Blut.«

Ich trat sacht auf die Bremse, bis der Wagen zum Stehen kam. Charlie drehte sich um, war aber durch ihren Bauch etwas eingeschränkt. »Es führt in den Wald.«

Ich parkte am Rand und betätigte die Warnblinkanlage. »Warte … Ich schaue nach.«

Es klackte, als ich mich abschnallte und aus dem Wagen stieg. Draußen umfing mich eisige Kälte und das Licht war schummrig. Ich sah mich um und entdeckte die rote Spur im Schnee. Sie endete im Unterholz. Vorsichtig näherte ich mich, konnte aber nichts Ungewöhnliches entdecken. Ich schaute zurück auf die Straße. Der Schnee hatte bereits den Großteil überdeckt, aber ich erkannte Reifenspuren. Vielleicht ein Wildunfall?

»Hallo?«, rief ich, aber es blieb gespenstisch still.

»Hast du etwas gefunden?«, fragte Charlie direkt hinter mir. Erschrocken zuckte ich zusammen.

»Du solltest doch im Wagen bleiben«, tadelte ich sie.

»Wieso?«

»Weil du schwanger bist?«

Sie musterte mich. »Und?«

Ich seufzte innerlich. In der Beziehung würde sie sich von mir wohl genauso wenig sagen lassen wie von Jasmin, die sie oft zur Ruhe ermahnte. Diesbezüglich gab es ständig kleine Reibereien im Laden, wenn Charlie es mal wieder übertrieb.

»Wir sollten der Spur folgen«, sagte sie und machte bereits Anstalten loszulaufen.

»Ja, aber bitte tu mir den Gefallen und bleib hinter mir.«

Charlie murrte, widersprach aber nicht weiter. Zusammen bahnten wir uns einen Weg durchs Unterholz. Die Blutspur endete hinter mächtigem Buschwerk.

»Na super … Dann wollen wir mal.«

»Was hast du vor?«

Ich wandte mich Charlie zu. »Nachsehen, was unter dem Busch ist?«

Plötzlich wirkte sie panisch. »Was, wenn es ein Wolf ist?«

»Das fällt dir jetzt ein?«

»Ich mein ja nur …«

»Wir werden es wohl nur herausfinden, wenn ich nachsehe.«

Bevor mich der Mut verließ, tauchte ich zwischen die dichtgewachsenen Äste. Ich blieb wachsam, konnte aber keinen Wolf oder Ähnliches entdecken. Stattdessen stieß ich auf einen jungen Rehbock.

»Wer bist du denn?«

Er war nicht alt, vielleicht auch erst aus diesem Jahr. Zwei kleine Spitzen zierten seinen schmalen Kopf. Der Körper wirkte nass oder verschwitzt, so genau konnte ich das nicht sagen. Als ich den Grund dafür sah, sackte mir das Herz drei Etagen tiefer. Eine riesige Wunde klaffte auf seinem Hinterlauf und zog sich bis zum Sprunggelenk.

»Shit.«

»Hast du was gefunden?«, hörte ich Charlie leise rufen. Kurz darauf war sie auch schon bei mir. So viel zum Thema *Warten*. Geduld war wirklich nicht ihre Stärke. Eine Antwort brauchte es nicht, denn da entdeckte auch sie das verletzte Tier. »O nein!«

Sie kniete sich nieder, berührte das Reh aber nicht. »Hey, mein Kleiner. Wer hat dir das angetan?«

Der Bock schloss die Augen, als würde er große Schmerzen haben. Ich sah nur eine Möglichkeit.

»Wir müssen den Förster verständigen.«

»Nein!«, stieß Charlie hervor.

»Charlie, das Tier hat Schmerzen. Höchstwahrscheinlich ist das Bein gebrochen.«

»Das wissen wir nicht«, beharrte sie weiterhin auf ihrem Standpunkt.

»Und was sollen wir tun?«

»Wir rufen jedenfalls nicht den Förster an, damit es morgen auf irgendeinem Teller liegt!«

Ihre Worte klangen unnatürlich laut in der Stille des Waldes und wirkten wie eine Ohrfeige. So dachte sie von mir? Ich war Köchin gewesen, kein herzloses Monster.

»Sorry«, sagte sie sofort. »Das war nicht so gemeint.«

»Kam aber so rüber«, würgte ich erstickt hervor.

»Ich weiß, aber … Ich habe schon einmal so etwas erlebt. Wildunfall. Der Förster hat sich das Tier nicht mal angeschaut. Dieses Mal lasse ich das nicht zu.«

Ich atmete tief durch und versuchte meine Gedanken zu sortieren. »Okay. Hast du eine andere Idee?«

»Es gibt ein Wildtiergehege, zwei Orte weiter. Kennst du das?«

Ich nickte. »Ich habe mal davon gehört.«

»Silvia Reimann ist die Betreiberin und kommt regelmäßig bei uns einkaufen. Ich würde sie gerne anrufen. Ihr Mann ist Tierarzt.«

»Klingt nach einem Plan. Wir sollten uns schnell um das Bein kümmern. Der Blutverlust könnte zu einem Problem werden.«

Charlie richtete sich auf. »Ich versuche Silvia zu erreichen. Vielleicht kann sie uns sagen, was zu tun ist.«

Während Charlie alles tat, um die Frau ans Telefon zu bekommen, schaute ich mir das Tier näher an. Durch meinen alten Job hatte ich zwar Kenntnisse, was die Anatomie betraf, aber mit Wunden kannte ich deshalb noch lange nicht aus. Was ich jedoch wusste, war, dass es nicht gut aussah. Unaufhörlich sickerte Blut vom Bein ins Erdreich. Das musste ich auf jeden Fall stoppen.

»Ich erreiche sie nicht«, rief Charlie verzweifelt. Ich überlegte nicht lange und wählte die Nummer des Menschen, der mir als Erstes in den Sinn kam.

*

Ian

Unzählige Flocken. Gedankenverloren beobachtete ich sie, während sie wie Federn vom Himmel fielen. Gerade hatte ich Pause und war kurz zur Tür hinaus, um ein wenig Luft zu schnappen. Weiter als bis unters Vordach hatte ich es nicht geschafft. Ich trank Kaffee, dabei war das Verlangen nach einer Zigarette groß. Im Restaurant ging mal wieder die Post ab. Saschas Gesundheitszustand war doch schlechter als zunächst angenommen. Beim letzten Treffen hatte er schon wieder gefehlt. Er sprach nicht darüber. Patrick hatte mir im Vertrauen erzählt, dass der Küchenchef dringend einen Gang zurückschalten musste. Strikte Anordnung vom Arzt. Aus diesem Grunde würde er auch nicht für das Weihnachtsdinner kochen. Ich hatte die Veranstaltung schon vor dem Aus gesehen, aber Patrick hatte seine Kontakte spielen lassen und in letzter Sekunde einen Caterer organisiert. Dieser würde nun die Hauptgerichte übernehmen, während sich unser Küchenteam nur noch um die Beilagen und Dinge konzentrierte, die man gut vorbereiten konnte. Ich war nicht unbedingt glücklich mit dieser Lösung, schließlich war es ein Gemeinschaftsprojekt, aber besser als nichts. Hauptsache, der Abend konnte stattfinden. Zusätzlich kreisten meine Gedanken unentwegt um Vik und unser heutiges Treffen. Sie hatte sich bisher nicht gemeldet. Ob ihr etwas dazwischen gekommen war? Wieder einmal machte ich mir viel zu viele Gedanken. Vik und ich waren Freunde. Mehr nicht. Nicht zum ersten Mal fragte ich mich, wem ich hier eigentlich etwas vormachte. Dabei war es augenscheinlich, dass ich mehr für sie empfand. Sie offensichtlich auch, aber da war nun mal ihre Vergangenheit, die sich leider nicht ignorieren ließ und sich jedes Mal wie ein großer dunkler Schatten über uns legte. Aber da musste Vik allein durch. Ich konnte ihr nur zur Seite stehen und für sie da sein. Die Frage war nur, wie lange ich das durchhielt, wenn die Sehnsucht mich förmlich um den Verstand brachte …

Seufzend leerte ich meinen Kaffee. Die Pause war zu Ende. Ich war gerade dabei, wieder reinzugehen, als mein Handy klingelte. Meine Mundwinkel hoben sich automatisch. Es war Vik.

Nur Freundschaft, ermahnte ich mich wie die unzähligen Male davor und nahm dann das Gespräch entgegen.

»Ian?«, drang Viks Stimme an mein Ohr.

Sofort gingen sämtliche Alarmglocken an. Sie klang heiser und abgehetzt. Etwas war passiert. Das wusste ich automatisch.

»Ich bin dran. Was ist los?«

»Charlie und ich sind gerade auf dem Rückweg vom Frauenarzt«, begann sie zu erzählen, schien mit der Aufmerksamkeit aber ganz woanders zu sein.

»Ist mit euch alles in Ordnung?«, fragte ich und konnte die Besorgnis in meiner Stimme nicht verbergen.

»Ja …«

Ich atmete innerlich auf.

»Wir haben ein verletztes Reh gefunden. Es blutet stark.«

Ich runzelte die Stirn. »Ein Reh?«

»Ja, es wurde vermutlich angefahren. Wir sind der Spur gefolgt und haben es im Unterholz gefunden. Ich weiß nicht, was ich tun soll … Hier ist überall Blut.«

Automatisch blitzte das Bild einer jungen Frau vor meinem geistigen Auge auf. Das Gesicht voller Blut …

Es ist nur ein Reh, sagte ich mir und versuchte ruhig zu bleiben.

»Ian?«

»Habt … Gibt es einen Verbandskasten im Auto?«

»Ich … Ich denke schon.«

»Schau nach. Beeil dich.« Wenn es so schlimm um das Tier stand, wie Viks Reaktion vermuten ließ, blieb nicht viel Zeit.

Währenddessen telefonierte ich mit Charlie und ließ mir von ihr die Situation beschreiben. Ich war kein Tierarzt, aber ich versuchte mein Bestes. Als Vik mit dem Verbandszeug zurückkehrte, stellte Charlie mich auf Lautsprecher. Ich redete leise und mit Bedacht, da ich dem Tier nicht noch mehr Angst einjagen wollte. Zusammen gingen wir die einzelnen Schritte durch, bis sie das Bein notdürftig verarztet hatte.

»Zumindest scheint die Blutung vorerst gestoppt zu sein«, hörte ich Vik durch das Telefon sprechen. Ihre Erleichterung war fast greifbar und ich empfand genauso.

»Soll ich vorbeikommen?«, bot ich an.

»Ich glaube, das ist nicht nötig. Charlie scheint die Frau vom Wildgehege erreicht zu haben. Wenn, dann würde ich mich gleich bei dir melden.«

Ich atmete tief durch. »Kein Problem. Sehen wir uns trotzdem heute Abend?«

»Natürlich.«

Sie klang, als hätte sie das keine Sekunde infrage gestellt. Automatisch musste ich lächeln. »Alles klar. Komm einfach vorbei. Ich bin gegen acht zu Hause.«

Zumindest war das der Plan. Mein einziger freier Abend in dieser Woche.

»Dann bis nachher.«

»Bis nachher. Und, Ian?«

»Ja?«

»Danke.«

Mein Grinsen wurde noch breiter. »Immer.«

*

Viktoria

Etwa eine halbe Stunde nachdem ich das Telefonat mit Ian beendet hatte, trafen Silvia Reimann und ihr Mann ein, der sofort die Versorgung des verletzten Tieres übernahm. Er lobte unseren Druckverband, was mich zugegebenermaßen ein wenig mit Stolz erfüllte. Hoffentlich würde es der Kleine schaffen. Der Tierarzt verabreichte dem Tier eine leichte Sedierung, dann trugen sie es auf den Anhänger. Wir verabschiedeten uns, dann fuhren sie auch schon weiter, um das Reh in Sicherheit zu bringen.

Mittlerweile hatte der Schnee eine Pause eingelegt, trotzdem war mir eisig kalt.

»Sehen wir zu, dass wir ins Warme kommen, hmm?«

Charlie rieb die Hände aneinander. »Da widerspreche ich nicht.«

Die ersten fünf Minuten der Fahrt verliefen überwiegend schweigend, da wir erst langsam wieder auftauten.

»Soll ich die Heizung höher drehen?«, fragte ich.

»Nein, alles gut. So langsam bekomme ich wieder Gefühl in den Händen.«

»Nicht mehr lange, dann sind wir zu Hause. Hat sich Patrick mittlerweile gemeldet?«

Sie seufzte. »Hat er. Er war auf einem Außentermin und hat sein Handy vergessen.«

Ich konnte mir ein Grinsen nicht verkneifen. »Das ist so typisch Patrick.«

»Wem sagst du das?«

Mir fiel auf, dass wir über Patrick sprachen, als wäre er ein guter alter Freund. Nicht der Mann, in den ich mal unsterblich verliebt gewesen war. Es war überraschend, fühlte sich jedoch verdammt gut an. Geradezu befreiend. Wann war das passiert?

»Ich hoffe, dass Paul es schafft«, murmelte Charlie und schaute aus dem Fenster.

Ich blickte sie fragend von der Seite an. »Paul?«

Sie zuckte zusammen, als wäre sie tief in Gedanken gewesen. »Sorry … Habe ich das gerade laut gesagt?«

Meine Mundwinkel zuckten. »Hast du dem Bock schon einen Namen gegeben?«

»Ja … Ist so ein Tick von mir. Ich muss allem und jedem einen Namen geben. Ich fand, er sah aus wie ein Paul.«

Kurz dachte ich darüber nach. »Ich finde den Namen Rudolf ja ganz süß.«

Charlie schmunzelte. »Passend zu Weihnachten?«

»Ja, wieso nicht?«

»Wir einigen uns auf einen Doppelnamen, okay?«

Ich kicherte. »Paul-Rudolf? Sehr kreativ.« Dann wurde ich wieder ernst. »Ich glaube übrigens ganz fest daran, dass er es schafft. Ich kenne diese Silvia nicht persönlich, aber ich habe schon viel Gutes über ihre Arbeit gehört.«

»Du hast recht. Wenn es einer schafft, dann sind es sie und ihr Mann.«

»Wenn du magst, fahren wir die Tage mal hin und schauen, wie es unserem Patienten geht?«

Charlies Züge wurden weich. »Das wäre toll.«

KAPITEL 9

Die Uhr zeigte schon weit nach acht, als ich bei Ian anklingelte. Es dauerte etwas, bis er öffnete. Ich hörte lautes Gepolter, dann ging die Tür auf.

»Hi«, stieß er atemlos hervor. War er etwa gerannt?

Ich lächelte und hielt den Probierkorb in die Höhe. »Hi!«

Dabei glitt mein Blick ungewollt an seinem Körper hinauf. Er war barfuß, trug nur eine dunkle Jogginghose und ein einfaches Shirt. Sein Haar hing ihm in feuchten Strähnen in die Stirn. Wieso musste er nur so verdammt sexy aussehen?

»Ich war eben unter der Dusche«, erklärte er unnötigerweise. »Hat mal wieder länger gedauert im Restaurant.«

»Kein Problem.«

Er machte den Weg frei. »Bitte komm rein.«

Drinnen war es warm und gemütlich. Indirektes Licht verbreitete eine behagliche Stimmung. Genau das, was ich an diesem Abend brauchte. Es war eine wirklich schöne Wohnung. Einmal war ich bereits hier gewesen, aber nur kurz. Einen bestimmten Stil gab es nicht, ganz im Gegenteil. Die Möbel wirkten, als wären sie über viele Jahre hinweg zusammen getragen worden. Dennoch passte alles irgendwie zueinander. Es war … harmonisch. Das war das Wort, nach dem ich gesucht hatte.

»Wie das schon riecht«, schwärmte Ian und tauchte dicht hinter mir auf, während ich den Korb auf dem Wohnzimmertisch abstellte. Seine Nähe stimmte mich wie immer nervös, aber ich versuchte, mir nichts anmerken zu lassen.

»Warte mal ab, bis du davon probiert hast.«

Ians Magen knurrte so laut, dass ich mir ein Lachen nicht verkneifen konnte. »Meine Güte, friss mich nicht auf.«

Sein Ausdruck wurde unergründlich. »Wer weiß. Schließlich bist du freiwillig in diese Wohnung gekommen.«

Ich schluckte, da ich plötzlich ganz bestimmte Bilder in meinem Kopf hatte.

Völlig falsche Richtung, Vik!

»Dann ist es ja gut, dass ich etwas mehr eingepackt habe. Hast du den Kartoffelsalat?«

Ian wirkte schuldbewusst. »Tut mir echt leid, aber ich habe es nicht geschafft.«

Ich zog einen Flunsch. »Also haben wir nur das?«

»Ich habe alle Zutaten hier. Sogar die Kartoffeln habe ich vorgekocht. Das wars dann aber auch.«

Ich verengte die Augen. »Hast du heute überhaupt schon etwas gegessen?«

»Ja klar, ein Müsli am Morgen.«

Ich verschränkte die Arme. »Wow.«

»Was denn?«

Ich zeigte auf das Zimmer gegenüber von uns. »Da ist die Küche, oder?«

»Ja, wieso?«

Ohne zu antworten, ging ich dorthin und schaltete das Licht ein. Danach inspizierte ich den Kühlschrank. Im Kopf ging ich bereits die Zutaten für das Rezept durch.

»Was genau tust du da?«, fragte Ian und lehnte mit verschränkten Armen gegen den Türrahmen. Ich versuchte, nicht allzu genau hinzusehen.

»Nach was sieht es denn aus? Ich sorge dafür, dass du etwas Vernünftiges zu essen bekommst.«

Jetzt wirkte er noch verwirrter. »Ich dachte, du möchtest nicht mehr kochen.«

»Beruflich nicht, aber privat schon. Was denkst du? Dass ich mich von Tütensuppe ernähre?«

Ich betrachtete ihn amüsiert. Offenbar hatte er genau das gedacht.

»Wo finde ich die Schneidemesser?«

»Rechts neben dir in der Schublade.«

Ich holte besagtes Messer hervor und rümpfte die Nase. »Das nennst du Schneidemesser?«

»Ich esse meist im Restaurant. Bin nicht dazu gekommen, mich richtig einzurichten.«

Schmunzelnd schüttelte ich den Kopf. »Setz dich so lange aufs Sofa. Ich bereite uns in der Zwischenzeit eine Kleinigkeit zu.«

»Was gibt es denn?«

»Das ist eine Überraschung.«

Eine halbe Stunde später saßen wir mit Wein, Speck, Käse und frischen Bratkartoffeln auf dem Sofa.

»Das sind die besten Bratkartoffeln, die ich je gegessen habe.«

Ich lachte. »Das sind ganz normale Bratkartoffeln. Sag mir lieber, was du von der Salami und dem Speck hältst.«

Ich hatte ein paar klein geschnittene Stücke in die Pfanne gegeben und musste zugeben, dass das einen ziemlich tollen Geschmack ergab.

»Ich finde, der Speck passt ganz hervorragend dazu. Die Salami und den Schinken können wir dazu reichen, vielleicht zusammen mit dem Weihnachtskäse?«

»Gute Idee, nur wird es nicht ganz günstig, da du mehr davon brauchst als nur ein paar Stücke.«

Ian winkte ab. »Geld soll keine Rolle spielen. Zumindest nicht an diesem Abend.«

»Ich werde mich beteiligen.«

»Das musst du nicht.«

Ich lächelte. »Möchte ich aber.«

Meine Ersparnisse waren nach der langen Reise auf ein Minimum geschmolzen, aber dann würde ich halt ein paar Extraschichten im Laden meiner Schwester machen. Entgegen unserer Abmachung zahlte sie mir nämlich sehr wohl ein Gehalt. Am Anfang hatte ich mich gewehrt, leider musste ich aber auch von irgendetwas leben.

»Das ist wirklich nett. Danke.«

»Kein Ding. Außerdem schulde ich dir nach heute sowieso etwas. Ohne dich hätte Paul-Rudolf vielleicht nicht überlebt.«

Ian musterte mich verwirrt. »Paul-Rudolf?«

Ich musste unweigerlich grinsen. »Charlie und ich fanden, dass es gut zu dem kleinen Bock passt. Die Tage statten wir dem Wildtiergehege einen Besuch ab. Komm doch mit?«

Ian rieb sich über das stoppelige Kinn. »Ja, wieso nicht? Wenn das geht …«

»Charlie hat vorhin noch mit Silvia Reimann gesprochen. Das Bein scheint nicht gebrochen zu sein. Sie haben die Wunde versorgt und einen dicken Verband angelegt. Es ist ein junges Tier. Die Heilungschancen stehen also gut. Vielleicht kann er bald schon wieder freigelassen werden.«

Ian lächelte und sah dabei richtig glücklich aus. Kurz geriet mein Herz aus dem Takt. »Das freut mich wirklich.«

Ich schlug die Augen nieder und trank einen Schluck Wein. »Ja, mich auch …«

»Du scheinst dich gut mit Charlie zu vertragen«, deutete er vorsichtig an.

»Ja und das stimmt mich wirklich happy. Sie scheint mir tatsächlich verziehen zu haben. Ich kann es immer noch nicht glauben …«

»Weil du es nicht getan hast?«, hakte er nach.

»Nein. Jedenfalls nicht gänzlich. Aber es fällt mir leichter, damit umzugehen. Vielleicht werden wir nie die besten Freundinnen, aber so, wie es jetzt ist, ist es perfekt. Weißt du, die Leute aus dem Dorf sind mir am Ende des Tages egal, aber die Menschen, die mir etwas bedeuten … Sie sind es doch, die zählen, nicht wahr?«

»Ganz genau.«

Wir lächelten uns an, dann machten wir uns über den Rest des Essens her. Es war der schönste Abend seit Langem.

*

Heute war Buffetabend im Roten Hirsch. Ein Event, das häufiger im Jahr veranstaltet wurde. Nur wurde es dieses Mal genutzt, um den Probelauf für unser Weihnachtsdinner abzuhalten. Dabei ging es weniger ums Essen, vielmehr um das Organisatorische. Ich war schrecklich aufgeregt. Es war voll und laut. Hinzu kam, dass mich diese Kellneruniform an den Rand der Verzweiflung trieb. Es kratzte und zwickte. Schon damals hatte ich sie gehasst. Nur da hatte ich das Glück gehabt, diese nicht oft tragen zu müssen. Lediglich in Ausnahmesituationen hatte ich sie angezogen, wenn zum Beispiel jemand ausgefallen war. Das war vor allem in der Anfangszeit im Roten Hirsch gewesen. Damals war Patricks Vater noch der Chef gewesen und ich normale Köchin. Nach schwerer Krankheit hatte er das Zepter an seinen Sohn weitergegeben, der dem Restaurant seinen ganz eigenen Stempel aufgedrückt hatte. Nur die Kleidung war geblieben. Die in der Küche ebenfalls. Irgendwann hatte ich den Kopf durchgesetzt und mein eigenes Outfit besorgt. Schließlich war ich Souschefin gewesen. Die Begründung, mir alles erlauben zu dürfen. So hatte jedenfalls die alte Vik gedacht.

Die neue biss die Zähne zusammen und machte gute Miene zum bösen Spiel. Klappte leider nur bedingt.

»Alles in Ordnung?«, fragte Ian, der vor der Theke stand und auf irgendeine Getränkebestellung wartete. Auch er half im Service mit, da mal wieder jemand krank geworden war.

Ich lächelte übertrieben breit. »Alles bestens.«

»Du schaust aus, als würden dich die Flöhe beißen.«

Na wunderbar. Was zu viel war, war zu viel.

»Dann solltet ihr vielleicht mal über einen Wechsel der Mitarbeiterkleidung nachdenken«, murrte ich.

»Wieso?« Er schien die Frage tatsächlich ernst zu meinen. Er hatte ja leicht reden in seinem schicken Anzug.

»Hast du das Zeug schon mal getragen? Es juckt wie die Hölle.«

»Ähmm, ja? Dergleichen habe ich nicht bemerkt.«

Als Antwort brummte ich etwas Unverständliches, da ich keine Lust hatte, weiter darüber zu diskutieren. Er legte den Kopf schief. »Kann es sein, dass deine Haut das Waschmittel nicht verträgt?«

»Keine Ahnung.«

Da umfasste er meine Hand und zog mich ohne ein weiteres Wort mit sich. Erst in den Personalräumen kam er schließlich zum Stehen. Das Licht war gedimmt und niemand war hier. Die Geräusche vom Restaurantbetrieb drangen nur gedämpft an mein Ohr, als wären wir auf einmal Welten entfernt.

Was hat er vor?

Erneut nahmen meine Gedanken ihren eigenen Lauf. Mittlerweile hatte ich es aufgegeben, mich dagegen zu wehren. Es hätte sowieso nichts gebracht. Kurz waren wir uns so nahe, dass mir der Atem stockte. Ians mittlerweile vertrauter Geruch stieg mir in die Nase und ließ mir den Kopf schwirren. Ich sah ihn schlucken. Dann fiel sein Blick auf meine Lippen. Eine Sekunde … zwei Sekunden. Mein Kopf war wie leergefegt, jede Befindlichkeit wie weggewischt. Da war nur noch der Wunsch, ihm nahe zu sein …

Statt mich weiter zu berühren, ließ Ian meine Hand los und öffnete einen der Spinde. Ich blinzelte einige Male, um wieder klar zu sehen. Himmel!

»Hier«, sagte er und reichte mir ein weißes T-Shirt. »Zieh das unter die Uniform.«

Ich hielt das Stück Stoff in die Höhe. Darin hätte ich mich wohl zweimal einkleiden können. Aber unter der weitgeschnittenen Kellnerweste dürfte das wohl kaum jemanden auffallen.

»Es wird niemand bemerken.«

»Danke«, sagte ich und verschwand kurz in der Toilette. Es gab zwar nichts, was er nicht schon gesehen hatte, aber es wäre mir irgendwie falsch vorgekommen. Insgeheim traute ich mir wohl selbst nicht mehr über den Weg, aber diesen Gedanken verdrängte ich erfolgreich. Als ich zurückkehrte, war das Jucken zwar nicht gänzlich verschwunden, aber es war wesentlich besser auszuhalten.

»Ich denke, so geht es.«

Ian musterte mich nachdenklich. »Ich werde dir etwas anderes bestellen.«

»Musst du nicht«, beteuerte ich.

»Möchte ich aber«, wiederholte er meine Worte von neulich Abend, sodass ich grinsen musste. Also gab ich mich geschlagen.

»In Ordnung.« Ich deutete in Richtung Tür. »Auf in den Kampf?«

Er nickte. »Auf in den Kampf.«

*

Der Abend verging wie im Flug. Zugegeben, am Anfang fiel es mir etwas schwer, wieder reinzukommen. Aber mit der Zeit gelang es mir immer besser, mich ins Team einzufügen. Dabei hätte ich nie damit gerechnet, dass Ian so ein strenges

Regiment führte. Viel härter als Patrick. An dem Abend in der Kleinen Bar hatte er locker, ja geradezu kumpelhaft gewirkt. Da waren wir aber auch nur zu dritt gewesen. Hier galt es eine ganze Kompanie unter einen Hut zu bekommen. Was sollte ich sagen? Es funktionierte. Ganz anders als bei unserem ersten Meeting. Kein Gast wartete länger als ein paar Minuten darauf, dass seine Bestellung aufgenommen wurde. Die Getränke wurden sofort gebracht, dazu die hauseigene Vorspeise, bestehend aus selbst gebackenem Brot und drei Dips, unabhängig davon, ob die Leute Buffet bestellten oder nicht.

Ich war für die Tische an der Fensterfront zuständig. Einige Bewohner aus dem Dorf erkannte ich, aber überwiegend waren es fremde Gesichter. Touristen oder Gäste aus den umliegenden Dörfern. Ich beschwerte mich nicht. Diese Leute kannten mich nicht, also hatten sie keine Vorurteile, ganz im Gegensatz zu den Einheimischen. Ich kassierte nicht nur einen geringschätzigen Blick, aber mittlerweile war ich es gewohnt und ignorierte es, so gut ich konnte. So war das eben auf dem Dorf. Was mich dafür umso mehr freute, war, dass sich das Buffet großer Beliebtheit erfreute. Nicht nur einmal erhielt ich ein Kompliment dafür. Diese Chance nutzte ich gleich, um Werbung für den Laden meiner Schwester zu machen. Viele Zutaten wie ein Teil des Fleisches, das Gemüse oder auch die Milchprodukte kamen nämlich von Gut Eichentor.

Am Ende der Schicht qualmten mir buchstäblich die Füße und ich hatte das Gefühl, einen Goldsack an der Hüfte zu tragen. Das bedeutete *viele* Einnahmen und zeitgleich *viel* Trinkgeld. Ich freute mich schon auf die Auszählung. Den Obolus des Gastes durfte hier nämlich jeder Kellner behalten. Geld, das ich gut gebrauchen konnte. Meine Reserven waren nicht unbedingt üppig. Ob ich vielleicht ein paar Abende zusätzlich einlegen sollte? Ian hatte mir das bereits angeboten. Der Umzug bezahlte sich jedenfalls nicht von allein.

Es war schon weit nach Mitternacht, als ich die Schürze endlich ablegte. Die Küche schloss bereits um zweiundzwanzig Uhr, aber die Theke erst gegen Mitternacht, manchmal auch später. Nur am Wochenende hatten die beiden Restaurants länger geöffnet. Ich räumte die verbliebenen Gefäße und Schalen vom Buffettisch ab, dann ging ich zurück zur Theke, um Kasse zu machen. Dort erwartete mich Jacky, die Aushilfe meiner Schwester. Ich mochte den quirligen Lockenkopf, der eigentlich Jaqueline hieß und aus Stuttgart stammte. Sie war einige Jahre jünger als ich. Mit ihr konnte man lachen. Sie war offen und schien das Herz am rechten Fleck zu tragen. Ob sie wohl einen Freund hatte? Diese Frage kam mir, als ich sie zusammen mit Ian sah. Sie lehnte sich über die Theke und stellte dabei ihr zugegebenermaßen recht ansehnliches Dekolleté zur Schau. Ich glaubte nicht einmal, dass sie sich etwas dabei dachte. Oder etwa doch?

Sie sagte etwas, das ich nicht verstand, und Ian lachte laut und herzlich. Wieso auch immer versetzte mir diese Reaktion einen gewaltigen Stich.

»Endlich Feierabend«, sagte ich und ließ mich lauter als nötig auf dem Stuhl nieder. Sofort schauten beide in meine Richtung. Was zum Teufel tat ich hier?

»Du sagst es«, meinte Jacky und wandte sich erneut Ian zu. »Und du warst wirklich schon mal dort? Witzig! Wann war das denn?«

Der Restaurantleiter zuckte lässig mit den Schultern und schob die Ärmel seines Hemdes hoch.

»Da fragst du mich was … Ich glaube, es war vor zwei Jahren im Juli.«

Jacky schlug sich übertrieben die Hände vor den Mund. »NEIN! Ich auch!«

Worüber auch immer sie da gerade sprachen, Jackys Reaktion war total überzogen. Innerlich rollte ich mit den Augen. Ian hingegen schien das ganz anders zu sehen. Auch er grinste übertrieben breit. »Wer weiß, vielleicht haben wir uns sogar gesehen?«

So ging das die nächsten fünf Minuten weiter, die sich anfühlten, als wären es fünfzig, während ich mein Geld zählte. Dabei zählte ich gar nicht. Stattdessen regte ich mich auf, dass ich nicht fähig war, mich auf die Münzen und Scheine vor mir zu konzentrieren.

»Deine Tattoos finde ich übrigens rattenscharf, wenn ich das so sagen darf.«

Das hatte sie nicht ernsthaft gesagt, oder? Ich war so perplex, dass ich den Stapel mit den Eurostücken umwarf und sich die Münzen schwallartig über die Theke ausbreiteten. Am liebsten hätte ich das Geld komplett auf den Boden gefegt, so sehr pulsierte das Gefühl der Eifersucht in meinem Bauch. Erschrocken über mich selbst sprang ich vom Stuhl. Ich wollte so nicht mehr sein. Nie wieder!

»Sorry«, sagte ich an Ian und Jacky gewandt. »Ich bin total übermüdet und mein Kopf platzt gleich …«

»Komm, ich helfe dir«, bot Jacky an und klaubte die einzelnen Münzen auf, was mein schlechtes Gewissen nur noch mehr befeuerte.

»Soll ich dich nach Hause fahren?«, bot Ian an.

»Was? Nein danke!«, erwiderte ich fast schon panisch. »Ich laufe das kurze Stück. Frische Luft hilft hoffentlich gegen die fiese Migräneattacke. Habe ich häufiger.«

Was zum Teufel redete ich da?

»Wenn ihr das für mich auszählen würdet?« Ich deutete auf meine Geldbörse. »Das wäre total lieb.«

»Klar«, erklärte sich Jacky sofort bereit. »Wie viel?«

»Hmm?«

»Wie viel hattest du vorher drin?

»Achtzig Euro inklusive Kleingeld.«

»Alles klar.«

Ich atmete erleichtert aus. »Dankeschön. Bis morgen dann«, sagte ich, ohne zu wissen, ob wir uns morgen überhaupt sehen würden. Aber das hier war ein Dorf, die Wahrscheinlichkeit war also nicht unbedingt klein.

»Bis dann und gute Besserung«, riefen beide mir nach, doch da war ich schon zur Tür hinaus.

*

Ian

Mit gerunzelter Stirn sah ich Vik dabei zu, wie sie den Roten Hirsch verließ oder sollte ich besser sagen, aus dem sie flüchtete? Ein Teil von mir drängte darauf, ihr nachzulaufen, der andere jedoch sagte mir, dass sie es nicht gewollt hätte. Was war passiert? Oder hatte es wirklich nur an den Kopfschmerzen gelegen?

»Hoffentlich geht es ihr bald besser«, sagte Jacky und griff nach Viks Geldbörse, um die Einnahmen zu zählen.

»Das hoffe ich auch.«

Während Jacky mit dem Geld beschäftigt war, hing ich meinen Gedanken nach. Viks Launen waren manchmal schlimmer als das Wetter. Trotzdem oder gerade deshalb mochte ich sie so sehr. Jackys Pfeifen riss mich zurück in die Realität. »Nicht schlecht. Über einhundert Euro Trinkgeld. Ich habe gerade mal fünfzig Euro gemacht und habe geflirtet, was das Zeug hielt.«

Im Gegensatz zu Jacky konnte ich mir ganz genau vorstellen, woran das lag.

»War Vik nicht mal Köchin?«

Ich räusperte mich. »Ja, aber das war vor meiner Zeit. Ganz am Anfang hat sie ab und zu beim Service ausgeholfen, soweit ich weiß.«

»Nun ja, Talent scheint sie zu haben. Um noch mal auf deine Tattoos zu sprechen zu kommen …«

Mein Blick fiel auf meine Arme. Da kam mir ein Gedanke. Wie hatte Jacky die Tattoos bezeichnet? Rattenscharf? Kurz darauf war Vik das Geld aus der Hand gefallen … Konnte das sein? War sie etwa eifersüchtig gewesen?

»Wo hast du die stechen lassen? Mein Freund sucht schon so lange einen neuen Tätowierer.«

Ich schüttelte den Gedanken an Vik ab. Das musste endlich aufhören, sonst würde ich irgendwann verrückt werden. Also wandte ich mich wieder Jacky zu.

»In Stuttgart. Ich kann das Studio wärmstens empfehlen …«

KAPITEL 10

Vik

Als ich am nächsten Morgen im Laden stand, hatte ich tatsächlich Kopfschmerzen. Noch immer war mir mein Verhalten vom Abend peinlich, obwohl ja eigentlich gar nichts passiert war. Zum Glück! Das, was ich brauchte, war Abstand. Und zwar dringend. Die Situation in den Personalräumen hatte mir anscheinend die Sinne vernebelt. Ein paar Tage und das Gefühlschaos würde sich hoffentlich wieder etwas legen. Mein Plan scheiterte jäh, als ich Ian im Eingang des Ladens stehen sah. Mir wurde heiß und kalt zugleich. Alles, was ich tat, war ihn anzustarren. Bisher hatte er mich nicht entdeckt.

Sag etwas oder heb die Hand, dachte ich verzweifelt, aber meine Muskeln versagten ihren Dienst. Es war Charlie, die mal wieder die Situation rettete.

»Ian! Was treibt dich denn hierher?«

Ians Züge hellten sich auf, als er Charlie entdeckte. »Hi. Schön, dich zu sehen. Wie geht´s euch?«

Charlie strich über ihren Bauch. »Könnte nicht besser sein.«

»Sehr gut. Weiter so.«

»Was kann ich für dich tun?«

»Ich wollte zu Vik.«

»Vik? Da steht sie doch«, antwortete Charlie und deutete mit einem Kopfnicken in meine Richtung.

Na super!

Ians Blick fand den meinen. »Hi.«

Wo verdammt noch mal war meine Stimme geblieben? »Was gibt´s?«

Lässig kam er angeschlendert, als wäre er jeden Tag hier. Ich stellte die Kiste zur Seite, die ich eben aus dem Lager geholt hatte.

»Alles okay?«, fragte er.

»Klar, was soll sein?«

Eine Falte bildete sich auf seiner Stirn. »Du hattest Kopfschmerzen?«

Stimmt! Wo war ich nur mit meinen Gedanken? »Ach ja, das. Schon wieder viel besser.«

Sein Lächeln kehrte zurück. »Schön. Ich wollte dir das geben.«
Er reichte mir einen Umschlag. »Dein Trinkgeld.«

»Oh!« Auch das hatte ich bei all dem Trubel vollkommen vergessen. »Dafür hättest du nicht extra vorbei kommen müssen.«

»Wollte ich aber. Du warst gut.«

»Wie?«

»Über hundert Euro sind zusammengekommen.«

»Was? So viel?«, fragte ich ungläubig. »Das kann ich super gebrauchen.«

Er musterte mich wieder mit diesem viel zu intensiven Blick. »Wie ich bereits sagte, wenn du möchtest, kannst du öfter eine Schicht einlegen. Du weißt, dass wir aktuell jede Hilfe brauchen können.«

Ich rang mir ein Lächeln ab. »Ich denke darüber nach.«

»Super. Wie geht es eigentlich … Wie war der Name doch gleich? Ach ja, Paul-Rudolf!«

»Dem geht es wieder richtig gut«, mischte sich Charlie auf einmal ein. Hatte sie etwa gelauscht? Wenn, dann schien das Ian jedenfalls nicht zu stören. »Wirklich? Wann wolltet ihr ihn denn besuchen? Dann komme ich mit.«

O nein! Ganz schlechte Idee!

Ich wollte Charlie gerade ein Zeichen geben, aber ich erhielt erst gar nicht die Chance dazu.

»Wie wäre es mit übermorgen?«

Ich seufzte innerlich. So viel zum Thema Abstand.

»Also nachmittags hätte ich Zeit«, sagte Ian sofort.

»Ich auch. Was ist mit dir, Vik?«

Ich zwang mich zu einem weiteren Lächeln. »Übermorgen passt super.«

»Ich kann fahren«, bot Ian an.

»Perfekt.«

Ian und Charlie wechselten ein paar Worte, dann verabschiedete er sich und ging in Richtung Tür, während Charlie zur Kasse zurückkehrte und ich hinter dem Regal stehen blieb. Da tauchte Jacky plötzlich im Eingang auf und wäre fast mit Ian zusammengestoßen. Sie lachten übertrieben laut und unterhielten sich dann noch eine Weile, während ich wie eine Idiotin dort stand und die beiden beobachtete.

»Du weißt, dass er dich mag«, sagte Jasmin, die auf einmal genauso überraschend neben mir stand. Meine Schwester hatte schon immer dieses Talent besessen, sich anzuschleichen. Dieses Mal erschreckte ich mich nicht einmal, so sehr war ich auf das flirtende Traumpärchen fixiert. *Urgh.*

»Komisch, irgendwie wirkt das gerade aber völlig anders.«

Hatte ich das wirklich gesagt? Ich stöhnte. Was war bloß los mit mir?

»Mach dir nichts draus«, flüsterte Jasmin. »Ein Blinder mit Krückstock erkennt, was da zwischen euch läuft.«

Ich verschränkte die Arme, während ich spürte, wie ich knallrot anlief. »Zwischen uns läuft gar nichts mehr.«

»Das lässt sich ändern. Aber du solltest nicht mehr allzu lange warten, Jacky scheint durchaus interessiert.«

Musste sie das sagen?

»Ian und ich sind nur Freunde, okay?«

»Okay«, sagte sie, aber ihre Mundwinkel zuckten verräterisch.

»Hör auf zu grinsen«, brummte ich und griff wieder nach der Kiste, die mit Äpfeln befüllt war.

»Vielleicht sollte ich Charlie dazu anstiften, dass sie eurem Glück auf dem Ausflug ein wenig nachhilft.«

Es half nichts. Ich musste zu härteren Geschützen greifen.

»Du weißt noch, was früher passiert ist, als du nicht aufgehört hast, mich zu ärgern?« Ohne zu blinzeln, deutete ich auf die Äpfel.

Jasmins Augen wurden schmal. »Das wagst du nicht.«

Plötzlich hatte ich das Gefühl, wieder zehn Jahre alt zu sein. Wir hatten eine wirklich schöne Kindheit gehabt, aber es hatte Tage gegeben, da waren die Fetzen geflogen oder eben Obst. Ich musste zugeben, nicht jeder Kampf war fair gewesen. Am Ende des Tages hatten wir uns aber immer wieder lieb gehabt.

»Lassen wir es drauf ankommen.« Ich funkelte sie drohend an, dabei wollte ich ihr nur etwas Angst machen. Als Reaktion darauf verschränkte sie die Arme.

»Ich schwöre dir, die Rache wird blutig sein …«

Ein erneutes Lachen von der Tür ließ mich kaum merklich zusammenzucken. Ich konnte nicht anders, als hinzusehen. Kurz trafen sich Ians und meine Blicke und ich hätte schwören können, darin etwas aufflackern zu sehen. Bevor ich es richtig greifen konnte, wandte ich mich aber schon wieder ab. Ich hörte Jasmin seufzen.

»Wieso quälst du dich so?«

»Keine Ahnung, aber glaub mir, es ist besser so.«

»Ganz sicher?«

Ich nickte und konzentrierte mich auf meine Arbeit, da ich hinter den Lidern ein verdächtiges Brennen spürte.

»Alles klar«, lenkte Jasmin schließlich ein. »Ich bin jetzt im Büro, falls was sein sollte.«

»Okay …«, sagte ich. Dabei war so gar nichts okay.

*

Es war Mittwochmittag und eine hauchzarte Schneedecke überzog Gut Eichentor. Das Geräusch unserer Stiefel klang gedämpft und auch das Muhen der Kühe aus dem Freilauf wirkte ferner als sonst. Zusammen mit Charlie stand ich vor dem Wohnhaus und wartete auf Ian. Vor zehn Minuten hatte er durchklingen lassen und Bescheid gegeben, dass er losfuhr. Missmutig beobachtete ich meinen Atem, wie er in den Himmel stieg, die Hände dabei tief in den Taschen vergraben. Ob zwischen Ian und Jacky mehr lief? Nicht nur einmal hatte ich mir diese Frage gestellt. Seit er im Laden gewesen war, hatten wir so gut wie keinen Kontakt mehr gehabt.

»Was ist los?«, fragte Charlie. »Du bist auf einmal so still.«

»Ach nichts. Ich musste nur gerade an das Weihnachtsdinner denken«, wich ich aus.

»An das Weihnachtsdinner oder an Ian?«

Ich versuchte, mir nichts anmerken zu lassen. Sie konnte unmöglich Bescheid wissen. Es sei denn, Patrick oder Jasmin hatten ihr von uns erzählt. »Wieso an Ian?«

»Seitdem ich das mit dem gemeinsamen Besuch im Wildtiergehege vorgeschlagen habe, bist du so in dich gekehrt. Hätte ich das besser nicht machen sollen?«

Ich winkte ab. »Alles okay. Ich bin nur nicht so gut drauf im Moment.«

In ihrem Gesicht konnte ich lesen, dass sie nicht gänzlich überzeugt war, aber sie bohrte auch nicht weiter nach. Dafür war ich ihr mehr als dankbar.

»Wer weiß, vielleicht bringt dich der Besuch im Gehege auf andere Gedanken.«

Ich lächelte. »Bestimmt.«

Da kam ein Auto auf den Hof gefahren. Ein SUV in einem strahlenden Rot. Er sah aus, als käme er gerade frisch aus der Waschstraße. Das schicke Gefährt hielt direkt vor unserer Nase. Fast zeitgleich surrte das Fenster geschmeidig hinab. Ein breit grinsender Ian saß am Steuer.

»Steigt ein, Mädels.«

Er sagte das mit so einer Inbrunst, dass ich lachen musste. Genauso wie Charlie.

»Den Auftritt hast du vorher einstudiert, oder?«

»Klar, ich bin ungefähr fünfzig Mal vor den Roten Hirsch vorgefahren und dein Mann musste die weibliche Rolle spielen.«

»Spinner«, lachte Charlie. »Aber wundern würde es mich ehrlich gesagt nicht. Vik, hast du was dagegen, wenn ich vorne sitze?«

»Natürlich nicht«, sagte ich schnell, da mir das Angebot sehr gelegen kam.

Die Fahrt verging wie im Flug. Charlie und Ian unterhielten sich in einer Tour. So musste ich einfach nur zuhören und konnte mich entspannen. Wenig später erreichten wir den Parkplatz des Wildtiergeheges. Außer uns parkten noch zwei weitere Autos. Schon von hier aus konnte man die verschiedenen Gehege erkennen. Daneben stand ein Haus aus Holz, das ein wenig an ein verwunschenes Hexenhaus erinnerte. Drinnen brannte Licht.

»Wie viele Tiere gibt es hier eigentlich?«, fragte Ian.

Charlie zog die Schultern hoch. »Das weiß ich gar nicht genau. Aber es sind eine Menge, so viel kann ich dir schon mal verraten.«

In diesem Moment ging die Tür auf und eine lachende Silvia Reimann nahm uns in Empfang.

»Schön, dass ihr hier seid. Ich habe gerade Tee aufgesetzt, nachdem ich den ganzen Mittag über draußen war. Darf ich euch zu einer Tasse einladen oder wollt ihr erst eine Runde durchs Gehege?«

Da wir nicht unhöflich sein wollten, entschieden wir uns einstimmig für den Tee und im Anschluss für einen Rundgang. Außerdem gab es mit Sicherheit drinnen ebenfalls eine Menge zu sehen. Die Inneneinrichtung passte perfekt zum Rest des Hauses. Es war urig und wahnsinnig gemütlich. Im Kamin brannte ein Feuer und in der Küche hingen unzählige getrocknete Kräuter, die einen würzigen Duft verströmten. Natürlich durften die Tiere nicht fehlen. Katzen, zwei Hunde und … ein kleines Wildschwein?

»Wer ist das denn?«, fragte ich und konnte plötzlich nicht mehr an mich halten. Mit großen Augen betrachtete ich das braune Bündel mit den karamellfarbenen Streifen.

»Das ist Fridolin. Man fand ihn verwaist am Straßenrand. Wir vermuten, dass er von seiner Rotte getrennt worden ist. Seitdem hat Nala, unsere Hündin, ihn quasi adoptiert.«

»Hallo, mein Kleiner«, begrüßte ich den Frischling verzückt, der mir prompt auf den Schoß kletterte. Sofort wurde ich auf mögliche Leckereien inspiziert. Auch Nala, die schwarze Hündin und Ziehmama, forderte ihre Streicheleinheiten.

Während die Truppe ihren Tee trank, befasste ich mich ausschließlich mit Fridolin und seiner süßen Steckdosennase. *Schockliebe.* Anders konnte ich das nicht bezeichnen. Ich hatte schon ausgewachsene Tiere gesehen, aber so ein kleines Schwein war mir nie über den Weg gelaufen.

»Ich würde sagen, Vik hat ein neues Haustier«, schmunzelte Charlie und trank von ihrem dampfenden Tee.

»Unheimlich gerne, aber ich glaube, Jasmin und Sebastian würden mir etwas anderes erzählen, wenn ich mit einem Frischling nach Hause käme.«

Bei der Vorstellung musste ich grinsen.

»Ich kenne da jemanden, der würde sich sehr freuen.«

»O ja, ich auch. Meine kleine Nichte Emma«, erklärte ich Silvia, die uns fragend musterte.

Erkenntnis trat in ihre grauen Augen. »Die habe ich bei meinem letzten Einkauf kennengelernt« erzählte sie und schenkte uns Tee nach. Dabei hatte ich meine Tasse noch nicht mal halb leer getrunken. »Wenn ihr wollt, könnt ihr die Kleine das nächste Mal mitbringen.«

»Das wäre toll«, sagte ich und fütterte Fridolin mit einem Stück Apfel, was er mit einem zufriedenen Schmatzen quittierte.

*

Ian

Dieser Ausflug war eine richtig gute Idee gewesen. Ich erkannte Vik kaum wieder, wie sie da unten auf dem Boden vor dem Kamin saß, mit Fridolin auf dem Schoß. Dieser kleine Racker vollbrachte Wunder. Ich glaubte, ich hatte sie noch nie so viel an einem Stück lachen sehen. Am liebsten hätte ich mich dazu gesetzt und sie in den Arm genommen. Aber das ging natürlich nicht.

Vik wirkte geradezu schwerelos, als hätte man ihr ein tonnenschweres Gewicht von den Schultern genommen. Was es auch war, es stand ihr gut, dieses unbeschwerte Lachen. Ich wünschte, ich würde sie häufiger so erleben. Wir beendeten unsere zweite Runde Tee, dann ging es hinaus in den Schnee. Ein Hund begleitete uns. Fridolin blieb mit Nala im Haus. Was dann folgte, war wirklich beeindruckend. Eine private Führung durch ein Wildtiergehege. Wann erlebte man so etwas schon?

Silvia Reimann besaß insgesamt zehn Gehege, die einen größer, die anderen kleiner, mit jeweils verschiedensten Wildtierarten. Sie führte uns über die verschneiten Wege und schon nach kurzer Zeit verlor ich die Orientierung. Dieses Grundstück war viel weitläufiger, als es von außen vermuten ließ, und glich einem Irrgarten. Als Erstes lernten wir Fridolins Artgenossen kennen.

»Das wird Fridolins zukünftige Familie«, erklärte Silvia und deutete auf die drei anderen Schweine, die in der Erde nach Nahrung suchten. Das ganze Gelände glich einem Acker.

»Wildschweine können nicht mehr ausgewildert werden, oder?«, fragte Charlie.

»Leider nicht. Sie würden immer wieder die Nähe zu Menschen suchen, in der Erwartung auf Futter.«

»Na, diese Lektion beherrscht der Kleine ja schon vom Feinsten«, schmunzelte Vik.

Silvia stieß einen Seufzer aus. »Mein Mann meckert auch immer, dass ich ihn viel zu sehr verwöhne. Das nimmt kein gutes Ende. Ich weiß es jetzt schon.«

Im weiteren Verlauf sahen wir Füchse, eine große Vogelvoliere mit den verschiedensten Vogelarten, Eichhörnchen und sogar Otter. Meine persönlichen Favoriten, nach Fridolin natürlich, waren jedoch die Waschbären. Die kleinen Verbrecher waren regelrechte Ausbruchskünstler, wie Silvia erzählte. Immer wieder kamen die Witzbolde auf neue Ideen. Am Ende des Grundstücks lag das Rehgehege. Es gab einen großen Stall und eine riesige Wiese, auf der ich das Rotwild schon von Weitem sah.

»Euer Paul hat sich super gemacht. Gestern war er das erste Mal draußen. Heute mit dem Schnee ist mir das Ganze allerdings noch zu gefährlich.«

Während Charlie Silvia weiter mit Fragen löcherte, ließ ich mich auf Viks Höhe zurückfallen.

»Wie findest du es?«

Vik geriet regelrecht ins Schwärmen. »Herrlich. Ein richtiges Kleinod. Silvia tut so viel Gutes. Ohne sie und ihren Mann wären all diese Tiere verloren.«

»Das stimmt. Sag mal, ist dir kalt?«

Ich betrachtete sie genauer und kämpfte gegen den innerlichen Drang, ihr meine Jacke über die Schultern zu legen. So wie ich Vik kannte, wäre es das Letzte, was sie gewollt hätte.

»Nein, alles gut. Wieso?«

»Du wirkst so. Außerdem sind deine Ohren feuerrot.«

Vik seufzte und fasste sich an den Kopf. »Ja, da war ich schon immer empfindlich. Eigentlich wollte ich mir längst eine neue Mütze und Handschuhe besorgt haben, aber irgendwie …«

»Was ist denn mit der Mütze, die bei uns im Laden lag?«, fragte Charlie, die in diesem Augenblick zu uns stieß und die letzten Worte aufgeschnappt hatte.

»Ja, die wollte ich. Aber jemand anderes war schneller.«

»Wieso orderst du nicht nach?«, fragte ich.

»Keine Chance. Erika ist aktuell total ausgelastet.«

Erika war dann wohl die Dame, welche die Mützen herstellte. Im Geiste machte ich mir eine Notiz. Ich wusste schon in etwa, was ich Vik zu Weihnachten schenken wollte, aber man konnte nie genug Ideen haben.

»Wo ist eigentlich Silvia?«

»Sie schließt uns die Tür von innen auf«, sagte Charlie. »Die Tiere sind Fremde in ihren Boxen nicht gewohnt.«

Da ging auch schon die Tür auf. »Immer hereinspaziert. Bitte verhaltet euch leise und möglichst keine hektischen Bewegungen.«

Das ließen wir uns natürlich nicht zwei Mal sagen und betraten vorsichtig den Stall. Drinnen roch es wunderbar nach Heu.

»Riechst du das?«, flüsterte Vik und sah sich um.

»Das frische Heu?«

Sie nickte und musterte mich mit funkelnden Augen. Mein Herzschlag wurde um einiges schneller. Verdammt! »Ich mag das total.«

»Ich auch«, gab ich zu. »Erinnert mich immer so an Spätsommer.«

»Genau das habe ich auch gedacht.«

Meinte ich das nur, oder waren wir uns plötzlich wieder näher?

»Aktuell haben wir nur drei Tiere im Stall. Die anderen sind alle im Freien. Das ändert sich erst wieder im Frühjahr. Dieses Jahr hatten wir allein zehn Rehkitze.«

Ich staunte nicht schlecht. »Zehn Stück? Und was macht ihr mit den ganzen Jungtieren?«

Silvias Stirn legte sich in Falten. »Das ist nicht ganz leicht, aber wir versuchen so viele wie möglich auszuwildern. Leider gelingt das nicht immer. Viele gewöhnen sich zu sehr an den Menschen.«

»Verstehe.«

»Es wird euch sicherlich freuen zu hören, dass Paul bereits Anschluss gefunden hat.«

»Anschluss?«, fragten Vik und ich aus einem Mund. Wir schauten uns an, dann mussten wir grinsen.

»Ganz recht. Seht selbst.«

Wir gelangten an eine Box, die aussah wie aus einem Pferdestall. Durch die Gitterstäbe konnte man einen Blick ins Innere werfen. Zwei Tiere waren darin. Eins von beiden hatte einen riesigen Verband am Hinterlauf. Das war dann wohl Paul. Aus großen Augen sah er uns an. Charlie stieß einen Laut der Verzückung aus, während ich plötzlich Viks Hand an meiner spürte. Erst war ich so perplex, dass ich mich nicht rührte, dann schlossen sich meine Finger um ihre. Ich wagte nicht hinzusehen, genoss einfach nur das Gefühl ihrer Haut.

»Hallo, Süßer«, begrüßte Charlie den jungen Bock. »Und wer ist das daneben?«

»Das ist Lolita. Wir wissen bis heute nicht, wie sie da rein gekommen ist. Eines Morgens stand sie bei Paul in der Box.«

»Wenn das mal keine Liebe ist«, scherzte ich.

Silvia nickte. »Auf jeden Fall. Seitdem sind die beiden ein Herz und eine Seele.«

»Wie schön«, sagte Vik und klang dabei ganz verträumt.

In diesem Augenblick lief Paul ein paar Schritte. »Wow, das sieht ja schon richtig gut aus.«

»Finde ich auch«, stimmte Vik zu. »Wann kann er wieder in die Freiheit?«

»Das kommt auf die Wundheilung an, aber ich bin da positiv gestimmt.«

»Das ist auch dein Werk«, sagte Vik und drückte meine Hand. »Wärst du nicht gewesen, wäre er vielleicht verblutet.«

»Einigen wir uns darauf, dass wir ein super Team waren.«

Sie schenkte mir ihr schönstes Lächeln. »Einverstanden.«

*

Viktoria

Wir blieben noch ungefähr eine Stunde im Wildtiergehege, dann machten wir uns langsam auf den Heimweg. Was für eine Erfahrung. So viel Zufriedenheit hatte ich lange nicht mehr gefühlt. Mir war klar, dass Leid und Glück an so einem Ort oft nahe beieinander lagen. Aber es war gut, dass es Menschen wie Silvia gab. Sie machten die Welt zu einem besseren Ort. Wieso also nicht etwas dazu beitragen? Zum Schluss hatte ich sie daher gefragt, ob sie nicht mal ab und an Hilfe gebrauchen konnte.

»Aber natürlich, Liebes. Melde dich gerne bei mir. Hier gibt es immer genug zu tun. Mein Mann und ich würden uns freuen.«

Und genau das würde ich tun. Ich hatte es mir fest vorgenommen. Mit mir und der Welt ein Stück mehr im Reinen schaute ich aus dem Autofenster. Wir waren auf dem Heimweg und der Himmel hatte sich bereits dunkel gefärbt. Im Radio lief *Last Christmas* von *Wham!*. Eigentlich mochte ich den Song nicht besonders. Jedes Jahr wurde er rauf und runter gespielt. Und da in der Küche im Roten Hirsch eigentlich immer das Radio lief, hatte ich dieses Lied gefühlt zehn Mal am Tag gehört. Jedes einzelne Wort konnte ich auswendig. Als hätte Ian meinen Gedanken gelauscht, drehte er das Radio ein wenig lauter.

»Ich liebe diesen Song!«, lachte Charlie.

»Ich auch!«, grinste Ian, woraufhin ich mit den Augen rollte. Wieso wunderte mich das nicht? Der harte Typ mit den unzähligen Tattoos stand auf *Wham!*. »Das ist das erste Mal in diesem Jahr, dass ich es höre.«

»Und nicht das letzte Mal«, brummte ich, woraufhin sich Ian kurz zu mir umdrehte. »Komm schon, kleiner Schmollmund! Du liebst ihn auch. Ich weiß es.«

Hatte er gerade allen Ernstes Dori aus *Findet Nemo* zitiert? Ja, hatte er. Jetzt konnte auch ich mir nicht länger ein Grinsen verkneifen. Der Typ war unmöglich. Zu allem Überfluss begann Charlie in den schiefsten Tönen mitzusingen. Wo war der Notausstieg? Mit verschränkten Armen hörte ich dabei zu, wie sie sich beide nur so übertrafen. Mein armes Gehör. Dennoch konnte ich mich nicht dagegen wehren, dass ich die Melodie bereits mitsummte.

»Komm schon, Vik«, forderte Ian mich auf. Seine Augen funkelten. So ausgelassen und kindisch hatte ich ihn noch nie erlebt. Ich musste zugeben, dass es mir gefiel. So wie eigentlich alles an ihm. Das war ja gerade das Problem.

»Zeig uns deine Goldstimme.«

Charlie lachte auf. »Goldstimme? Bei Vik sind in der Küche regelmäßig die Gläser zu Bruch gegangen.«

Ich richtete mich empört auf. »Wie bitte?!«

Charlie räusperte sich. »Habe ich mal gehört.«

Ich musste zugeben, dass mich ihre Worte ein wenig anstachelten. Denn wenn ich eins an mir mochte, dann war es meine Stimme. Nur kaum einer kannte sie. Wieso auch?

»Beweise uns das Gegenteil.«

Ich seufzte. »Du lässt nicht locker, oder?«

Ian schüttelte vehement den Kopf und mein Herz geriet ins Stolpern. Da drehte Charlie das Radio wieder lauter und ich begann zu singen. Bei der Lautstärke war es leichter als angenommen, da ich von der Stimmung automatisch mitgerissen wurde. Doch kurz bevor der Refrain einsetzte, stellte sie es so leise, dass es nur meine Stimme war, die das

Wageninnere füllte. Ich wollte bereits abbrechen, aber irgendetwas in Ians Blick hielt mich davon ab.

»Last Christmas I gave you my heart …«

Meine Stimme wurde nach und nach immer sicherer. Zeile um Zeile wurden Ians Augen größer. Damit hatte er offenbar nicht gerechnet. Dann erschien ein stolzes Lächeln auf seinen Lippen und unsere Blicke verhakten sich kurz ineinander. Es ging mir durch und durch. Mit einem Mal wurde mir bewusst, wie sehr sich mein Leben verändert hatte, seit ich ihm begegnet war. Wie viel ich erreicht hatte. Auch durch seine Hilfe. Nicht nur einmal war ich über meinen Schatten gesprungen. Es war mir gelungen, ein gutes Verhältnis zu Charlie aufzubauen, zu Emilia … sogar zu Patrick. Ich hatte im Roten Hirsch gekellnert. Ich hatte zusammen mit Ian einem Reh das Leben gerettet. Ich hatte für Ian gekocht …

Ganz automatisch begann ich meine eigenen Prinzipien zu hinterfragen und darüber nachzugrübeln, wie es wohl wäre, das Ganze ein wenig lockerer anzugehen. Ob Ian und ich wirklich eine Chance hätten? Es wäre mit Sicherheit nicht leicht. Wir hatten beide unser Päckchen zu tragen. Aber wenn ich nur mal kurz davon ausging … Er und ich … Der Gedanke war weniger furchteinflößend als bisher angenommen. Wärme füllte meinen Bauch, während Charlie das Radio wieder lauter drehte und wir alle drei lauthals die letzten Zeilen von *Last Christmas* mitsangen.

KAPITEL 11

Ian brachte erst Charlie nach Hause, dann mich. Die Stimmung zwischen uns war so gut wie lange nicht mehr und ich fühlte mich äußerst wohl. Dabei lief mein Gehirn im Hintergrund auf Hochtouren. Wie gern hätte ich mit Ian über meine Gefühle gesprochen, aber ich traute mich noch nicht so ganz. Immerhin hatte ich ihm letztens gesagt, dass ich nur Freundschaft wollte … Ich wollte nicht, dass er mich für sprunghaft hielt oder schlimmer … Dass er dachte, dass ich mit seinen Gefühlen spielte. Wieso musste alles immer so kompliziert sein? Dabei hatte ich mir das Ganze selbst eingebrockt. Ich war es, die ihr Leben erst einmal auf die Reihe bekommen wollte. Aber was sagte das aus? Eine Wohnung? Eine feste Arbeitsstelle? Es könnten Monate bis dahin vergehen. Hatte ich einfach nur Angst gehabt? Angst, irgendetwas falsch zu machen? Angst, verletzt zu werden? Ganz klar: *ja.* Aber was war die Alternative? Vielleicht musste ich etwas riskieren … Noch einmal über meinen Schatten springen …

»Was ist los?«

Ich schreckte aus meinen Gedanken hoch und strich mir eine verirrte Strähne aus dem Gesicht. »Was meinst du?«

»Genau das?«

Er deutete auf meine Haare. »Das tust du immer, wenn dich etwas innerlich beschäftigt.«

Ich blinzelte. So gut konnte er mich lesen?

»Ja, so gut kenne ich dich bereits«, antwortete er lächelnd und es ging mir durch und durch. Wenn das kein Zeichen war. Jetzt oder nie. Also überwand ich die Scheißangst, die meinen Puls zum Rasen brachte, und öffnete den Mund. »Ian, ich …«

Da klingelte sein Handy. Es klang laut und schrill in der Stille des Wagens. Er schien nicht dran gehen zu wollen, sondern wartete, dass ich weiter sprach.

Ich stieß die Luft aus, enttäuscht und gleichermaßen erleichtert. »Willst du nicht abnehmen?«

»Aber …«

»Kein Ding«, sagte ich, in der Hoffnung, das Teil würde endlich Ruhe geben. Tat es aber nicht. »Wir sprechen gleich. Vielleicht ist es wichtig.«

»Okay.«

Ohne hinzusehen, nahm er ab. Im Nachhinein wünschte ich mir, ich hätte ihn daran gehindert.

»Hallo?«

»Hi, hier ist Jacky«, schallte Jaquelines Stimme laut durch die Freisprechanlage. Ich verkrampfte in meinem Sitz und sämtliche Wärme, die ich bis eben empfunden hatte, verschwand. Ian schien es zu spüren und warf mir einen unsicheren Blick von der Seite zu. Ich erwiderte ihn nicht.

»Was gibt´s?«

»Ich wollte fragen, wann wir uns nächste Woche treffen. Ich kann es ehrlich gesagt kaum erwarten.«

Shit! Ging es eigentlich noch schlimmer? Dabei war es gar nicht Jacky, auf die ich sauer war oder auf Ian. Sondern auf mich. Ich war zu spät und es war meine eigene Schuld. Dabei war der Zeitpunkt nebensächlich. Ich hatte mir etwas vorgemacht. Hatte ich wirklich geglaubt, mit Ian eine Beziehung eingehen zu können? Wie naiv war ich bitte schön? Zum Glück passierten wir in diesem Augenblick die Hofeinfahrt zu Gut Eichentor. Ich konnte es kaum erwarten, hier rauszukommen. Der Wagen kam zum Stehen. Kurz angebunden verabschiedete ich mich und sprang hinaus. Ich hörte noch, wie Ian Jacky auf später vertröstete und dann auflegte. Kurz danach hatte er mich schon eingeholt.

»Vik, warte bitte!« Sein Atem ging schwer, aber ich konnte nicht weiter darauf achten. Ich musste weg hier, denn ich spürte bereits, wie ich kurz davor war, die Fassung zu verlieren. Ein eiserner Ring legte sich um meinen Brustkorb. Das Atmen fiel mir schwer. Unter keinen Umständen wollte ich, dass Ian mich so sah.

»Bitte, Ian. Fahr einfach.«

»Wenn du denkst, ich lasse dich so gehen, dann kennst du mich aber schlecht. Also, was ist los?«

Und schon waren sie da, die Tränen. Hastig wischte ich sie weg, bevor ich mich umdrehte. »Nichts, es ist alles in Ordnung.«

Plötzlich wurde er ganz ruhig. »Das sieht aber nicht so aus.« Er hob die Hand und wischte eine Träne, die mir wohl entgangen war, beiseite. Ich wollte mich abwenden, aber er hielt mich davon ab.

»Geht es um Jacky?«

»Nein.« Obwohl ich mir sicher war, dass er wusste, dass es eine Lüge war, ging er nicht weiter darauf ein.

»Was ist es dann? Ich verstehe es nicht.«

Ich verstand es ja selbst nicht. Was ich jedoch wusste, war, dass ich Ian mit meinem Verhalten nicht guttat. Also traf ich eine Entscheidung. Eine, die schon längst überfällig war.

»Ich denke, es ist besser, wenn wir uns in der nächsten Zeit nicht mehr sehen. Privat, meine ich.«

Ian wirkte, als hätte ich ihn geohrfeigt.

»Das meinst du nicht ernst, oder? Wenn es um Jacky geht, da läuft nichts …«

Ich hob die Hand. Selbst wenn es so wäre, würde es mich nichts angehen. Ian sollte sein Glück finden. Ich wünschte es ihm sogar.

»Es geht nicht um Jacky. Es geht hier allein um mich. Ich kann das nicht mehr.«

Er trat einen Schritt zurück, als würde er ahnen, worauf ich hinauswollte. »Was kannst du nicht mehr?«

Es tat mir unheimlich weh, die folgenden Worte auszusprechen, aber ich wusste keinen anderen Ausweg. »Mit dir befreundet sein.«

Etwas in Ian zerbrach. Ich konnte es in seinen Augen sehen.

»Es liegt nicht an dir …«

»Bullshit!«, sagte er und seine Stimme klang gepresst. »Das sind doch alles nur Ausreden.«

Ich runzelte die Stirn. »Ausreden?«

»Ja, Ausreden«, zischte er. »Weil du spürst, dass da mehr ist als nur diese Freundschaft. Du hast Schiss. Nicht mehr, nicht weniger. Und jetzt wirfst du sogar das weg. Aber gut, wenn es das ist, was du willst.«

Er hielt kurz inne, als wollte er mir Gelegenheit geben zu widersprechen, aber ich blieb stumm wie ein Fisch, völlig überfordert von der Situation.

»Du hast gewonnen. Von nun an lasse ich dich in Ruhe.«

»Ian, ich …«

Er hob schützend die Hände. »Lass gut sein.«

Damit ließ er mich stehen, stieg in sein Auto und fuhr davon.

*

Die Tage ohne Ian fühlten sich leer an. Erst da merkte ich so richtig, wie sehr er meinen Tagesablauf gefüllt hatte. Die Telefonate, die täglichen Nachrichten, die gemeinsamen

Treffen, die unbeschwerten Gedanken an ihn. Es war nicht so, dass ich weniger an ihn dachte. Mein Kopf war voll von ihm. Ich fragte mich, wie es ihm ging. Wie die Vorbereitungen fürs Weihnachtsdinner liefen. Beim letzten Meeting hatte ich mich bei Emilia krank gemeldet. Ich hatte es einfach nicht über mich gebracht, dort aufzukreuzen und so zu tun, als sei nichts geschehen. Beim Weihnachtsdinner würde ich natürlich trotzdem anwesend sein, aber bis dahin wollte ich es tunlichst vermeiden, Ian über den Weg zu laufen. Ob er und Jacky sich mittlerweile getroffen hatten? Ich versuchte, nicht allzu sehr darüber nachzudenken. Dabei war es wenig hilfreich, dass ich Jacky jeden Tag im Laden meiner Schwester sah. Daher beschränkte ich den Kontakt auf ein Minimum und zog mich noch mehr zurück als sonst. Für private Gespräche blieb sowieso kaum Zeit, da so viel zu tun war.

Die Tage verflogen, ohne dass ich wirklich etwas davon mitbekam. Mittlerweile war es Anfang Dezember und wie üblich verbrachte ich meine Pause allein. Ich brauchte das. Nach dem Trubel im Laden war die Stille auf dem Hof eine wahre Wohltat. Die letzte Woche hatte es ordentlich geschneit und der Schnee schien jedes Geräusch zu schlucken. Mit meinem Kaffee in der Hand verzog ich mich zu den Rindern. Die Tiere standen bei dem Wetter im Offenstall, gebettet auf einer dicken Matte aus Stroh. Gedankenverloren beobachtete ich sie dabei, wie sie mit ihren langen Zungen das Heu vom Boden aufklaubten. Es roch herrlich frisch und erinnerte an die vergangenen Sommermonate.

»Hier bist du.«

Ich hob den Blick und sah Charlie auf mich zukommen, den runden Bauch unter dem Wintermantel verborgen. In ihrer Hand hielt sie eine Dose.

»Was gibt´s?«

»Ich dachte mir, du könntest eine kleine Stärkung vertragen.«

Zeitgleich öffnete sie den Deckel und hielt mir eine Metalldose voll Vanillekipferl unter die Nase. Sofort lief mir das Wasser im Mund zusammen.

»Du hast gebacken?«

»Klar.«

»Das sind meine Lieblingskekse.«

Charlie lächelte. »Ich weiß. Nimm schon.«

»Danke«, sagte ich und schnappte mir direkt zwei von den süßen Leckereien. Bei diesen Keksen hatte ich nie widerstehen können. »Aber die hast du jetzt nicht extra für mich gebacken, oder?«

»Ich war sowieso gerade dabei. Da habe ich einfach ein paar mehr gemacht.«

Genüsslich schloss ich die Augen, als ich den ersten Bissen probiert hatte. »Die sind echt gut.«

»Ich hoffe, die können dich etwas aufmuntern«, sagte Charlie und setzte sich zu mir auf den Heuballen.

Sie schloss die Dose und reichte sie mir.

Meine Augen wurden groß. »Alle für mich?«

»Natürlich.«

»Aber so schlecht geht es mir gar nicht«, wandte ich ein, woraufhin mich Charlie mit hochgezogener Augenbraue musterte. Ich knickte schneller ein, als mir lieb war. »Okay. Vielleicht läuft aktuell nicht alles so super. Aber ich bekomme das hin. Irgendwie.«

»Glaub mir, diese Situation kenne ich nur allzu gut. Damals … kurz bevor ich herzog, ging bei mir gefühlt auch alles den Bach runter.«

Ich hielt in meiner Kaubewegung inne. »Und was hast du dagegen getan? Es ist wie verhext. Alles, was ich anpacke, geht schief.«

Ein schelmisches Grinsen breitete sich auf ihren Zügen aus. »Du kennst die Antwort.«

Mir schwante Böses. »Du sprichst jetzt aber nicht wieder von dieser ominösen Quelle, oder?«

»Ganz genau von der. Es hat mir damals wirklich sehr geholfen. Was hast du zu verlieren?«

Ich dachte angestrengt darüber nach. Irgendwie musste ich aus dieser Nummer wieder rauskommen. Leider fiel mir nichts ein.

»Nichts.«

»Na also.«

Ich wusste, ich würde die Frage bereuen. »Wie lange läuft man denn dorthin?«

»Nicht lange.«

»Das heißt?«

»Ein ausgiebiger Spaziergang, mehr nicht.«

»Das traust du dir zu?« Charlie war hochschwanger. Ich wollte nicht, dass sie sich überanstrengte. Diese musterte mich jetzt, als hätte ich sie persönlich beleidigt. Ich hob abwehrend die Hände. »Ich habe nichts gesagt.«

»Natürlich traue ich mir das zu. Außerdem macht sie bestimmt eine Ausnahme für mich.«

Ich runzelte die Stirn. »Wer?«

»Na, die Quelle.«

Ich räusperte mich. »Wie genau meinst du das jetzt?«

»Sie zeigt sich immer woanders.«

»Ah ja …«

»So habe ich auch reagiert, als Patrick mir davon erzählt hat. Du wirst es selbst erleben. Wann wollen wir los?«

Ich überging die Tatsache, dass sie die Quelle mit einem lebendigen Wesen verglichen hatte, mit einem Lächeln. »Mir egal. Schlag was vor.«

»Was hältst du von diesem Wochenende? Patrick ist auf einer Fortbildung und ich habe sowieso keine Lust, allein zu Hause rumzuhocken.«

»Schön, dann also diesen Sonntag.«

Charlie lächelte selbstzufrieden. Irgendetwas störte mich daran, aber ich konnte nicht sagen, was es war.

»Ich kann es kaum erwarten.«

KAPITEL 12

Ian

In Stuttgart war mächtig was los. Die Stadt glich einem Ameisenbau. Ein weihnachtlicher Ameisenbau wohlgemerkt, denn überall funkelte und glitzerte es. Jeder schien auf der Suche nach dem perfekten Geschenk zu sein. Jacky hatte es bereits gefunden: ein Gutschein vom Tätowierer meines Vertrauens. Wir waren extra hingefahren. Ich kannte den Inhaber persönlich. Der war auf Monate ausgebucht und nahm eigentlich gar keine neuen Kunden mehr auf. Vorausgesetzt Jackys Freund stimmte zu, hatte er jetzt einen neuen Tätowierer. Mit meinem Besuch hatte ich also zwei Fliegen mit einer Klappe geschlagen. Jacky war glücklich und ich hatte meinen alten Kumpel endlich mal wiedergesehen. Wir hatten noch eine kleine Runde über den Weihnachtsmarkt gedreht, jetzt waren wir auf dem Rückweg und es ging nur langsam voran, so voll war es. Früher hatte ich das pulsierende Leben in den Städten geliebt, heute musste ich zugeben, dass ich die Ruhe auf dem Land bevorzugte. Auch wenn es Tage gab, an denen ich meine

Familie vermisste, so war es doch die richtige Entscheidung gewesen.

Jacky schlürfte lautstark an ihrem Gemüse-Smoothie. Ich hatte nie viel für dieses grüne Zeug übrig gehabt, aber wenn es ihr schmeckte … Jedenfalls klang es so. Eigentlich trieben mich solche Geräusche regelrecht in den Wahnsinn. Heute ließ mich selbst das kalt, denn meine Gedanken kreisten seit dem hässlichen Streit fast unaufhörlich um Vik. Wie konnte jemand nur so kompliziert sein? Ich war schon auf manch eigensinnigen Menschen getroffen, aber diese Frau schlug dem Fass den Boden aus. Trotz allem bereute ich mein Verhalten. Ich fühlte mich irgendwie … schuldig. Ich war wütend gewesen und hatte Dinge gesagt, die ich gerne zurückgenommen hätte. Dabei war sie es doch gewesen, die mich nicht mehr sehen wollte. Die unsere Freundschaft beendet hatte.

»Erde an Ian.«

»Hmm?« Ich seufzte. »Sorry, Jacky. Ich bin heute eine miese Begleitung.«

Sie tätschelte mir aufmunternd den Arm. »Wem sagst du das? Du reagierst nicht einmal auf meine Provokationen.«

Ich stutzte. »Welche Provokationen?«

»Na das hier.« Lautstark saugte sie an ihrem Pappstrohhalm. »Mein Freund würde mich dafür am liebsten jedes Mal töten.«

Ihre Worte brachten mich zum Lachen. »Du bist wirklich ne Marke.«

»Ich weiß, und dafür lieben mich alle.« Sie streckte mir die Zunge raus und offenbarte dabei ihr Piercing. »Aber jetzt mal im Ernst. Kann ich dir irgendwie helfen?«

Ich winkte ab. »Das ist lieb, aber mir ist nicht mehr zu helfen.«

»Ich weiß, genauso wenig wie Vik.«

Bei der Erwähnung ihres Namens versteifte ich mich. »Wie meinst du das?«

Jacky verdrehte die Augen. »Das fragst du nicht ernsthaft, oder?«

»Ich weiß nicht, was du meinst«, brummte ich und lief weiter.

»Du läufst hier herum, als wäre jemand gestorben, genauso wie Vik übrigens.«

Ich runzelte die Stirn. »Vik ist hier?«

Okay, die Frage hätte ich mir auch sparen können, aber wenn es um sie ging, konnte ich gerade einfach nicht klar denken. Zu Recht erntete ich ein weiteres Augenrollen.

»Nein. *Im Laden*. Und zwar schon die ganze Zeit. Da besteht nicht zufällig ein Zusammenhang?«

Ich grummelte etwas Unverständliches. »Keine Ahnung.«

»Du kannst es mir ruhig sagen. Oder geht das nicht, weil du so was wie mein Boss bist?« Ich legte den Kopf schief. »Zu deiner Information: Ich *bin* dein Boss.«

Sie zuckte mit den Schultern. »Wie auch immer.«

So viel zum Thema Respekt vor den Vorgesetzten. Was sollte es also? »Wir haben uns gestritten.«

»Und wieso redet ihr nicht miteinander?«

»Das ist … kompliziert.«

Jacky verschränkte die Arme. »Was ist bitte daran kompliziert?«

»Sie will mich nicht mehr sehen.«

»Hast du Scheiße gebaut?«

»Nein, habe ich nicht.« Jetzt verschränkte ich die Arme, aber Jacky lief einfach weiter und versenkte den leeren Becher in der nächsten Mülltonne.

»Na, dann musst du mit ihr reden. Denn so wie Vik aktuell drauf ist, ist sie alles andere als glücklich.«

Ihre Worte legten sich schwer auf meine Brust. Dennoch. So gerne ich Vik auch geholfen hätte, ich wusste nicht wie.

»Glaub mir, ich habe schon alles Mögliche versucht, aber sie blockt immer wieder ab.«

Jacky musterte mich und ihre Miene wurde weich. »Du magst sie wirklich, oder?«

Ich nickte. »Aber manchmal reicht das eben nicht.«

Während wir auf dem Weg zum Auto eine viel befahrene Straße überquerten, hakte sich Jacky bei mir unter. »Was hältst du davon, wenn wir am Wochenende etwas unternehmen? Damit du auf andere Gedanken kommst.«

»Glaub mir, im Restaurant ist genug zu tun.«

Sie stieß ein frustriertes Seufzen aus. »Was anderes als Arbeit. Etwas, das den Kopf frei macht.«

Meine Neugierde war geweckt. Die Idee war vielleicht gar nicht so verkehrt. »An was dachtest du?«

»An eine Wanderung.«

»Wandern?« Eigentlich war ich so gar nicht der Typ fürs Wandern, auch wenn ich es mochte, in der Natur zu sein. Wieso eigentlich nicht?

»Also schön.«

»Ehrlich?«, fragte sie, als hätte sie mit mehr Widerstand gerechnet. Ich nickte und Jacky klatschte in die Hände. Meiner Meinung nach freute sie sich etwas zu sehr, aber Jacky war halt oft anders als andere und genau das mochte ich so an ihr. »Das wird klasse! Außerdem bin ich dir noch was schuldig. Schließlich habe ich es dir zu verdanken, dass ich meinem Freund das perfekte Weihnachtsgeschenk machen kann.«

»Ich hoffe, das Studio sagt ihm zu.«

Jacky grinste breit. »Worauf du dich verlassen kannst.«

*

Viktoria

Der Sonntag zeigte sich von seiner besten Seite. Der Himmel war stahlblau und nicht eine Wolke war zu sehen. In der Nacht hatte es geschneit, sodass die Welt aussah, als hätte sie jemand mit Puderzucker bestreut. Schon als ich das Haus verließ, steigerte sich meine Laune um ein Vielfaches. Die Luft war kalt und klar. Tief sog ich sie in meine Lunge und schloss kurz die Augen. Dann setzte ich die Sonnenbrille auf und schulterte meinen Rucksack, der viel zu voll war. Aber da ich mit Charlie unterwegs sein würde, wollte ich auf alle Eventualitäten vorbereitet sein. Ja, Charlie war knallhart im Nehmen und Schwangerschaft war keine Krankheit, dennoch wollte ich lieber auf Nummer sicher gehen. Die dicke Thermoskanne, ein Haufen Snacks, ein Erste-Hilfe-Set und Kissen inklusive Wärmedecke, falls Charlie mal länger Pause machen wollte, sorgten dafür, dass ich aussah, als würde ich zu einer mehrtägigen Trekkingtour aufbrechen. Dabei wollte ich am frühen Nachmittag schon wieder zurück sein. Quelle hin, Quelle her. Hauptsache, Charlie übernahm sich nicht und wir hatten eine schöne Zeit. Zehn Minuten später erreichte ich Charlies und Patricks Haus. Sie wartete bereits mit Oskar auf mich. Ich wollte aussteigen und ihr helfen, aber sie hob nur die Hand.

»Du kannst es wohl kaum erwarten, was?«, fragte ich schmunzelnd. »Genau wie euer Hund.«

Charlie hatte kaum die Tür aufgemacht, da saß er auch schon auf dem Beifahrersitz. Er trug einen weinroten Mantel mit Teddyplüsch am Kragen, was unheimlich niedlich aussah.

»Oskar, da sitze ich!«

Mit einem Murren verzog er sich auf die Rückbank, während Charlie selbst einstieg.

»Ehrlich gesagt, ja. Patrick kümmert sich echt rührend um mich, aber manchmal meint er es einfach zu gut, wenn du verstehst, was ich meine.«

Sie zwinkerte mir zu.

»Er macht sich nur Sorgen«, sagte ich vorsichtig und wendete den Wagen.

»Ich weiß, aber es ist alles in Ordnung. Mir geht es gut und ich kann es kaum erwarten, dir die Quelle zu zeigen.«

»Die Quelle ist doch egal. Hauptsache, wir machen uns einen schönen Tag.«

»Da hast du vollkommen recht. Die Quelle besuchen wir trotzdem.«

Ich lachte angesichts von so viel Dickköpfigkeit. Konkurrenz machte ihr wohl nur Oskar. »Machen wir.«

*

Es dauerte nicht lange, da erreichten wir den Parkplatz. Wir waren nicht allein. Ein weiteres Auto parkte dort. Vielleicht Touristen. Als ich jedoch näher kam, drängte sich mir ein böser Verdacht auf. Meine Finger verkrampften sich um das Lenkrad. Dieses rote Auto kannte ich. Oskar bellte, als wollte er meine Vorahnung bestätigen.

»Sag mir bitte, dass es nicht das ist, wonach es aussieht.«

In diesem Moment klingelte Charlies Handy. Sie nahm sofort ab, als hätte sie auf den Anruf gewartet. »Jacky, schön, dass du dich meldest. Was? Nein. Erzähl!«

Langsamer als nötig und mit so viel Abstand wie möglich, hielt ich an.

Bitte nicht! Lass mich falsch liegen.

Natürlich tat mir niemand diesen Gefallen. Es war Ians SUV, der da stand. Und als wäre das nicht schon schlimm genug, stieg er genau in diesem Augenblick aus. Unsere Blicke trafen sich und als er mich erkannte, sah er exakt so aus, wie ich mich fühlte. Offenbar waren wir in eine Falle getappt.

»Du glaubst nicht, wer gerade neben uns parkt!«

Mein Kopf ruckte zu Charlie, die weiterhin so tat, als wüsste sie von nichts. Mit dem Telefon am Ohr stieg sie aus und ignorierte all meine tödlichen Blicke. Oskar folgte ihr. Was zum Teufel hatte sie sich dabei gedacht? Fieberhaft überlegte ich, was ich tun sollte. Ich konnte ja schlecht im Auto bleiben. Wut und Verzweiflung übermannten mich gleichermaßen. Ich hatte mich so auf diesen Tag gefreut. Da sah ich, wie Charlie Ian das Handy überreichte. Was um Himmels willen tat sie da? Ian musterte sie misstrauisch, dann nahm er das Smartphone entgegen. Kurzerhand stieg ich aus, um Charlie zur Rede zu stellen.

»Was macht Ian hier?«

Charlie zuckte mit den Schultern. »Keine Ahnung. Offenbar wollte er auch zum Wandern.«

Ich stemmte die Hände in die Hüften. »Was für ein Zufall, oder?«

»Ja, finde ich auch. Er war mit Jacky verabredet.«

Kurz geriet meine Wut ins Stocken. »Mit Jacky?«

»Ja, sie bat mich, ihm das Telefon zu geben. Ihr Auto ist liegen geblieben. Nun wartet sie auf ihren Freund.«

»Natürlich …« Erst verzögert kamen ihre Worte bei mir an. »Jacky hat einen Freund?«

»Sicher. Wusstest du das nicht?«

Nein, das hatte ich nicht gewusst. Mein Blick fiel auf Ian, der in einiger Entfernung telefonierte. Es änderte zwar nichts an der Gesamtsituation, dennoch erleichterte mich diese Information.

»Und wieso ruft sie dann nicht Ian an, sondern dich?«

»Das war purer Zufall. Ich habe sein Auto gesehen und bin ausgestiegen.«

Ich musterte Charlie, die aussah, als könnte sie kein Wässerchen trüben. Wieso nur glaubte ich ihr nicht?

»Sollen wir zu Jacky fahren?«

»Nein«, sagte sie und wirkte ein wenig zu gelassen. »Ihr Freund müsste jeden Moment da sein.«

Da kam Ian auch schon zurück und überreichte Charlie ihr Handy. Oskar war sofort zur Stelle und forderte seine Streicheleinheiten. Verräter!

»So ein Mist«, brummte Ian und ging in die Knie. »Das wars dann wohl mit der Wanderung. Hauptsache, es ist nichts Schlimmeres passiert.«

In mir keimte die Hoffnung auf, dass er wieder fahren würde, als Charlie sagte: »Eben. Wo wolltet ihr denn genau hin?«

Ian fuhr sich über die grobe Strickmütze, so als hätte er vergessen, dass er sie auf dem Kopf trug. Ein paar braune Strähnen lugten darunter hervor.

»Wir hatten kein bestimmtes Ziel«, meinte er.

»Dann komm doch einfach mit uns mit. Oder hast du was dagegen, Vik?«

Was sollte ich darauf bitte antworten außer: »Natürlich nicht …«

»Ich weiß nicht«, sagte Ian unschlüssig, ohne mich einmal anzusehen.

Charlie ließ nicht locker. »Was weißt du nicht?«

»Wolltet ihr nicht allein gehen oder so?«

»Das war der Plan, aber wandern kann man ja auch zu dritt. So rein theoretisch.«

Wenn man es pragmatisch betrachtete, hatte niemand mehr Lust auf diese Wanderung. Außer Charlie vielleicht. Nur wollte sich von uns keiner die Blöße geben, den jeweils anderen zu diskreditieren.

»In Ordnung«, gab Ian nach. »Dann hole ich mal meinen Rucksack.«

»Ich ebenfalls«, murmelte ich und konnte gar nicht schnell genug zum Auto kommen. Was für ein beschissener Tag! Und das sollte erst der Anfang sein.

*

Wie zu erwarten, war die Stimmung zwischen Ian und mir … frostig. Genauso wie die Landschaft, die uns umgab. Keiner verlor ein Wort, dafür plapperte Charlie für drei. So kam zumindest keine unangenehme Stille auf. Statt ständig auf Ians breiten Rücken zu starren, versuchte ich mich auf die Umgebung zu konzentrieren. Da wurde mir wieder bewusst, wie schön es hier eigentlich war. Der Schnee funkelte wie tausende Diamanten in der Sonne. Ein paar Wolken hatten sich angesammelt, was dem guten Wetter jedoch keinen Abbruch tat. Die kahlen Bäume wirkten wie eingefrorene Skulpturen in einem Meer aus Eis. Doch so leblos, wie es auf den ersten Blick schien, war es gar nicht. Ganz im Gegenteil. Wenn man aufmerksam hinschaute, bekam man sogar Tiere zu sehen. Einen Hasen hatte ich bereits entdeckt und jede Menge Vögel, die auf der Suche nach Nahrung waren. Nicht nur einmal wäre Oskar am liebsten losgeflitzt, aber Charlie hatte ihm vorsorglich die Leine angelegt. Jetzt lief er voraus, als wüsste er ganz genau, wo wir hinwollten.

»Was war eigentlich euer Ziel?«, sagte Ian plötzlich, als wäre ihm diese Frage eben gerade eingefallen.

Na super.

Er würde sich kaputtlachen, wenn er von der ominösen Quelle hörte. Charlie antwortete prompt.

»Wir suchen die Glücksquelle.«

»Die Glücksquelle?« Anstatt Belustigung hörte ich aufrichtiges Interesse in Ians Stimme.

»Ja, sie soll Viks Pechsträhne durchbrechen.«

Ich seufzte und suchte den nächsten Stein, unter dem ich mich verkriechen konnte. Als wäre es nicht schon schlimm genug, warf er mir einen kurzen, aber eindeutigen Blick über die Schulter zu. Sofort starrte ich zu Boden.

»Pechsträhne also? Wie sagt man so schön: Jeder ist seines eigenen Glückes Schmied. Ich finde, da ist was dran.«

Er redete weiterhin mit Charlie, aber ich wusste, diese Worte waren für mich bestimmt. Und sie trafen voll ins Ziel. Komischerweise reagierte ich dieses Mal ganz anders. Nicht verhalten, sondern wütend. Ich hatte mir das schließlich auch nicht ausgesucht. Im Gegenteil. Ich tat das nicht aus Spaß, sondern weil ich Ian beschützen wollte. Ja, der Streit war wirklich blöd gewesen und er hatte vollkommen recht mit dem, was er gesagt hatte. Aber irgendwann war auch mal gut. Und was machte er? Er hackte weiter auf mir herum. Hatte er sich damals nach dem Angriff professionelle Hilfe gesucht? Nein! Stattdessen hatte er einen neuen Job angenommen. Streng gesehen rannte er genauso vor seinen Problemen davon, wie ich es tat.

»Wer im Glashaus sitzt, sollte nicht mit Steinen schmeißen. Auch so ein toller Spruch, nicht wahr?«

Meine Stimme war schneidend und honigsüß zugleich. Eine Eigenschaft, die ich perfekt beherrschte. Meine kleine Warnung war offensichtlich angekommen. Ruckartig drehte er sich zu mir um. Dieses Mal wich ich seinem Blick nicht aus. Wenn er Streit haben wollte, konnte er den gerne haben.

»Leute, da ist es!«, rief Charlie laut und Oskar bellte.

»Was?«, fragte ich mürrisch.

»Der Pfad zur Quelle.«

Fast hätte ich es vergessen. Ich beschattete die Augen, dabei war die Sonne bereits hinter Wolken verschwunden. Der Schnee blendete trotzdem. So sehr ich mich auch bemühte, einen Pfad konnte ich nicht erkennen.

»Wo jetzt genau?«

»Na, da hinten.« Sie deutete mit dem Finger in Richtung Unterholz. Vielleicht war dort mal ein Tier entlang gestreift, aber ein Pfad war das mit Sicherheit nicht.

»Bist du dir sicher?«, fragte jetzt auch Ian.

»Natürlich bin ich das. Folgt mir. Los, Oskar! Such die Quelle.« Zielsicher steuerten sie los.

»Bitte, Charlie. Pass auf, wo du hintrittst.«

Himmel, ich klang schon wie meine eigene Großmutter. Natürlich hörte Charlie nicht auf mich und verschwand nach wenigen Metern hinter den Bäumen. Ich warf Ian einen besorgten Blick zu, dann folgten wir ihr. Na, das konnte ja heiter werden.

*

Die nächste Zeit liefen wir gefühlt nur geradeaus, einen unsichtbaren Pfad entlang, den nur Charlie und Oskar zu sehen schienen. Die Bäume wurden dichter. So dicht, dass selbst das Licht dahinter verschwand. Automatisch wurde es ungemütlicher. Ich fröstelte und kuschelte mich tiefer in meinen Schal. Keiner von uns sagte etwas. Einmal kamen wir an einer verlassenen Steinhütte vorbei. »Wer errichtet mitten im Wald eine Hütte?«, hatte ich gefragt, worauf Ian nur mit »Der Weihnachtsmann«, geantwortet hatte. Blödmann. Seitdem war die Stimmung vollends im Arsch. Keiner hatte mehr Lust, hier zu sein, nur Charlie ging stur ihres Weges. Sie schien geradezu versessen darauf, diese blöde Quelle zu finden. Irgendwann hielt ich es nicht mehr aus. »Wir sollten umdrehen oder zumindest eine Pause machen.«

Aber Charlie lief weiter. Nur der Beagle warf mir einen unsicheren Blick zu. Also blieb ich stehen. »Charlie?«

»Nur noch ein kleines Stück.«

Automatisch gingen alle Alarmglocken bei mir an. Ihre Stimme klang anders als vorhin. Wann hatte sie aufgehört zu reden?

»Okay, kein Problem. Bitte lass uns nur kurz eine kleine Pause machen. Mein Rücken tut furchtbar weh. Ich habe wohl doch zu viel mitgenommen.«

Endlich erhielt ich Unterstützung von Ian. »Ja, wieso nicht? Außerdem habe ich einen Mordshunger.«

Unser Plan schien aufzugehen. Charlie hielt an. Seufzend stemmte sie die Hände in den Rücken, als wäre ihr Bauch plötzlich doppelt so schwer. Das hatte ich noch nie bei ihr beobachtet. Wenn, dann hatte sie sich höchstens mal beschwert, dass der Bauch im Weg war. Mehr nicht.

»Eine Pause kann nicht schaden«, räumte sie schließlich ein und kam zu uns zurück. Ich versuchte, nicht zu geschockt auszusehen, sondern mich ganz normal zu benehmen. Charlie sah aus wie der Schnee, der uns umgab, und kleine Schweißperlen standen auf ihrer Stirn. Verdammte Scheiße. Ich riss ein paar doofe Witze und fragte Ian zum bevorstehenden Dinner aus, der zum Glück mitspielte. Währenddessen trank Charlie einen Tee und biss wie wir in eins der Brötchen, die ich am Morgen frisch belegt hatte. Selbstverständlich hatte ich auch an den Hund gedacht. Genüsslich verputzte er die mitgebrachten Leckerli.

»Die Brötchen sind gut«, sagte Charlie.

»Danke. Habe ich gestern noch gebacken«, erzählte ich und zog die Flasche mit dem Wasser hervor.

»Echt?«

»Ich dachte, das passt vielleicht ganz gut.«

»Auf jeden Fall.«

Ich atmete innerlich auf. So gefiel Charlie mir schon deutlich besser. Die Farbe war in ihr Gesicht zurückgekehrt, auch wenn sie insgesamt erschöpft wirkte. Ich fasste mir ein Herz. So wichtig ihr die Sache auch war. Heute war eindeutig Schluss.

»Es ist wirklich schön hier«, begann ich und trank einen Schluck Wasser. »Trotzdem sind wir schon ziemlich weit gelaufen. Was hältst du davon, wenn wir jetzt umdrehen? Wir setzen das ein anderes Mal fort, hmm?«

Ich rechnete fest mit weiteren Protesten, aber zu meiner Überraschung stimmte Charlie zu. »Vielleicht hast du recht. Wir könnten im Frühjahr noch mal gehen.«

Mir fiel regelrecht ein Stein vom Herzen. »Sehr gerne«, sagte ich, auch wenn ich glaubte, dass Charlie dann mit anderen Dingen beschäftigt war. Ich sah ihr dabei zu, wie sie die Tasse leerte und dann ihre eigene Trinkflasche hervorzog. Da kam mir eine Idee. »Als Entschädigung koche ich uns nachher etwas Schönes.«

Ihre Züge hellten sich auf. »Wirklich?«

»Ja, wieso nicht?«

»Nun … Ich dachte, du kochst nicht mehr.«

Wieso glaubten das alle? »Beruflich koche ich nicht mehr.«

Eine kleine Falte erschien auf ihrer Stirn.

»Ist das nicht das Gleiche?«

In diesem Moment segelte die erste Flocke den Himmel hinab und landete direkt auf Oskars Nase, der empört grunzte.

»Dasselbe habe ich sie auch gefragt«, meinte Ian und aß den Rest des Brötchens. Ein Stück Käse fiel dabei zu Boden. Nun ja, ob es überhaupt den Boden berührte, konnte ich nicht sagen, da Oskar zu schnell für meine Augen war.

»Also soll ich nun kochen oder nicht?«

»Gerne«, meinte Charlie und schraubte ihre leere Flasche zu. »Aber nur, wenn Ian dabei ist.«

»Wenn es Bratkartoffeln gibt«, meinte dieser und zauberte noch irgendwo ein weiteres Stück Käse hervor. Ich konnte nicht anders, als zu grinsen.

»Von mir aus auch Bratkartoffel. Hier, nimm mein Wasser«, sagte ich und reichte Charlie die volle Pulle.

»Und du?«

»Da hinten ist ein kleiner Bachlauf. Ich fülle die Flasche rasch auf, dann können wir los.«

»Danke.«

Eiligen Schrittes lief ich los und tauchte schon bald ins dichte Unterholz. Wo war dieser Bach gewesen? Die Orientierung fiel mir schwer. Jedes Mal hatte ich das Gefühl, der Wald sähe anders aus, fast schon ein wenig wie ein lebendiges Wesen. Belustigt über meine eigenen Gedanken schüttelte ich den Kopf. Es lag einfach an dem Schnee, der jetzt noch stärker vom Himmel fiel. Dabei hatte der Wetterbericht eigentlich etwas ganz anderes versprochen. Aber so war das manchmal hier. In einem Moment Sonne, im nächsten schon Regen. Oder eben Schnee.

»Da bist du ja«, murmelte ich erleichtert und entdeckte das Wasser zwischen mehreren Felsen. Hier standen die Bäume weiter auseinander. Es war eine Art Lichtung, durch den vielen Schnee jedoch nicht sofort erkennbar. Ich ging in die Knie und füllte die Flasche auf, während mein Blick über die Ansammlung von Steinen glitt, aus denen das Wasser zu kommen schien. Sie waren von Eis überzogen.

War das etwa …

Ich kam nicht dazu, den Gedanken zu Ende zu führen, als ich hörte, wie Ian meinen Namen rief. Sofort war ich auf den

Beinen, trank hastig einen Schluck und verschloss den Deckel. Danach machte ich mich auf den Weg zurück. Da tauchte er auch schon zwischen zwei Bäumen auf. Seine Mütze war komplett mit Schnee bedeckt.

»Vik, wir müssen uns beeilen.«

»Was ist los?«, rief ich.

»Wir müssen nach Hause. Charlie geht es wieder schlechter.«

»Shit. Wie kann das denn?«

Ian verzog das Gesicht. Ich konnte ihm die Gedanken förmlich von der Nasenspitze ablesen. Das Baby. Das konnte nicht sein. Es wäre viel zu früh …

»Lass uns einfach schauen, dass wir schnell hier wegkommen. Der Wetterumschwung … Das alles gefällt mir nicht.«

Leider kamen wir langsamer voran als gehofft. Das Wetter schien es dagegen eilig zu haben und wurde minütlich schlechter. Dicke Flocken klatschten mir ins Gesicht und der Wind wehte in jede Kleiderritze. Ich brabbelte in einer Tour, um Charlie irgendwie abzulenken. Dabei täuschte ich beste Laune vor, in meinem Inneren hingegen herrschte blankes Chaos. Hinzu kam, dass ich überhaupt keine Ahnung hatte, wo wir uns befanden. Es sah alles gleich aus. Wieder wurde mir bewusst, wie wahnsinnig leichtsinnig wir an die Sache herangegangen waren. Wir hätten niemals vom Hauptweg abweichen dürfen. Fairerweise musste aber gesagt werden: So etwas wie heute hatte ich noch nie erlebt. Wir waren im Schwarzwald und nicht in den Bergen. Ich konnte nur hoffen, dass Ian wusste, wohin wir liefen.

»Leute, ich kann nicht mehr«, sagte Charlie nach einer Weile. »Ich brauche eine kurze Pause.«

Ian hielt sofort an und drehte sich zu uns um. Er war vollkommen vom Schnee bedeckt. Da er vorauslief, bekam er auch das meiste ab. »Charlie, bitte versteh das nicht falsch, aber bei dem Wetter möchte ich nicht länger draußen bleiben als irgend nötig. Macht es dir was aus, wenn ich dich den Rest tragen? Es ist nicht mehr weit. Ich werde es auch keinem verraten.«

Er hob die Hand zum Schwur, was Charlie ein schwaches Lächeln entlockte. Immerhin. »Darfst du, aber wehe, Patrick erfährt davon.«

»Kein Sterbenswort«, versprach Ian.

»Ich nehme Ians Rucksack«, bot ich sofort an.

So kämpften wir uns weiter durch den Schnee. Ich versuchte, ruhig zu bleiben, aber dass sich die starke Charlie durch die Gegend tragen ließ, sagte mehr als tausend Worte. Obwohl Ian das zusätzliche Gewicht keine größeren Probleme zu bereiten schien, kamen wir immer langsamer voran. Mittlerweile war der starke Wind zu einem richtigen Sturm herangewachsen. Meine Zähne klapperten vor Eiseskälte und meine Gliedmaßen wurden zunehmend steifer. Hinzu kam, dass ich immer wieder auf Oskar Acht geben musste, der sich dicht an meine Beine drängte. Automatisch kamen mir die schlimmsten Gedanken in den Sinn. Wir mussten dringend raus hier. Dann, wie durch Zufall, entdeckte ich das Steinhaus zwischen den Bäumen.

»Da! Das Haus«, rief ich laut.

Ian hielt an, schien mich jedoch nicht verstanden zu haben.

»Das Haus vom Weihnachtsmann«, brüllte ich, da mir auf die Schnelle nichts anderes einfiel. Aber es erfüllte seinen Zweck. Ian nickte. Es hatte keinen Sinn, sich weiter durch die Wildnis zu kämpfen. Wir brauchten dringend einen Unterschlupf.

Beten wir, dass es nicht abgeschlossen ist.

*

Ian

Vik lief voraus. Ich sandte ein Stoßgebet zum Himmel, dass sie dieses Haus entdeckt hatte. Wir waren zwar auf dem richtigen Weg, aber bis zum Parkplatz würden wir es niemals schaffen. Der Wind brüllte uns mit der Stärke eines Sturms um die Ohren und es wurde immer kälter. Ich wusste nicht, wie lange Charlie das noch durchhalten würde, denn ihr schien es richtig mies zu gehen. Sie war weiß wie der Schnee, der uns umgab, und hatte die Augen geschlossen. Kleine Eiskristalle hingen an ihren langen Wimpern.

Während wir warteten, stellte Vik die Rucksäcke ab und begann die alte Holztür zu untersuchen. Sie rüttelte ein paar Mal am Türknauf, aber er bewegte sich nicht.

»Lass sie bitte nur klemmen«, murmelte ich und spürte die wachsende Panik in meiner Brust. Vik begann sich gegen das verwitterte Holz zu werfen, dann endlich gab es nach. Unendliche Erleichterung durchströmte mich, als wir hinein gingen. Drinnen roch es muffig und nach abgestandener Luft. Es schien Ewigkeiten keiner mehr hier gewesen zu sein. Aber es war zumindest trocken und der Schnee blieb draußen. Als Vik die Tür hinter sich schloss, hatte ich das Gefühl, mich in einem Vakuum zu befinden, so still war es mit einem Mal. Schummriges Licht fiel durch das vernagelte Fenster. Ich sah mich um und stellte fest, dass alles Wichtige vorhanden war. Eine Feuerstelle, eine Pritsche und eine Bank. Hier würden wir solange ausharren können, bis der Sturm vorbei war. Charlie stieß ein leises Stöhnen aus, während ich sie vorsichtig auf der Pritsche absetzte. Oskar, der sich offenbar ebenfalls große Sorgen machte, wich uns nicht von der Seite. Scheiße, das klang gar nicht gut! In meiner Karriere als Sanitäter hatte ich so manch schwangere Frau behandelt und das hier klang eindeutig nach … *Stopp!* Das durfte ich nicht einmal denken. Der Sturm würde sich beruhigen und wir würden Charlie rechtzeitig in ein Krankenhaus bringen.

»Willst du die Beine ein wenig hochlegen?«, bot ich an, während Charlie sich wie ein Ball zusammenrollte.

»Nein, danke …«

Ihre Stimme klang kurz und abgehackt. Bilder von Leila drängten sich in mein Gedächtnis, ohne dass ich es hätte verhindern können. Meine Hände begannen zu zittern. Ich schob es darauf, dass ich Charlie den ganzen Weg hierher getragen hatte, und konzentrierte mich auf das Brennen meiner Muskeln. Das half mir, im Hier und jetzt zu bleiben. Leila war nicht hier.

Mit dem Handy leuchtete Vik das Innere des Raums aus und brachte verstaubte Möbelstücke zum Vorschein. Ein Tisch mit zwei Hockern. Das war eindeutig eine Hütte für Jäger oder Wanderer gewesen. Irgendwann musste sie wohl von ihrem Besitzer aufgegeben worden sein. Trotz des Staubs wirkte alles gepflegt. Es war nur seit Ewigkeiten niemand mehr hier gewesen. Erschöpft ließ ich mich auf einen der Hocker nieder.

»Es gibt sogar ein paar Holzscheite!«

Vik klang, als wäre sie gerade auf einen Goldbarren gestoßen. Sie vergaß dabei nur ein winziges Detail.

»Wird uns leider wenig nützen …«

Wieder hörte ich Charlies leises Stöhnen. Das Zittern meiner Hände verstärkte sich automatisch und obwohl es kalt war, begann ich noch heftiger zu schwitzen. Ich hatte immer geglaubt, dass ich diesen Mist hinter mir gelassen hatte. Wie man sich doch täuschen konnte …

»Ich habe Streichhölzer dabei.«

Mit aller Macht konzentrierte ich mich auf Viks Stimme.

»Wieso hast du so etwas auf einer Wanderung dabei?«

Sie zuckte mit den Schultern. »Ich wollte eben auf alles vorbereitet sein.«

»Worauf? Auf ein Lagerfeuer?« Ich klang gereizt, dabei wollte ich das gar nicht.

»Nicht streiten, Leute«, sagte Charlie, die trotz ihres Zustandes mitzubekommen schien, wie sich die Situation zwischen uns erneut anspannte.

»Wie fühlst du dich?«, fragte Vik und ging vor Charlie in die Knie.

»Ganz okay …«

Vik musterte sie streng und es dauerte nicht lange, bis Charlie einknickte. »Ging schon mal besser.«

»Hast du starke Schmerzen?«

Sie nickte. Das war der Moment, in dem ich es richtig mit der Angst zu tun bekam. Verzweifelt kämpfte ich gegen den Kloß in meinem Hals an, scheiterte jedoch kläglich.

»Ian, hast du mittlerweile Empfang?«

Ich blickte hoffnungsvoll auf mein Handy, wurde aber enttäuscht. »Nein …«

Vik schaute ebenfalls auf ihr Smartphone, aber auch sie schien kein Signal zu haben. Ich stand auf und lief ein paar Schritte. Plötzlich kamen mir die schützenden Wände wie ein Gefängnis vor. Mein Puls legte noch mal einen Zahn zu.

»Denkst du, es sind Vorwehen?«, hörte ich Vik leise fragen.

Charlie sog die Luft scharf ein. »Möglich.«

Das war zu viel. Um meinen Emotionen Luft zu machen, schlug ich mit der Faust gegen die Tür. Ein sengend heißer Schmerz schoss mir den Arm hinauf, aber alles war besser als diese verdammte Panik.

»Ian!« Viks Stimme klang ängstlich.

»Sorry«, presste ich hervor und wandte mich verzweifelt dem Kamin zu. Ich beschloss, ein Feuer zu machen. Wenn die Temperatur weiter sank, würde die Panik bald mein kleinstes Problem sein.

»Wo sind die Streichhölzer?«

»Irgendwo im Rucksack …«

Vik reichte mir ihr Handy. »Leuchte mal.«

Im Schein der Lampe, die durch meine Hand bedenklich flackerte, packte sie alles ordentlich aus, um nichts zu übersehen. Was war ich bloß für ein Weichei! Vik sagte nichts zu dem Zittern, wofür ich ihr äußerst dankbar war. Ich wäre auch gerne so ruhig und besonnen gewesen, aber ich hatte das Gefühl, ein ganzes Ameisenvolk würde über mich hinwegkrabbeln. Also richtete ich die Aufmerksamkeit auf die verschiedenen Gegenstände.

»Was hast du bloß alles mitgenommen?«

»Wie gesagt, ich wollte vorbereitet sein«, antwortete Vik knapp. So hatte sie sich das bestimmt auch nicht vorgestellt.

»Hier, die Streichhölzer …«

Ich schnappte mir den kleinen Karton, froh darüber, endlich eine Aufgabe zu haben. Augenblicklich machte ich mich daran, das Feuer anzuzünden. Wenig später erhellte goldenes Licht das Innere der Hütte und es wurde schnell wärmer. Indes versorgte Vik Charlie mit Decke, Kissen und heißem Tee. Zu meiner Erleichterung trank sie ein paar Schlucke.

»Sag mal, hast du das irgendwie vorausgesehen, oder so?«, scherzte Charlie halbherzig und strich sich das wirre Haar aus der verschwitzten Stirn. Vik zuckte daraufhin hilflos mit den Schultern. »Ich dachte mir, falls wir mal eine längere Pause einlegen müssen. Ich wollte nicht, dass du frierst.«

Wieder einmal wurde mir bewusst, was für eine starke Frau Vik eigentlich war. Sie wusste gar nicht, wie souverän sie in dieser Situation rüberkam, dabei quälten sie bestimmt die gleichen Sorgen wie mich.

»Ach, Vik …« Sie stockte, als ein heftiger Schmerz sie schüttelte.

»Fuck, tut das weh.«

Okay, das waren definitiv Wehen. Ich traf eine Entscheidung.

»Das reicht jetzt. Ich gehe!«

Vik starrte mich fassungslos an. »Wie bitte?«

Wollte sie denn nicht verstehen? »Sie braucht einen Arzt!«

Angst blitzte in ihren schönen Augen auf. »Du kannst jetzt nicht da raus! Du wirst dich allerhöchstens verlaufen!«

»Dieses Risiko gehe ich ein«, sagte ich entschieden.

»Das ist zu viel!«, rief sie aufgebracht und Oskar bellte.

»Was …«

»Ich kann mir nicht um dich Sorgen machen, während das Baby kommt!«

»Du brauchst dir keine Sorgen machen«, hielt ich dagegen. »Ich …«

»Tue ich aber, weil du mir nämlich verdammt wichtig bist und ich vor Angst sterben würde!«

Schweratmend starrten wir uns an. Was hatte sie da gerade gesagt? Kurzzeitig vergaß ich sogar meine Panik.

»Das ist mein Problem, okay? Ich habe Angst«, brach es aus ihr hervor. »Andauernd. Ich habe Angst, etwas falsch zu machen. Ich habe Angst vor dem, was die Leute über mich denken. Vor allem aber habe ich Angst vor meinen Gefühlen für dich und was das mit uns machen könnte. Ich will dich nämlich nicht verletzen, weil du mir wichtig bist ...«

Mein Kopf war wie leer gefegt. Sie ... hatte Gefühle für mich?

»Ich habe mich in dich verliebt, Ian«, sagte sie. Aber ich kam nicht dazu, mich darüber zu freuen, da Charlie sich erneut zu Wort meldete.

»Leute ... Ich glaube, meine Fruchtblase ist gerade geplatzt.«

*

Viktoria

»Nein, nein, nein! Das kannst du nicht machen!«

Ich stürzte auf Charlie zu, die sich krampfhaft den Bauch hielt. Die ganze Zeit hatte ich damit gerechnet, aber jetzt, wo der Fall wirklich eintrat, war ich vollkommen überfordert. In meiner Panik dachte ich daran, hinauszulaufen und Hilfe zu holen, wie Ian vorhin, aber eine Sturmböe ließ das Holzdach erzittern, sodass ich den Gedanken sofort wieder verwarf.

»Was soll ich denn tun?«, presste Charlie zwischen zusammengebissenen Zähnen hervor.

Das Gleiche hätte ich sie am liebsten auch gefragt, dann fiel mir etwas ein. Ian war Sanitäter gewesen! Ich warf ihm einen hoffnungsvollen Blick zu, aber er kauerte in der hintersten Ecke und starrte zu Boden, als würde ihn das alles gar nichts angehen.

»Ian, bitte komm her.«

Er reagierte nicht, wiegte sich nur vor und zurück. Wenn ich es nicht besser wüsste, würde ich sagen, er hatte eine Panikattacke. Der Schweiß lief mir den Rücken hinab. Ich war kurz davor, selbst durchzudrehen. Was sollte ich bloß machen? Charlie atmete schnell und unregelmäßig. Die Wehen kamen jetzt immer häufiger. Mit steifen Beinen stand ich auf und näherte mich Ian, der sich keinen Zentimeter gerührt hatte. Als ich näher kam, erkannte ich, dass er zitterte wie Espenlaub.

»Ian?« Vorsichtig ging ich vor ihm nieder. Es kostete mich meine gesamte Selbstbeherrschung, um ruhig zu bleiben.

»Bitte, sieh mich an.«

Es dauerte zwar eine Weile, doch er tat mir den Gefallen. Was ich in seinen Augen erkannte, ließ mein Herz zusammenkrampfen. Wie gerne hätte ich ihm diesen Kampf erspart, aber ich konnte nicht anders.

»Ian, bitte. Ich brauche deine Hilfe.«

»Ich … Ich kann das nicht.«

Charlie schrie laut auf, was die Situation nicht unbedingt besser machte. Ich kroch ein Stückchen nach vorn und nahm sein Gesicht in beide Hände. »Bitte. Ich weiß, wie schwer das für dich ist. Aber du musst mir zuhören.«

Wieder dauerte es gefühlt eine Ewigkeit, bis die Worte zu ihm durchdrangen, aber schließlich nickte er.

»Warst du schon mal bei einer Geburt dabei? Bei einem deiner Rettungseinsätze meine ich.«

Wieder nickte er und ich wäre ihm am liebsten um den Hals gefallen. Also war das Wissen darüber irgendwo in seinem Kopf. Die Frage war nur, wie ich dort ran kam.

»Ich kann das nicht«, wiederholte er mit zitternder Stimme. Das brachte mich auf die entscheidende Idee.

»Musst du auch gar nicht. Du musst nichts tun, hörst du? Du musst mir nur sagen, was ich machen soll. Kannst du das für mich tun? Bitte!«

Jetzt spürte ich, wie mir die Tränen die Wangen hinab liefen. Das war alles zu viel. Aber was hatte ich für eine Wahl? Charlie allein lassen? Niemals. Ian schloss gequält die Augen und atmete ein paar Mal tief ein und aus. Als er sie wieder öffnete, schien sein Blick ein wenig klarer.

»Wärme … Sie muss näher ans Feuer. Es muss warm sein.«

Ich nickte und wischte mir die Tränen weg. Er war bei mir. Ich musste das nicht allein durchstehen. Also stand ich auf, bettete Charlie kurzzeitig um und schob die Pritsche so nahe wie möglich ans Feuer. Dabei versuchte ich mich krampfhaft zu erinnern, was ich in Filmen gesehen hatte. Es war lächerlich, aber was sollte ich anderes tun? Warmes Wasser und Handtücher! Das war es gewesen. Ab diesem Zeitpunkt funktionierte ich nur noch. Handtücher hatte ich nicht dabei, nur ein paar Feuchttücher und zwei Küchentücher, die ich um das Obst gewickelt hatte. Egal! Das musste jetzt reichen, denn etwas anderes hatte ich nicht. Wasser besorgte ich, indem ich die beiden Edelstahlkannen mit Schnee von draußen füllte und so dicht wie möglich vor die Flammen stellte. Dabei redete ich immer wieder beruhigend auf Charlie ein, die mich jedoch gar nicht mehr richtig wahrzunehmen schien. Ian war inzwischen näher gekommen. Er war bleich wie eine Wand und schweißnass.

»Setz dich«, befahl ich ihm. Nicht, dass er mir umkippte. Das hätte mir gerade noch gefehlt. Er befolgte meine Anweisung, ohne etwas darauf zu erwidern.

»Was jetzt?«

»Das geht alles viel zu schnell«, flüsterte er. »Du musst schauen, wie weit der Muttermund geöffnet ist.«

Ich traute meinen Ohren nicht. »Wie bitte?«

Schweratmend strich ich mir die wirren Haare aus dem Gesicht und gab mir einen Moment, um über seine Worte nachzudenken. War ja auch irgendwie logisch. Das Baby würde sich wohl kaum aus dem Bauch beamen.

»Okay«, sagte ich schließlich und half Charlie aus der Thermohose. Diese nutzte ich direkt, um sie oberhalb, so gut es ging, vor der Kälte zu schützen. Dabei war das nicht mal mehr nötig. Durch das große Feuer hatte es gefühlt hundert Grad in dem Raum.

»Atmen, Charlie!«, sagte ich, als sie von einer ziemlich heftigen Wehe erfasst wurde. »Wie du es in deinem Kurs gelernt hast.«

Keine Ahnung, ob das richtig war, was ich da von mir gab. Aber es war besser, als nichts zu sagen.

»Bevor du nachschaust, musst du dir die Hände desinfizieren.«

Ich sah Ian an. »Nachschauen?«

»Der Muttermund«, erinnerte er mich.

»Der Muttermund. Alles klar!« Keine Ahnung, wie das aussehen sollte, aber Desinfektionsmittel, das hatte ich dabei. Immerhin. Nachdem ich Schritt eins erledigt hatte, widmete ich mich Schritt zwei.

»Siehst du was?«, fragte Ian.

Mir wurde ein wenig schummrig, sodass ich kurz die Augen schloss. »Ich glaube, ich sehe den Kopf.«

»Du glaubst oder du siehst ihn?«

»Keine Ahnung?«

Ian stemmte sich hoch und sah selbst nach. »Das ist der Kopf«, murmelte er und stützte sich an der Wand ab.

»Charlie. Dein Baby! Es kommt!«

»Das will ich auch hoffen!«, schrie sie laut und krallte die Hände in die Decke.

Das ist völlig normal!, redete ich mir immer wieder ein und versuchte ruhig zu bleiben. Plötzlich spürte ich eine Hand auf meiner Schulter. Als ich mich umdrehte, sah ich in zwei grüne Augen, die mir mittlerweile so vertraut waren.

»Ian, du …«

»Ich bin da«, sagte er nur.

»Aber ich dachte, du kannst nicht …«

»Ich lasse dich nicht allein. Ich helfe, so gut ich kann, okay?«

Wieder liefen mir die Tränen die Wangen hinab. In diesem Moment war ich wohl die glücklichste Frau der Welt. Er hatte tatsächlich seine Furcht überwunden. Für mich. Ich konnte nicht anders, als ihn zu küssen. Es war ein schneller, flüchtiger Kuss. Kaum mehr als der Hauch einer Berührung. Aber es reichte aus, um ihm ein winziges Lächeln auf die Lippen zu zaubern. Und das änderte einfach alles.

Eine Stunde später erfüllte ein kräftiges Schreien das Innere der Hütte. Wir alle waren fix und fertig, aber es war vollbracht. Ich konnte immer noch nicht so recht glauben, wie schnell das alles gegangen war. Charlie hatte einen Jungen zur Welt gebracht.

Glücklich lächelnd lag sie vor dem Feuer, mit einem kleinen Bündel auf dem Arm. So etwas hatte ich noch nie gespürt. Das hier war reines, ungefiltertes Glück. Ich kuschelte mich enger an Ian und beobachtete die Szenerie. Niemand sagte etwas, während das Weinen in ein leises Glucksen überging.

»Wie soll er heißen?«, fragte ich irgendwann und beugte mich vor, um das Baby zu betrachten. Er war so winzig und doch so vollkommen.

»Henri.«

Ich ließ den Namen auf mich wirken. Irgendwie kam er mir bekannt vor …

»Patricks Großvater hieß so«, erklärte Charlie und küsste den Kleinen vorsichtig auf die Stirn.

»Mir gefällt er.«

Ian brummte zustimmend. »Passt perfekt.«

»Hallo, Henri«, sagte ich und schaute in zwei blaue Kulleraugen. Mein Grinsen wurde noch breiter.

»Ich habe es dir doch gesagt, Charlie.«

»Was?«, fragte sie.

»Er sieht eindeutig aus wie du.«

KAPITEL 13

Irgendwann legte sich der Sturm und Ian machte sich umgehend auf den Weg, um Hilfe zu holen. Ein Krankentransporter brachte Charlie und Henri schlussendlich ins Krankenhaus. Patrick war natürlich aus allen Wolken gefallen, als er davon erfahren hatte, und befand sich schon auf dem Heimweg. Was für ein Tag! Diesen würde ich wohl mein Lebtag nicht vergessen. Immer wieder sandte ich Dankesgebete zum Himmel, dass alles so glimpflich ausgegangen war. Es hätte auch anders laufen können, aber darüber wollte ich erst gar nicht nachdenken.

Die Sanitäter waren ebenfalls völlig aus dem Häuschen, vor allem, als sie erfuhren, dass die gesamte Geburt gerade mal zwei Stunden gedauert hatte. Anscheinend war das mehr als unüblich für eine Erstgebärende. Dass sie jedoch mehrfach betonten, wie gut wir das gemeistert hatten, erfüllte mein Herz mit Stolz. Natürlich wusste keiner, dass Ian mal Notfallsanitäter gewesen war. Trotzdem war er mein ganz persönlicher Held, der über seinen eigenen Schatten gesprungen war und den inneren Dämon in die Knie gezwungen hatte. Zusammen mit Oskar blieben wir allein auf dem Parkplatz zurück. Der Beagle jaulte herzzerreißend, schließlich hatten sein Frauchen und sein neuer Kumpel ihn einfach zurückgelassen. Wir zählten anscheinend nicht.

»Ach, Ossi!«, sagte Ian und streichelte dem Hund über den Kopf. »Alles wird gut. Patrick ist schon auf dem Weg hierher.«

»Mach ihm keine falsche Hoffnung. Ich glaube, er bleibt die nächsten Tage sowieso bei mir.«

Ian richtete sich wieder auf. »Ich kann ihn auch nehmen.«

»Ich habe es Charlie versprochen«, erinnerte ich ihn und Ian lächelte. »Ich glaube, Oskar könnte keinen besseren Platz haben.«

Ich grinste schief. »Ich glaube, das sieht er anders.«

Wir schauten den blinkenden Lichtern des Krankenwagens hinterher, bis sie die Bäume verschluckten. Es war fast dunkel und höchste Zeit heimzufahren. Ian wollte schon in Richtung Auto laufen, doch ich hielt ihn zurück.

»Ich bin verdammt stolz auf dich, weißt du das? Ohne dich wären wir alle verloren gewesen.«

Seine Miene wurde ernst. »Du warst diejenige, die alles gemacht hat.«

Ich griff nach seinen Händen, die sich ganz warm anfühlten. »Du weißt, dass das nicht stimmt. Hättest du mir nicht gesagt, was zu tun ist, wäre ich wahrscheinlich schreiend davon gelaufen. Es erfordert großen Mut, sich seinen Ängsten zu stellen.«

Er sah mich lange an und etwas veränderte sich in seinem Blick. »Ehrlich gesagt wäre ich auch am liebsten schreiend davon gelaufen, aber deine Worte haben etwas mit mir gemacht. Du warst der Grund, warum ich geblieben bin. Du warst der Grund, warum ich stark geblieben bin, Vik.«

Ein Kloß bildete sich in meinem Hals und hinter meinen Lidern begann es verdächtig zu brennen. Noch nie hatte jemand so etwas Schönes zu mir gesagt. Ich hatte es mir so sehr gewünscht, aber dass es wirklich so war …

»Es war ernst gemeint, was ich gesagt habe«, hauchte ich und trat einen Schritt näher. »Ich habe mich in dich verliebt.«

Ian atmete tief ein und aus und sein warmer Atem traf auf meine Tränen. »Ich weiß …«

»Wie denkst du darüber?« Meine Stimme zitterte, solche Angst hatte ich vor seiner Antwort. Ich wusste, dass er mehr für mich fühlte, die Frage war nur, ob es nicht bereits zu spät war. Aber meine Bedenken waren unbegründet.

»Dass ich genauso empfinde. Schon seit dem ersten Abend in Stuttgart. Du hast mich einfach umgehauen.«

Ich lachte, obwohl ich weinte und mein Herz wurde weit. »Umgehauen? Das waren dann wohl eher meine schlechten Cocktails.«

Ian zog eine Grimasse. »Mist. Du hast mich erwischt.«

Ich knuffte ihn liebevoll in die Seite. Er lachte, wurde jedoch schnell wieder ernst. »Darf ich dich küssen, Vik? Ich meine, so richtig?«

»Tu es doch einfach«, erwiderte ich leise.

Und das tat er. Als hätte es nie einen Zweifel gegeben, zog er mich zu sich heran und küsste mich. Sein Geruch, seine Wärme, seine bloße Anwesenheit. Das alles hüllte mich ein wie ein schützender Kokon. Hätte er mich nicht gehalten, hätten meine Knie vermutlich nachgegeben. Seine Lippen waren warm und weich, zeitgleich stürmisch und verlangend, als hätte er Ewigkeiten auf diesen Moment gewartet. Und so war es wohl auch. Ich stieß ein zufriedenes Seufzen aus, während seine Zunge in meinen Mund tauchte und er mich vollends in Besitz nahm. Dabei gehörte ich ihm doch schon längst, genau wie mein vor Glück schlagendes Herz.

*

Mein Auto blieb auf dem Parkplatz stehen und wir fuhren gemeinsam zu Ians Wohnung. Während der gesamten Fahrt ließen wir nicht einmal unsere Hände los. Ian besaß einen Automatikwagen, sonst wäre das mit Sicherheit zu einem

Problem geworden. Es fielen nur noch vereinzelte Flocken vom Himmel, aber der Sturm hatte Spuren hinterlassen. Zum Glück hatte der Räumdienst die Hauptstraßen weitestgehend freigemacht, sodass wir schnell vorankamen. Leider gab es hier keine Ampeln, an denen wir zum Knutschen hätten anhalten können. So war Ian gezwungen rechts ranzufahren, als uns die Sehnsucht schlichtweg übermannte. Dabei kam ich aus Versehen an die Hupe. Prompt bekamen wir von Oskar einen Rüffel, der unsere wilde Knutscherei mit einem Bellen quittierte. Danach ging es aber ohne weitere Zwischenstopps nach Hause. Nachdem Oskar mit dem Nötigsten versorgt worden war, gab es für uns kein Halten mehr. Keine Ahnung, wieso Ian Hundefutter zu Hause hatte. Ich beschloss, ihn später zu fragen. Jetzt gab es Wichtigeres. Wir streiften die dicken Wintersachen ab, die völlig verschmutzt waren, bis wir nur noch in Skiunterwäsche voreinander standen. Plötzlich hielt Ian inne.

»Was ist los?«, fragte ich und strich mir die verstrubbelten Haare aus dem Gesicht.

»Wollen wir … Ich meine …«

Mein Herz geriet aus dem Takt. Wollte er etwa einen Rückzieher machen?

»Ja?«

Er lachte leise. Was er etwa nervös?

»Wollen wir zusammen unter die Dusche?«

Ich blinzelte. Das hatte ihn beschäftigt? Statt zu antworten, presste ich erneut meine Lippen auf seine und küsste ihn stürmischer als zuvor. Wenn er die Antwort nicht verstand, dann wusste ich auch nicht.

Er lachte an meinen Lippen. »Ich werte das mal als ein Ja.«

»Doppel-Ja! Ich tue alles, was uns schneller aus diesen Klamotten bringt.«

Das ließ Ian sich nicht zwei Mal sagen. Als wir endlich im Badezimmer ankamen, zierte eine Spur aus Kleidern den gesamten Fußboden. Aus dem Augenwinkel sah ich noch, wie Oskar es sich auf Ians Daunenjacke gemütlich machte. War ja nicht so, als hätten wir ihm nicht zahlreiche Kissen bereitgelegt. Oskar war halt Oskar.

Danach schloss ich die Tür und es existierten nur noch Ians Lippen. Seine Hände gingen auf Erkundungstour und fuhren behutsam über meinen Körper. Obwohl meine Haut kalt und taub war, loderte in meinen Venen ein Feuer nie gekannten Ausmaßes auf. Trotzdem nahm ich mir die Zeit, Ian zu betrachten.

»Du bist perfekt«, raunte er und sprach damit genau aus, was ich über ihn dachte.

»Du ebenfalls.«

»Ich meine nicht nur deinen Körper«, sagte er. Dabei strich er mit seinem Finger über mein Dekolleté, hinab in tiefere Gefilde. Ein Schauer der Lust überzog meine Haut. »Es ist alles an dir … Dein Wesen. Deine Art zu lachen. Wie du dich für andere einsetzt. Deine Leidenschaft beim Kochen. Ja, sogar die Art, wie du mich wütend anfunkelst.«

Ich schluckte. Wie konnte ein Mensch nur so wundervoll sein? »Auch deine Vergangenheit.«

Ich stockte. »Wie …? Wie soll ich meine Vergangenheit als etwas Gutes betrachten?«

»Weil es dich zu dem Menschen gemacht hat, der du heute bist. Der Mensch, der Henri auf die Welt geholfen hat.«

Das war der Augenblick, in dem etwas bei mir Klick machte. Ich konnte es nicht beschreiben, es geschah einfach. Die Tränen versiegten und ich musste lächeln. »Danke.«

Ich schmiegte mich in Ians Arme, als wäre dieser Platz nur für mich gemacht. Meinen Oberkörper an seinen gepresst, spürte ich unsere Herzen im Gleichtakt schlagen. Ich fühlte so unglaublich viel in diesem Moment, dass es mir schlichtweg den Atem raubte. Zusammen stiegen wir unter die Dusche. Als die ersten heißen Strahlen auf meine Haut trafen, stieß ich ein wohliges Seufzen aus. Nach der Kälte glich das hier dem Paradies auf Erden, was vor allem an diesem tollen Mann lag, den das Schicksal mir geschenkt hatte. Wir wuschen uns, wärmten uns auf und tauschten unzählige hungrige Küsse. Danach verließen wir die Dusche und Ian trug mich in sein Schlafzimmer, als wäre ich sein kostbarster Schatz. Und genauso liebte er mich auch. Immer wieder kam mir die Frage, ob ich diesen wunderbaren Mann eigentlich verdient hatte, und irgendwann war die Antwort so klar, als hätte ich sie schon immer gewusst. Ja, das hatte ich. Und von da an erfüllte ein tiefer Frieden mein Herz.

KAPITEL 14

Die Tage bis Weihnachten vergingen wie im Flug. Charlie und Henri ging es den Umständen gut. Er musste ein paar Tage länger im Krankenhaus bleiben, da er deutlich zu früh gekommen war und die Ärzte auf Nummer Sicher gehen wollten. Der kleine Mann schien aber wild entschlossen zu sein, den eiligen Start ins Leben wettzumachen, und entwickelte sich prächtig. Charlie und Patrick verbrachten fast den ganzen Tag im Krankenhaus, genauso wie Ian und ich, wenn es die Zeit zuließ. Wir unterstützten die frisch gebackenen Eltern, wo es nur ging, besonders in den beiden Restaurants. Selbst Oskar hatte sich mittlerweile in sein Schicksal gefügt und seine vorläufige Bleibe akzeptiert. Das lag vor allem an Emma, die den Beagle ständig mit irgendwelchen Leckerchen fütterte.

Je näher die Feiertage kamen, desto stressiger wurde es. Morgens und mittags arbeitete ich im Laden, abends half ich im Roten Hirsch aus. Obwohl ich teilweise an meine Grenzen kam, war ich wohl die glücklichste Frau in ganz Holzenkirch. Nach Charlie natürlich. Das lag vor allem an Ian und daran, dass wir jetzt offiziell zusammen waren. Wir hatten lange gesprochen und beschlossen, es miteinander zu versuchen. Natürlich lösten sich meine Ängste nicht von heute auf morgen in Luft auf, aber ich arbeitete daran. Mit Ian zusammen. Herzensmensch nannte ich ihn insgeheim, da er irgendwie immer die richtigen Worte fand, die direkt in mein Herz trafen. Auf positive Weise.

Dann war da noch Ians Trauma, das ebenfalls nicht einfach verschwinden würde. Auch darüber hatten wir gesprochen und er wollte sich Hilfe holen, um den Vorfall mit Leila endlich aufzuarbeiten. Ein großer Schritt. Der kleine Henri war erst ein paar Tage auf der Welt und hatte schon so viel Gutes bewirkt. Vielleicht hatte er auch ein wenig Hilfe gehabt. Ich hatte so oft darüber nachgedacht …

»Ein Cent für deine Gedanken.«

Ich stand am Fenster, mit einem Kaffee in der Hand, und beobachtete die dicken Flocken, die träge vom Himmel segelten. Die Nacht war mal wieder viel zu kurz gewesen. Das lag an der Arbeit, vor allem aber an dem hübschen Mann mit dem dunkelbraunen Haar und den hellgrünen Augen. Dabei hätten wir Schlaf so dringend nötig gehabt. Ich drehte mich zu Ian und drückte ihm einen sanften Kuss auf die Lippen.

»Guten Morgen.« Kurz schloss ich die Augen und inhalierte seinen vertrauten Geruch.

»Guten Morgen. Also, worüber hast du gerade nachgedacht?«

»Ach, nichts Bestimmtes. Du würdest mich sowieso nur auslachen.«

»Du kannst mit mir über alles reden. Das weißt du, oder?«

»Ich …«

Ian wartete geduldig, bis ich weitersprach. »Ich musste an die Wanderung denken. Genauer gesagt an das ursprüngliche Ziel …«

Ian rieb sich über das stoppelige Kinn, wobei er ein kratzendes Geräusch erzeugte. »Die Quelle, die wir nicht gefunden haben?«

»Was ist, wenn doch …?«

Er musterte mich fragend.

»Kurz bevor wir umdrehen wollten, war ich Wasser holen.«

»An der Quelle?«

»Keine Ahnung. Ich habe nach dem Bachlauf gesucht, dann kam ich auf diese Lichtung. Da waren eine Menge Steine, aus denen das Wasser raus kam.«

Ian stieß ein tiefes Brummen aus.

»Du glaubst mir nicht«, schlussfolgerte ich aus seiner Reaktion.

»Natürlich glaube ich dir.«

»Aber?«

»Nichts aber. Ich dachte nur gerade, dass diese Glücksquelle eine ziemlich verschrobene Ansicht von Hilfe hat. Ob Charlie das genauso sieht?«

Er zog eine Grimasse und ich musste lachen. »Viele Wege führen nach Rom, oder wie sagt man so schön?«

Sein Ausdruck wurde wieder ernst. »Das heißt, du hast dein Glück gefunden?«

Ich lächelte selig. »Viel mehr als das.«

Wir versanken in einem langen, innigen Kuss. Dann aber löste er sich und klaute mir allen Ernstes meinen Becher mit Kaffee, um ein paar Schlucke daraus zu trinken.

»Hey«, beschwerte ich mich und knuffte ihn in die Seite. »Das ist meiner.«

»Sei nicht so geizig.«

»Deiner steht in der Küche.«

»Wirklich? Kaffee?«

Ich nickte ergeben.

»Warmer … Kaffee?«

Ich zog eine Augenbraue hoch. »Willst du mich beleidigen?«

Er gab mir die Tasse zurück und ließ seine Finger an meiner Wirbelsäule hinabgleiten. Himmel!

»Das würde mir nie in den Sinn kommen«, raunte er und mir wurde heiß. »Woher wusstest du, wann ich aufstehe?«

»Es gibt Sachen, die wissen Frauen einfach.«

»Ich wüsste da noch ganz andere Sachen«, flüsterte er in mein Ohr und fuhr mit seinen Lippen meinen Hals hinab. »Aber vorher trinke ich meinen Kaffee.«

Er wollte gerade los in Richtung Küche, als ein lautes Klingeln die Ruhe des Morgens zerstörte. Ich seufzte, selbst Oskar stieß in seinem Körbchen ein protestierendes Schnauben aus.

Ian atmete tief durch. »Sorry, ich habe vergessen, mein Diensthandy auf stumm zu stellen. Wer in Herrgotts Namen ruft um diese Uhrzeit an?«

»Das wirst du wohl nur herausfinden, wenn du drangehst.«

Ian wirkte, als wollte er genau das nicht tun, aber wer immer da am anderen Ende war, ließ nicht locker.

»Bin gleich wieder da.« Seufzend gab Ian auf und schlurfte in den Flur, wo er für gewöhnlich seine Sachen ablegte.

Doch aus dem *gleich* wurde nichts. Ich trank meinen Kaffee leer und er telefonierte immer noch. Worum es ging, konnte ich nicht verstehen, da er sich ins Schlafzimmer zurückgezogen hatte. Kurzerhand zog ich mich an und drehte mit Oskar eine Runde um den Block. Als ich wieder zur Tür hereinkam, herrschte Stille in der Wohnung. Bleischwer schien sie in der Luft zu hängen.

»Hallo?«

Niemand antwortete und ich bekam es mit der Angst zu tun.

»Ian?«

Ich fand ihn schließlich in der Küche. Er saß auf einem der Stühle und war komplett in sich zusammengesunken.

»Hey, was ist los?«

Als ich in sein Gesicht sah, krampfte sich mein Herz zusammen. Er wirkte am Boden zerstört. »Ian, bitte rede mit mir.«

»Der Caterer hat gerade angerufen. Es hat einen Brand gegeben. Seine ganze Küche ist zerstört.«

Ich schlug mir die Hand vor den Mund. »Was? Wie konnte das passieren?«

»Irgendein Kabel hat geschmort. Er hat alle Aufträge abgesagt.«

Ich schluckte. Obwohl ich die Antwort bereits kannte, stellte ich die Frage trotzdem: »Was bedeutet das für uns?«

»Das Weihnachtsdinner können wir vergessen.«

*

Ian

Selten hatte ich mich so mies gefühlt. Wie musste sich dann erst der Caterer fühlen, der quasi vor dem Nichts stand? Die Versicherung würde wohl für den Schaden aufkommen, aber so kurz vor Weihnachten war das trotzdem eine echte Katastrophe. Die gecancelten Aufträge bezahlte ihm nämlich keiner. Von den ganzen Leuten, die wir zum Weihnachtsdinner eingeladen hatten, mal ganz abgesehen. So viele Menschen hatten sich auf das Essen gefreut. Jedem davon musste ich nun absagen. Was für eine verdammte Scheiße! Erst das mit Sascha und jetzt das. So viel Pech konnte man doch gar nicht haben. Von wegen Glücksquelle …

»Gibt es denn keinen anderen Caterer?«, fragte Vik, die ebenfalls fieberhaft nach einer Lösung zu suchen schien. Die es aber leider nicht gab.

»Ausgeschlossen. Wie sollen wir so kurzfristig jemanden auftreiben?«

»Bliebe nur noch Sascha, aber …«

»… der ist aufgrund seiner Gesundheit raus«, vollendete ich den Satz. Schweigen senkte sich über meine kleine Küche. Ich seufzte. Hier rumzusitzen und die Sache weiter aufzuschieben, machte es nicht besser. Die ganze Aktion abzublasen, würde schon genug Arbeit bedeuten. Ich erhob mich, drückte Vik einen Kuss auf die Stirn und verließ den Raum.

»Wo willst du hin?«

»Ich gehe ins Restaurant. Von dort aus kümmere ich mich um die restliche Abwicklung.«

Mit schweren Schritten schleppte ich mich in Richtung Bad. Konnte ein Tag beschissener beginnen? Ich bezweifelte es.

»Ich machs!«

Viks Stimme klang wie ein Donnerschlag in der Stille der Wohnung. Zuerst wusste ich nicht, worauf sie hinauswollte, dann aber verstand ich. Ungläubig drehte ich mich zu ihr um.

»Du willst kochen?«

Mit geballten Fäusten kam sie auf mich zugelaufen. Ihre Augen zeigten Entschlossenheit, aber ihre nervöse Haltung redete eine andere Sprache. »Denkst du, ich lasse dich hängen? Das Weihnachtsdinner ist dein Baby und es gibt so viele Menschen, die sich darauf freuen. Es darf nicht ausfallen.«

Trotz der blöden Lage musste ich lächeln. Ich stellte mich vor sie und strich ihr mit dem Handrücken sanft über die Wange. »Weißt du, wie viel mir diese Geste bedeutet?«

Sie antwortete nicht, sah mich stattdessen nur an. In ihren Augen stand so viel mehr, als jedes Wort hätte ausdrücken können. »Aber ich kann und werde das nicht von dir verlangen.«

»Musst du auch nicht. Ich mache es von mir aus.«

»Vik«, begann ich zögernd. »Du hast gesagt, dass du damit abgeschlossen hast, und diese Entscheidung respektiere ich.«

Sie griff nach meinen Händen und drückte sie. »Es geht hier aber nicht nur um dich oder mich. Hier geht es um so viele Menschen, die täglich ums Überleben kämpfen. Die jeden Cent umdrehen müssen. Von den Kindern will ich erst gar nicht anfangen. Und wir bieten ihnen die Möglichkeit, zumindest für einen Abend mal all ihre Sorgen zu vergessen. Das dürfen wir nicht vermasseln.«

Ich blickte zur Seite und versuchte mich zu sammeln. »Denkst du, das weiß ich alles nicht?«

»Dann lass mich das für dich machen.«

Ich atmete tief durch, überschlug grob die Möglichkeiten, die uns blieben. »Selbst wenn du das machst, wo willst du kochen? Die Küche ist komplett ausgelastet. Ein Buffet in der Größenordnung? Das ist Wahnsinn.«

»Alles, was sich vorkochen lässt, bereiten wir vor. Den Rest erledige ich von Jasmins Küche aus. Vielleicht müssten wir das ein oder andere Gericht streichen, aber grundsätzlich sollte das machbar sein.«

Ich ließ ihren Vorschlag auf mich wirken. »Bist du dir sicher?«

»Ich habe mehrere Jahre in diesem Restaurant gearbeitet. Ich bin zwar etwas aus der Übung, aber ja, ich denke, das bekomme ich hin.«

Sie wirkte motiviert und entschlossener denn je. Ich wollte es nicht, aber ich begann Hoffnung zu schöpfen.

»Du willst das wirklich durchziehen, oder?«

Sie nickte und ich nahm ihr Gesicht in beide Hände, um sie zu küssen.

»Dann machen wir es!«

*

Viktoria

Ich hatte geglaubt, dass der Moment kommen würde, an dem ich meine Entscheidung bereuen würde. Aber das Gegenteil war der Fall. Ich brannte geradezu für diese Sache. Spätestens an dem Tag, an dem Ulrich Heisterkamp bei uns vorbeischaute, um die letzten organisatorischen Sachen mit uns abzustimmen und uns mehrfach berichtete, wie sehr sich die Gäste auf diesen Abend freuten, waren die letzten Zweifel verflogen. Ich brauchte einige Zeit, um wieder reinzukommen, aber je häufiger ich die Gerichte nachkochte, die auf dem Buffet stehen sollten, desto besser wurde es. Mein Kellnerjob im Roten Hirsch fiel dadurch zwar flach, aber es war ja für einen guten Zweck. Jasmin, Sebastian und die kleine Emma freuten sich jedenfalls sichtlich darüber, denn sie übernahmen die Posten der Testesser und kamen so jeden Abend in den Genuss eines anderen Gerichts.

Schon beim ersten Testkochen erklärte sich Jasmin bereit, die Rolle als Küchenhilfe zu übernehmen. Selbst Sebastian und Emma halfen, wo es nur ging. Patrick übernahm vom Krankenhaus aus sogar einige organisatorische Sachen. Allein wäre das wahrscheinlich auch gar nicht machbar gewesen, aber so entwickelte sich das Weihnachtsdinner zu einem richtigen Familienprojekt, das uns alle weiter zusammenwachsen ließ.

Es war der letzte Abend vor dem großen Event und wir waren gerade dabei, den badischen Kartoffelsalat zu machen. Genauer gesagt, die erste von drei großen Schüsseln. Währenddessen telefonierte ich mit Ian, der dabei war, die letzten Geschenktüten im Restaurant zu packen. Sie waren reichlich gefüllt. Jedes der Kinder bekam ein Spielzeug, gespendet vom örtlichen Spielzeugladen. Für die Erwachsenen gab es überwiegend kulinarische Leckereien oder praktische Sachen wie warme Bekleidung. Jeder, der wollte, konnte etwas in die Tüten packen. Ich hatte mich für selbst gemachte Pralinen entschieden. Die fehlten leider noch.

»Ich habe die letzte Praline heute Mittag mit Schokolade überzogen«, erzählte ich und streute zeitgleich allerhand Gewürz über die Kartoffeln. »Verpackt sind sie auch schon. Hat Emma gemacht. Ich bringe sie dir nachher einfach mit.«

»Super, dann sind wir zumindest mit diesem Teil durch.«

Ian wollte es verbergen, aber die Nervosität hörte man ihm durchaus an.

»Das wird schon«, versuchte ich ihn zu beruhigen.

»Natürlich. Mit dir an meiner Seite kann es nur gut werden.«

Ich lächelte und spürte, wie mir ganz warm wurde.

»Kommst du danach mit zu mir?«

»Klar«, sagte ich und meine Tonlage änderte sich, ohne dass ich es wollte. Weil ich ganz genau wusste, dass Jasmin jedes einzelne Wort mitbekam.

»Ich freu mich.«

»Ich mich auch. Bis nachher.«

Damit legte ich auf. Sofort sah ich zu meiner Schwester, die den Blick abwandte und grinsend die Kartoffeln pellte.

»Wusste ich es doch!«

»Was denn?«, fragte sie und tat so, als sei sie die Unschuld vom Lande.

Ich zeigte mit dem Löffel auf sie. »Du hast gelauscht.«

»Wie sollte ich auch nicht? Wir befinden uns in einem Raum.«

Auch wieder wahr.

»Ich freue mich so für dich, Vik. Seid ihr jetzt fest zusammen?«, fragte sie plötzlich und legte das Messer zur Seite. Es wirkte, als hätte sie lange auf den passenden Augenblick gewartet. Was mich umso mehr rührte. Sie war manchmal genauso ein Kopfmensch wie ich. Darum redete ich auch gar nicht lange um den heißen Brei herum, wie ich es sonst in der Regel tat, wenn es um solche Themen ging.

»Sind wir«, schwärmte ich.

Jasmin stieß einen verzückten Laut aus. »Meine Schwester ist bis über beide Ohren verliebt.«

Und das war noch gehörig untertrieben. Allein wenn ich an Ian dachte, schlug mein Herz in doppelter Geschwindigkeit. Jasmin umarmte mich und ich erwiderte es.

»Ich habe es ja von Anfang an gewusst.«

»Ja, ja«, wiegelte ich ab und wandte mich wieder dem Essen zu. »Meine allwissende Schwester.«

»Eben. Ich meine, er hat dafür gesorgt, dass du wieder mit dem Kochen anfängst.«

»Das ist nur für diesen Abend«, wandte ich ein, aber es war nicht mehr ganz so vehement.

»Ach, komm schon, Vik! Das ist deine Berufung. Du brennst dafür.«

Ich seufzte. »Ich kann nicht zurück in die Küche. Patrick und ich verstehen uns zwar wieder ganz gut, aber er als mein Chef … Das geht einfach nicht mehr. Außerdem würde Sascha das gar nicht wollen.«

Jasmin musterte mich streng. »Du weißt, dass das Unsinn ist. Sascha würde dich mit Kusshand nehmen. Aber das ist es nicht, was ich sagen wollte.«

»Sondern?«

»Du musst nicht für Patrick arbeiten, um kochen zu können.«

»Denkst du, darüber habe ich nicht nachgedacht? Aber ich will nicht raus aus Holzenkirch. Alles, was mir zusagen würde, befindet sich zu weit weg. Und ein eigenes Restaurant zu eröffnen, ist keine Option.«

»Also hast du wohl darüber nachgedacht, wieder als Köchin zu arbeiten.«

Was sollte es? Sie wusste es sowieso. »Natürlich habe ich das. Jeder, der seinen Job liebt, täte das irgendwann.«

Jasmin sah aus, als wäre sie kurz vorm Verzweifeln. »Dann tu es doch einfach wieder!«

»Und wie?«

»Arbeite nicht für Patrick, sondern mit ihm zusammen, indem du ihm eine Partnerschaft anbietest.«

Fast hätte ich aufgelacht. »Darauf würde er sich niemals einlassen …«

»Herrgott Vik, sonst bist du doch auch nicht auf den Kopf gefallen. Was tust du denn schon die ganze Zeit über?«

Da wurde mir klar, worauf sie hinauswollte. »Ich soll einen Cateringservice aufmachen?«

»Ja, warum denn nicht?«

Ich stieß ein Lachen aus, aber meine Schwester stimmte nicht mit ein.

»Du meinst das ernst, oder?«

»Natürlich. Was ist so abwegig daran?«

»Alles …«

»Ach ja? Und was bitte genau?«

»So etwas ist in unserer Region gar nicht gefragt«, wandte ich halbherzig ein, obwohl ich das gar nicht wusste.

Jasmin ließ nicht locker. »Hast du schon mal eine Marktanalyse gemacht?«

»Nein …«

»Also! Außerdem würden die beiden Hirsche sowieso den Großteil deiner Aufträge ausmachen.«

Ich wandte mich wieder dem Essen zu. »Ich weiß nicht, ob du es wusstest, aber beide Restaurants haben eine eigene Küche.«

»Die regelmäßig am Limit laufen«, hielt Jasmin dagegen. »Du könntest einspringen, wenn du gebraucht wirst, der Rest wird sich zeigen.«

»Und wo soll ich kochen? In deiner Küche? Ich habe kein Kapital, um mir etwas Eigenes zu finanzieren.«

»Natürlich in meiner Küche«, antwortete sie, als würde das alles schon längst feststehen. »Sieh dich um, was machen wir denn die ganze Zeit? Außerdem stehen da hinten immer noch Ausbaureserven zur Verfügung, sollten wir feststellen, dass es zu eng wird. Und das Beste daran: Du könntest das sein, was du dir schon immer gewünscht hast. Du wärst deine eigene Chefin.«

Ich öffnete den Mund, um etwas zu erwidern, schloss ihn jedoch wieder. Jasmin hatte recht. Mit allem, was sie gesagt hatte. Das war mehr, als ich mir je erträumt hatte. Anstatt zuzugreifen, zweifelte ich. Es war zu viel für den Moment.

»Ich … muss darüber nachdenken, okay?«

Jasmin grinste. Offenbar hatte sie ihr selbstgestecktes Ziel erreicht, denn sie wirkte äußerst zufrieden.

»Tu das, denn jetzt fordert dieser wunderbare Kartoffelsalat unsere ganze Aufmerksamkeit.«

*

Es war spät abends, als Ian nach Hause kam. Mittlerweile hatte ich einen Schlüssel zu seiner Wohnung, sodass ich reinkam, wann immer ich das wollte. Da er oft später dran war als ich, hatte sich das angeboten. Wir machten es uns auf dem Sofa bequem, um ein wenig fernzuschauen. Mehr um runterzukommen, denn ich war tierisch müde. Für morgen mussten wir schließlich fit sein. Davon mal abgesehen, glaubte ich aber nicht, dass ich Schlaf finden würde, denn ich bekam das Gespräch mit Jasmin nicht mehr aus dem Kopf. Ich musste dringend auf andere Gedanken kommen.

»Und?«, fragte ich und kuschelte mich tiefer in meine Decke. »Fühlst du dich gut vorbereitet?«

»So gut man nur vorbereitet sein kann. Wie schaut es bei dir aus?«

»Alles erledigt. Morgen früh fahre ich in den Großhandel, um die letzten Sachen zu besorgen. Dann geht´s los.«

Ian küsste mich und einen Augenblick gaben meine Gedanken tatsächlich Ruhe. Ich schmiegte mich an ihn. Viel besser als die olle Decke.

»Was ist es dann, was dich beschäftigt?«

Ich blinzelte überrascht. »Wie meinst du das?«

Ian legte den Kopf schief. »Vik, bitte. Mittlerweile müsstest du doch eigentlich gemerkt haben, dass ich dich ziemlich gut lesen kann.«

Ich seufzte. Etwas, das mir ganz und gar nicht behagte.

»Jasmin hat mich da auf eine Idee gebracht«, sagte ich und griff nach meinem Tee, der eigentlich noch viel zu heiß war, um ihn zu trinken.

Ian richtete sich auf und stellte den Fernseher leiser. »Die da wäre?«

Eine Eigenschaft, die ich so sehr an ihm mochte: Er war ein verdammt guter Zuhörer.

»Sie hat vorgeschlagen, dass ich mich selbstständig machen soll …«

In den nächsten zehn Minuten berichtete ich ihm von Jasmins wahnwitzigem Plan. Als ich endete, sagte er erst einmal nichts.

»Verrückt, oder?«, fragte ich und schlürfte lautstark an meinem Tee, um mich kein weiteres Mal zu verbrennen. Was jedoch wohl eher meiner eigenen Unsicherheit geschuldet war. Denn tief in mir drin begann ich Gefallen an der Idee zu finden.

»Überhaupt nicht, ich finde sie grandios.«

Ich ließ die Tasse sinken. »Wirklich?«

»Und ob.«

»Aber es gibt so vieles, was dagegen spricht.«

»Aber auch vieles, das dafür spricht, nicht wahr?«

Wohl oder übel musste ich ihm zustimmen. Dennoch schien er mein Unbehagen zu spüren.

»Denk drüber nach. Oder musst du dich sofort entscheiden?«

»Nein …«

»Na also. Du hast alle Möglichkeiten. Sieh es morgen als Probelauf. Du hättest genügend Zeit, um zu planen, und im nächsten Jahr legst du dann richtig los.« Sein Plan gefiel mir.

»Vielleicht hast du recht.«

Er schnaubte. »Falls es dir noch nicht aufgefallen ist: Ich habe immer recht.«

»Das hättest du wohl gerne.«

Ich verpasste ihm einen Kuss und kuschelte mich danach wieder an seine Brust.

»Was ist mit dir?«, fragte ich.

»Was soll mit mir sein?«

»Hast du dir schon Gedanken gemacht, wie es beruflich weitergehen soll?«

Er ließ sich Zeit mit einer Antwort. »Eigentlich bin ich sehr glücklich, wie es momentan ist.«

»Das heißt, du willst nicht mehr als Sanitäter arbeiten?«, wagte ich einen Vorstoß.

»Nein, der Job im Roten Hirsch füllt mich voll aus. Ich bin zufrieden.«

Ich sah zu ihm auf. »Das ist gut, oder?«

»Vielleicht für den Augenblick. Aber du hattest recht mit dem, was du letztens gesagt hast.«

Hatte ich das richtig gehört? »Das heißt, du …«

Ian nickte. »Ich habe Kontakt zu einem Arzt aufgenommen. Ich werde mir Hilfe holen, um das Ganze mit Leila aufzuarbeiten.«

Meine Brust zog sich zusammen. »Ich bin stolz auf dich, dass du den ersten Schritt gemacht hast«, flüsterte ich mit erstickter Stimme.

Ian schenkte mir ein liebevolles Lächeln. »Sagen wir so, ich hatte weibliche Unterstützung.«

Ich musste unweigerlich grinsen. »Kenne ich diese äußerst kluge Frau?«

Er musterte mich und sein Blick wurde dunkel. Sofort veränderte sich die Stimmung zwischen uns. »So jemand entgeht einem nicht.«

»Beschreib sie mir«, forderte ich mit rauer Stimme.

»Sie ist witzig, klug, äußerst sexy …«

»Mehr davon!«

In Ians Augen blitzte der Schalk auf. »Weißt du, eigentlich hatte ich ja früh schlafen gehen wollen. Aber ich denke, der Plan hat sich soeben geändert.«

»Wie …«

Ich kam nicht dazu, den Satz zu beenden, als er mich unter sich begrub und jeden Protest mit seinen Küssen erstickte.

*

Am darauffolgenden Abend schrieb Ian mir eine Nachricht, dass der Rote Hirsch aus allen Nähten platzte. Ich würde erst später dazustoßen, da ich so lange in Jasmins Küche gebraucht hatte. Die letzten Stunden waren, gelinde gesagt, der absolute Albtraum gewesen. Erst war der Kuchen nicht aufgegangen. Dann hatte ich festgestellt, dass für die Bratensoße eine der wichtigsten Zutaten fehlte, sodass ich gezwungen war, zu improvisieren. Zu guter Letzt war dann auch noch der Strom ausgefallen. Dank Sebastian war der Schaden aber schnell behoben gewesen. Alles in allem das absolute Chaos. Also genau so, wie ich es liebte.

Ich hatte alles gegeben, hatte bis zur letzten Minute den Schneebesen geschwungen, dann hatten Jasmin und Sebastian mit dem großen Lieferwagen die Speisen in den Roten Hirsch gebracht. Jetzt brauchte ich erst mal eine halbe Stunde für mich. Also schnappte ich mir eine Flasche Rotwein und trank ein Glas, während im Restaurant bereits die Party stieg. Dabei schwebte mir unentwegt die Frage im Kopf herum, wie ich darauf die ganze Zeit hatte verzichten können. Hier zu kochen, war wie Auftauchen gewesen. Auftauchen nach einem ziemlich langen Tauchgang in der Dunkelheit. Endlich hatte ich es geschafft, wieder an die Oberfläche zu gelangen. Jasmin hatte vollkommen recht gehabt. Das hier war genau mein Ding. Etwas, das mir die letzten Tage mehr als deutlich geworden war. Etwas, das ich ohne die lieben Menschen um mich herum wohl niemals bewältigt hätte. Ein warmes Gefühl erfüllte meine Brust. Tiefe Dankbarkeit. Allen voran war da meine Schwester, die mich ohne Zögern bei sich aufgenommen hatte. Dann waren da Patrick und Charlie. Vor allem aber Charlie, der ich so viel zu verdanken hatte. Sie war einer der gütigsten und warmherzigsten Menschen, die ich kannte. Schon bevor ich auch nur im Entferntesten daran gedacht hatte, mir selbst zu vergeben, hatte sie mir längst verziehen. Und dann natürlich Ian … Mein Herz, mein Glück, mein rettender Anker. Er hatte mich wohl schon damals gerettet, als ich die Kleine Bar in Stuttgart betreten hatte. Ich hatte nur ewig gebraucht, um das zu kapieren. *Was lange währt, wird endlich gut*, oder wie sagte man so schön?

Ein Kratzen an der Tür zog meine Aufmerksamkeit auf sich. Was war das denn? Mäuse? Das hätte mir gerade noch gefehlt … Dann fiel es mir wieder ein und ein Grinsen breitete sich auf meinem Gesicht aus, während ich mich schwerfällig erhob und die Tür öffnete. Ein schwarz-weiß-braunes Etwas kam hereingetrottet und begann den Fußboden nach Fressbarem abzusuchen. Es dauerte nicht lange, bis er fündig wurde. In der Hektik hatte ich nicht unbedingt sauber gearbeitet. Kopfschüttelnd ließ ich mich wieder an der gefliesten Wand hinabgleiten und genoss den Rest von meinem Wein.

»Du weißt aber schon, dass du hier offiziell nichts zu suchen hast? Lass das nicht meine Schwester sehen«, sagte ich, doch wie immer ignorierte Oskar mich. Das tat er meistens, wenn es um Dinge ging, die er nicht durfte. Als mein Glas leer war, erhob ich mich. Es war höchste Zeit, ins Restaurant zu fahren.

»Wuff!«

Plötzlich stand Oskar vor mir und musterte mich, als wüsste er ganz genau, was ich vorhatte. Manchmal war es schon unheimlich.

»Ich kann dich nicht mitnehmen. Es ist brechend voll dort.«

Als Antwort setzte er sich auf seine Hinterpfoten und betrachtete mich flehend aus seinen runden Knopfaugen.

»Lass das!«

Natürlich tat er das nicht. Die nächsten zehn Minuten zog er diese Nummer ab, während ich mich im Haupthaus umzog und frisch machte. Meine Gegenwehr bröckelte gänzlich, als er mit der Leine im Maul vor mir auftauchte.

»Du ziehst wirklich alle Register, nicht wahr?« Ich fragte mich, wer ihm das wohl beigebracht hatte.

»Wuff.«

Seufzend nahm ich ihm die Leine ab und legte sie ihm an. Zufrieden ließ er die Zunge heraushängen, dann verließen wir das Haus und machten uns auf in Richtung Innenstadt.

*

Ian hatte nicht übertrieben. Der Rote Hirsch platzte aus allen Nähten. Vorsichtshalber nahm ich Oskar auf den Arm, was er wiederum ganz toll fand. Mehrfach nutzte er die Chance, um mir einen feuchten Hundekuss zu verpassen. »Ich mag dich auch, aber kannst du das bitte lassen.«

Oskar hatte eindeutig Kuschelbedarf. So langsam wurde es Zeit, dass Patrick und Charlie zurückkehrten. Wir hatten uns zwar irgendwie arrangiert, aber er vermisste die beiden schrecklich. Zusammen kämpften wir uns durch die Menschenmassen in Richtung Festsaal, wo das Weihnachtsdinner stattfand. Als ich den Raum betrat, blieb mir die Spucke weg. Sie hatten den alten Saal in ein wahres Schmuckstück verwandelt. Da ich die letzten Tage ausschließlich in der Küche verbracht hatte, hatte ich bisher nur Fotos auf Ians Handy gesehen. Aber das kam der Realität nicht im Mindesten gleich. Goldene Girlanden hingen von der Decke und überdeckten den Raum mit schillernden Lichtreflexen. Ein festlich geschmückter Baum, um den unzählige Tische angeordnet waren, stand in der Mitte. Jeder Stuhl schien besetzt und diejenigen, die nicht gerade saßen, waren auf der kleinen Tanzfläche zu finden. Ich sah ältere Leute, junge Menschen und Familien. Allesamt hatten sie etwas gemein: Sie lächelten und wirkten äußerst glücklich.

Rechts an der Wand war das Buffet aufgebaut worden. Überall brannten LED-Kerzen, die das Ganze wie eine pompöse Festtafel erschienen ließen. Was mir jedoch am besten gefiel: Es wirkte wie geplündert. Kaum etwas war übrig geblieben. Das wohl größte und schönste Kompliment für mich an diesem Abend.

»Vik! Da bist du ja endlich!«

Ich sah Emilia auf mich zulaufen, auf dem Gesicht ein fettes Grinsen.

»Es hat etwas länger in der Küche gedauert«, entschuldigte ich mich.

»Oskar hast du auch mitgebracht«, sagte sie und kraulte den Beagle hinter den Ohren. »Wie bestellt.«

Ich wollte gerade fragen, was sie damit meinte, als meine Aufmerksamkeit auf etwas gezogen wurde. *Ian.* Er stand in einem maßgeschneiderten Anzug in einiger Entfernung und unterhielt sich mit Ulrich Heisterkamp. Auch er hatte sich schick zurechtgemacht, aber er kam nicht im Mindesten an Ian ran. Meinem Ian. Das Haar hatte er zurückgekämmt und den Bart akkurat gestutzt. Die hellgrünen Augen strahlten und ein glückliches Lächeln lag auf seinen markanten Zügen. Er hätte nicht perfekter sein können. In diesem Moment fiel seine Aufmerksamkeit auf mich und ein intensiver Blick hielt mich für mehrere Sekunden gefangen. Automatisch schlug mein Herz schneller und in meinem Bauch feierten die Schmetterlinge eine Party.

»Er wartet schon die ganze Zeit auf dich. Gib mir Oskar. Ich kümmere mich so lange um den Kleinen. Genießt den Abend. Du hast es dir mehr als verdient.«

»Ich habe doch nur gekocht …«

Sie lächelte und berührte mich sanft an der Schulter. »Du hast viel mehr getan als das. Sieh in die Gesichter der Leute.«

Sie nahm mir Oskar ab und verabschiedete sich mit einem Augenzwinkern.

»Hallo, schöne Frau«, hörte ich eine vertraute Stimme dicht hinter mir.

Ich drehte mich um und konnte nicht anders, als zu lächeln. »Hallo, schöner Mann.«

»Und? Wie findest du es?«, fragte er.

»Es ist unbeschreiblich, was du hier geschaffen hast …«

Er legte mir den Finger an die Lippen. »Was wir geschaffen haben. Ohne dich, Vik, wäre das alles nicht möglich gewesen. Außerdem wurde ich ungefähr schon hundert Mal nach der Köchin gefragt. Es gibt viele, die dich unbedingt kennenlernen möchten.«

Ich lachte. »Das klingt, als würde das ein langer Abend werden.«

»Deinen zweiten Auftrag habe ich übrigens auch schon an Land gezogen. Natürlich nur, wenn du das möchtest.«

Ich hielt überrascht inne. »Wie? Was für einen Auftrag?«

»Heisterkamp feiert bald seinen runden Geburtstag. Er war so begeistert von dem Essen, dass er direkt gefragt hat, ob du das Catering übernimmst.«

Ich schüttelte schmunzelnd den Kopf. »Das ist vollkommen verrückt. Ich habe nicht mal einen Firmennamen.«

»Ich denke, der Name Vik spricht für sich.«

Ich konnte nicht anders, als ihn zu umarmen.

»Danke.«

»Wofür? Ich habe doch nichts gemacht.«

»Doch, das hast du …« Ich drückte ihm einen keuschen Kuss auf die Lippen und er antwortete mit einem tiefen Brummen.

»Bevor wir zum Geschäftlichen übergehen, wollte ich dich fragen, ob du mir den einen oder anderen Tanz schenkst«, flüsterte er mir ins Ohr und verflocht seine Hände mit meinen. »Die Welt soll sehen, was ich für eine bezaubernde Frau an meiner Seite habe.«

»Gerne auch mehrere …«

Die nächsten zwanzig Minuten verbrachten wir auf der Tanzfläche und genossen diesen wunderschönen Abend. Ians starker Körper an meinem, der mich sicher führte. Ein lautes Bellen ließ mich innehalten. Ich traute meinen Augen nicht.

»Ist das …«

»Charlie und Patrick. Ganz genau.«

Die beiden waren tatsächlich gekommen. Mit Henri! Charlie hatte den Kleinen auf dem Arm und auch wenn die frisch gebackenen Eltern noch etwas müde wirkten, hätten sie nicht glücklicher aussehen können. Apropos glücklich. Oskar erlebte wohl gerade das schönste Wiedersehen seines Lebens. Nur zusammen waren sie komplett. Patrick grinste und hob den Beagle auf den Arm. Dabei hätte ihm Oskar fast das Glas Sekt aus der Hand geworfen. Das Bild rührte mich zu Tränen. Da entdeckte er uns auf der Tanzfläche und hob prostend das Glas. Da war kein Argwohn mehr, ausschließlich tiefe Dankbarkeit.

»Möchtest du hin?«, fragte Ian.

Ich wandte mich ihm zu und ergriff seine Hände. »Nein, erst möchte ich diesen Tanz beenden und der kann von mir aus noch ewig so weitergehen.«

Ian lächelte schelmisch, verstärkte den Griff um meine Hände und wirbelte mich übermütig herum.

Epilog

24. Dezember

Ich war nervös. So verdammt nervös. Es war Heiligabend und ich hatte mich bereit erklärt, das Essen zuzubereiten. Da draußen saßen elf hungrige Mäuler, die darauf warteten, dass es endlich losging. Zwölf, wenn ich Oskar mit dazuzählte, für den ich ebenfalls eine Kleinigkeit zubereitet hatte. Hier sollte niemand leer ausgehen.

Den ganzen Tag hatte ich in der Küche gestanden und darauf hingearbeitet, dass dies der perfekte Abend für uns wurde. Sogar Patricks Eltern waren gekommen. Was mich jedoch am Allermeisten freute: Charlies Vater war unter den Gästen. Nach unserem Gespräch hatte sie ihm einen Brief geschrieben und er war tatsächlich gekommen. Er war ein ruhiger Typ und ich konnte noch nicht viel über ihn sagen, aber dass sich Charlie offenbar mit ihm ausgesprochen hatte, das war doch die Hauptsache.

Ein letztes Mal blickte ich über die Teller mit der Vorspeise. Karotten-Ingwer-Suppe mit gerösteten Pinienkernen. Als Hauptspeise folgte Filet Wellington und als Dessert gab es ein Zimt-Tiramisu. Hilfe hatte ich bei

Zubereitung kategorisch abgelehnt, denn das hier war so etwas wie die Generalprobe. Natürlich konnte ich das Weihnachtsdinner auch schon dazu zählen, aber dieses Essen war noch einmal etwas völlig anderes. Denn seit Kurzem war es offiziell. Die ersten Schritte zur Selbstständigkeit hatte ich bereits eingeleitet.

Es klopfte an der Tür. »Vik?«

Es war Jasmin. »Geht sofort los. Nur die Pinienkerne fehlen noch.«

»Kann das kurz warten? Wir hätten da eine Frage an dich.«

»Aber das Essen …«

Jasmin lächelte. »Es dauert auch nicht lange. Versprochen.«

»Okay …« Seufzend legte ich die Schürze beiseite, richtete mein Haar und folgte Jasmin in den Wohnbereich, der mit der Küche direkt verbunden war. Der große Holztisch war festlich geschmückt und es wurde getrunken und gelacht. Bis ich den Raum betrat. Nur der kleine Henri blubberte vor sich hin und Emma spielte mit Oskar vor dem großen Tannenbaum. Ich schluckte, als sich alle Blicke auf mich richteten. »In Ordnung. Hier bin ich. Was gibt es?«

»Deine Schwester hat es tatsächlich geschafft, dich aus der Küche zu locken«, sagte Ian, der plötzlich neben uns stand.

»Haha«, erwiderte ich und zog einen Schmollmund. Als Antwort drückte er mir einen liebevollen Kuss aufs Haar.

»Das mit der Frage war nur ein Vorwand«, gestand Jasmin und grinste.

»Wieso habe ich mir das fast schon gedacht?«

»Wir haben ein Geschenk für dich«, platzte Ian heraus, als könnte er es nicht länger aushalten.

»Wir haben doch gesagt, wir Erwachsene schenken uns nichts …« Mein Blick ging automatisch zu Emma, die mich interessiert musterte. »Also, ich meine, haben wir dem Weihnachtsmann gesagt …«

»Haben wir«, trällerte Jasmin und zog mich mit sich. »Aber bei dir hat er eine Ausnahme gemacht.«

Sie bugsierte mich um die Ecke, wo ein Holzgestell stand.

Ein Leinentuch war darüber geworfen worden. Es sah aus wie ein verhülltes Gemälde, aber die Form passte nicht ganz.

»Was ist das?«

»Los!«, forderte Ian. »Pack es aus.«

Seine kindliche Begeisterung ließ mich grinsen. »Mach ich ja.«

Vorsichtig zog ich das Tuch beiseite. Mir stockte der Atem. Es war ein Schild. Ein großes Schild aus Holz, mit feinen Verzierungen und der Aufschrift:

Viks Catering-, Event und Partyservice

»Wir dachten, wir bringen es vorne am Laden an, damit es jeder gut sehen kann. Was sagst du?«

Noch immer war ich nicht in der Lage, etwas zu sagen, stattdessen kämpfte ich verzweifelt gegen die Tränen an.

»Sag doch was. Gefällt es dir nicht?«

Ich räusperte mich und wischte mir verstohlen eine Träne weg, die sich frecherweise aus meinem Augenwinkel gelöst hatte. »Es ist perfekt.«

»Habt ihr das gehört Leute? Somit ist es offiziell!«

Alle klatschten und ich fiel jedem um den Hals, um mich persönlich zu bedanken. Dann wurde gegessen.

*

Das Essen war ein voller Erfolg. Es war bereits spät am Abend, als sich die kleine Gesellschaft auslöste. Während die anderen zusammenräumten, ging ich in die Küche, um den Tag Revue passieren zu lassen. Jetzt war es also offiziell: Ich war meine eigene Chefin. Ich konnte es immer noch nicht ganz fassen.

Ich wusste nicht, wie viel Zeit vergangen war, als Ian in der Tür auftauchte. »Hier hast du dich also versteckt.«

»Ja, ich musste unbedingt noch mal herkommen.«

Er legte den Arm um mich. »Für dich würde ich auch mein Bett hier aufstellen.«

Ich grinste. »Keine Sorge. Ganz so schlimm ist es nicht.«

»Da bin ich ja beruhigt. Du, Vik … Ich weiß, wir haben gesagt, wir schenken uns nichts. Aber da hatte ich schon das hier. Ich wollte es nicht wieder zurückbringen.«

Er zauberte eine Papiertüte hervor und ich verzog den Mund zu einem Grinsen.

»Musst du nicht. Eventuell habe ich auch eine Kleinigkeit für dich.«

Er zog die Augenbrauen in die Höhe. »Wirklich?«

Als Antwort reichte ich ihm ein Geschenk, das ich bis jetzt in der Tasche gehabt hatte. Wie zwei Kleinkinder stürzten wir uns auf die Präsente. Vorsichtig zog Ian den Schlüsselanhänger in Form eines silberfarbenen Hirsches hervor. Er lachte: »Ist das etwa …?«

»Exakt. Den Namen habe ich sogar eingravieren lassen. Genau hier!«

Ich zeigte auf den Bauch des Tieres. »Paul-Rudolf.«

Er küsste mich. »Den werde ich ab jetzt immer bei mir tragen. Unser kleiner Glücksbringer. Jetzt mach dein Geschenk auf.«

»Die Mütze!«, rief ich begeistert. »Wie hast du das angestellt? Erika war komplett ausgebucht.«

Ian grinste vielsagend. »Das bleibt wohl für immer mein Geheimnis. Frohe Weihnachten, Vik.«

»Frohe Weihnachten, Ian.«

Wir versanken in einem langen innigen Kuss, mein wohl schönstes Weihnachtsgeschenk.

ENDE

DANKSAGUNG

Mein besonderer Dank gilt dir, liebe*r Leser*in. Ich hoffe, meine Geschichte konnte dich überzeugen und dass du mich auf meiner weiteren Buchreise begleiten wirst. Es warten nämlich noch viele Abenteuer.

Alles rund um meine Bücher und aktuellen Projekte findest du unter **https://www.leaweiss.de.** Du willst regelmäßig News zu Buchprojekten, Schreibupdates und auch sonst nichts mehr verpassen?

Dann melde dich jetzt für meinen kostenlosen **Newsletter** an!

IMPRESSUM

Lea Weiss
c/o JCG Media
Freiherr-von-Twickel-Str. 11
48329 Havixbeck

WEITERE WERKE DER AUTORIN

Pleiten, Pech und … Käse?

In Charlottes Leben geht momentan alles schief, was schief gehen kann: Sie wurde von ihrem Freund verlassen, hat ihren Job verloren und obendrein ist da noch der Krach mit ihrem Vermieter. Ein Winterurlaub soll sie auf andere Gedanken bringen, doch das Pech scheint sie beharrlich zu verfolgen. Erst ein neuer Job bringt wieder etwas Aufwind in ihr Leben: Sie soll Käse auf
dem Weihnachtsmarkt verkaufen. Die perfekte Gelegenheit, wie es scheint, denn Charlie liebt Käse. Aber ihr neuer Chef Patrick stellt sie vor weitere Probleme. Er ist hilfsbereit, freundlich und gutaussehend – aber auch so unnahbar ...

Große Gefühle auf einer Pferderanch …

****Alles auf Anfang****

Die junge Amerikanerin Sarah will nur eins: weit weg von ihrem alten Leben einen Neustart wagen. Mit nichts als zwei Dollar in der Tasche versucht sie ihr Glück in der kanadischen Kleinstadt Yhale. In dem verschlafenen Nest gibt es allerdings nur einen freien Job und zwar ausgerechnet auf einer Pferderanch – ein Albtraum für Sarah, die panische Angst vor Pferden hat. Zu allem Überfluss ist ihr neuer Boss Chase nicht nur permanent schlecht gelaunt, sondern auch unverschämt attraktiv. Erst bei der gemeinsamen Arbeit mit den Tieren merkt Sarah, dass sich hinter seiner mürrischen Fassade tiefe Narben verbergen. Doch auch sie wird schneller von ihrer Vergangenheit eingeholt, als ihr lieb ist …

Folge dem Ruf deines Herzens in den hohen Norden!

****Auf zu neuen Ufern!****

Als ihr Freund sie verlässt und mit ihm all ihre Pläne für die gemeinsame Zukunft, beschließt Vanessa, die längst gebuchte Pärchenreise nach Island allein anzutreten. Ihr Ziel: herausfinden, was sie mit ihrem Leben anfangen will. Prompt trifft sie in Reykjavík den außergewöhnlich attraktiven Reiseführer Andri, der ihr anbietet, ein paar Wochen auf dem Pferdehof seiner Familie zu verbringen. Ein Angebot, das Vanessa nur allzu gerne annimmt. Doch gerade als ihr Leben eine positive Kehrtwendung nimmt und Andri und sie sich langsam näherkommen, holt ein tragischer Vorfall den Pferdehof ein und stellt die beiden vor eine schwere Entscheidung …

Printed in Germany
by Amazon Distribution
GmbH, Leipzig

28702252R00136